FIM DE VERÃO

Joyce Maynard

FIM DE VERÃO

Tradução
Caroline Chang

Rocco

Título original
LABOR DAY

Esta é uma obra de ficção. Personagens, incidentes e diálogos foram criados pela imaginação da autora e sem a intenção de aludi-los como reais. Qualquer semelhança com acontecimentos reais ou pessoas, vivas ou não, é mera coincidência.

Copyright © 2009 by Joyce Maynard

Todos os direitos reservados.

Edição brasileira publicada mediante acordo com HarperCollins Publishers

Direitos para a língua portuguesa reservados com exclusividade para o Brasil à
EDITORA ROCCO LTDA.
Av. Presidente Wilson, 231 – 8º andar
20030-021– Rio de Janeiro, RJ
Tel.: (21) 3525-2000 – Fax: (21) 3525-2001
rocco@rocco.com.br
www.rocco.com.br

Printed in Brazil/Impresso no Brasil

preparação de originais
MAIRA PARULA

CIP-Brasil. Catalogação na fonte.
Sindicato Nacional dos Editores de Livros, RJ.

M191	Maynard, Joyce
	Fim de verão/Joyce Maynard; tradução de Caroline Chang. – Rio de Janeiro: Rocco, 2010.
	Tradução de: Labor Day
	ISBN 978-85-325-2516-1
	1. Ficção norte-americana. I. Chang, Caroline. II. Título.
10-0017	CDD-813
	CDU-821.111(73)-3

Para os meus filhos, Charlie e Wilson Bethel, que com seu amor e inesgotável exemplo de carinho me ensinaram o que é o coração de um garoto de treze anos.

CAPÍTULO 1

FICAMOS SÓ NÓS DOIS, A MINHA MÃE E EU. Ele disse que eu, depois que o meu pai foi embora, deveria considerar o novo bebê que ele teve com a sua nova mulher, Marjorie, como parte da minha família também, além de Richard, o filho de Marjorie, que era seis meses mais novo do que eu, só que ele era bom em todos os esportes em que me dava mal. Mas a nossa família era a minha mãe, Adele, e eu, ponto final. Eu consideraria o hamster, Joe, como parte da família antes de incluir aquele bebê, Chloe.

Nas noites de sabádo, quando meu pai vinha me buscar para levar todo mundo para jantar no Friendly's, ele sempre queria que eu me sentasse ao lado dela no banco traseiro. Mais tarde ele tirava do bolso um bolo de cards de beisebol e abria sobre a mesa do restaurante, para dividir entre mim e Richard. Eu sempre dava os meus para o Richard. Por que não? Beisebol era um suplício para mim. Quando o professor de educação física dizia, vamos lá, Henry, você joga com os azuis, todos os caras do time azul resmungavam.

A minha mãe quase nunca falava do meu pai, nem da mulher com quem estava casado agora, nem do filho dela ou do bebê, mas uma vez, quando por engano deixei sobre a mesa uma fotografia que ele me dera, de nós cinco – tirada no ano anterior, quando fui com eles à Disney –, ela a examinou por pelo menos um minuto. Ficou em pé ali na cozinha, segurando a foto com sua mão pequena e branca, o longo e gracioso pescoço levemente inclinado para o lado, como se a imagem que estivesse vendo contivesse um grande e perturbador mistério, embora fosse só nós cinco, dentro de uma xícara maluca.

Acho que o seu pai devia se preocupar com os olhos desse bebê, tão diferentes um do outro, ela disse. Pode ser apenas um atraso de desenvolvimento, não retardo, mas seria bom se fizessem um exame nessa criança. Ela parece meio lerda, Henry?

Talvez um pouco.

Eu sabia, minha mãe disse. E além disso ela não se parece nem um pouco com você.

Eu sabia muito bem qual era o meu papel. Eu entendia quem era a minha família de verdade. Ela.

ERA RARO A MINHA MÃE E EU SAIRMOS, como naquele dia. Geralmente a minha mãe não ia a lugar algum. Mas eu estava precisando de calças para usar na escola.

Tudo bem, ela disse. Pricemart, então. Como se os menos de dois centímetros que eu crescera naquele verão fossem algo que eu houvesse feito só para aborrecê-la. Como se ela já não tivesse aborrecimentos suficientes.

O carro pegou na primeira vez em que ela girou a chave na ignição, o que era surpreendente, considerando que talvez um mês tivesse se passado desde a última vez em que havíamos saído nele. Ela dirigiu devagar, como de costume, como se uma neblina espessa cobrisse as ruas, ou gelo, mas era verão – os últimos dias antes do início das aulas, a quinta-feira antes do fim de semana do Dia do Trabalho –, e o sol brilhava.

Fora um longo verão. No início, quando as aulas haviam recém-terminado, eu esperava que talvez fôssemos para uma praia durante as longas férias que se anunciavam – só para passar o dia –, mas a minha mãe disse que as estradas estavam cheias e que eu provavelmente me queimaria no sol, já que a minha pele era como a dele, referindo-se ao meu pai.

Durante todo aquele mês de junho, após o final das aulas, e todo o mês de julho, e mesmo quando agosto passou, eu desejei que algo de diferente acontecesse, mas nada aconteceu. Algo diferente que não fosse apenas o meu pai me buscando para ir ao Friendly's e uma vez ou outra ir jogar boliche com Richard,

Marjorie e o bebê, ou aquela viagem às White Montains para conhecer uma fábrica de artigos de vime, e um lugar onde Marjorie quis dar uma parada, por que lá faziam velas que cheiravam a uva-do-monte, limão e pão de mel.

Além disso, vi um bocado de televisão naquele verão. Minha mãe me ensinou a jogar paciência e, quando cansei disso, procurei na nossa casa lugares que ninguém limpava havia muito tempo, e foi assim que ganhei um dólar e cinquenta que queimaram no meu bolso, pedindo para serem gastos em mais uma revistinha de palavras cruzadas. Hoje em dia, mesmo uma criança estranha como eu brincaria com um Game Boy ou um Playstation, mas naquela época poucas famílias tinham um Nintendo; nós não éramos uma delas.

Eu passava o tempo todo pensando em garotas, mas nada estava acontecendo nessa área da minha vida, a não ser em pensamento.

Eu acabara de fazer treze anos. Queria saber tudo o que se podia fazer com as mulheres e os seus corpos, e o que as pessoas faziam quando ficavam juntas – pessoas de sexos opostos – e o que eu precisava fazer para arranjar uma namorada antes de completar quarenta anos de idade. Eu tinha muitas dúvidas sobre sexo, mas estava claro que a minha mãe não era a pessoa indicada para se conversar sobre isso, embora ela mesma tocasse no assunto de vez em quando. No carro, no caminho para as compras, por exemplo. O seu corpo está mudando, acho que foi isso o que ela disse, segurando as mãos no volante.

Sem comentários.

A minha mãe olhava fixamente para frente, como se fosse Luke Skywalker, no controle de uma nave. Rumo a outra galáxia. O shopping center.

Quando chegamos lá, ela foi comigo até a seção de meninos da loja e escolhemos as calças. E também um pacote de cuecas.

Acho que você vai precisar de sapatos também, ela disse, naquele tom de voz que sempre usava quando íamos a algum lugar, como se tudo não passasse de um filme ruim que tínhamos que assistir até o fim porque pagamos o ingresso.

Os meus sapatos ainda estão bons, eu disse. O que eu estava pensando era que, se ganhasse sapatos novos naquele dia, poderia demorar um bom tempo até voltarmos ali, ao passo que, se eu conseguisse adiar a compra de sapatos novos, seríamos obrigados a voltar. Quando as aulas começassem, eu precisaria de cadernos e lápis, de um transferidor e uma calculadora. Mais tarde, quando eu falasse nos sapatos e ela dissesse, Por que não me falou isso na última vez que estivemos na loja?, eu poderia chamar atenção para os demais itens da minha lista e ela acabaria concordando.

Terminada a parte das roupas, coloquei no nosso carrinho as coisas que eu havia escolhido e me dirigi à seção de revistas e livros. Comecei a folhear um exemplar da *Mad*, apesar de na verdade querer olhar uma *Playboy*. Estas eles lacravam com plástico.

Então vi a minha mãe lá adiante, empurrando nosso carrinho de compras pelos corredores. Lentamente, como uma folha em um córrego manso, sendo levada pela correnteza. Não havia limite para o que ela poderia acrescentar no carrinho, embora eu logo fosse descobrir: um desses travesseiros que se coloca na cama para poder ler à noite, sentado. Um ventilador de mão movido a pilha – mas não as pilhas. Um animal de cerâmica – um porco-espinho ou algo nessa linha – com laterais abertas onde se colocavam sementes que você então regava até que, depois de um tempo, elas brotavam e o animal ficava coberto de folhas verdes. É como um animal de estimação, ela disse, só que você não precisa se preocupar em limpar a gaiola.

Ração para o hamster, eu lembrei a ela. Precisávamos disso e comida também.

EU ESTAVA DE OLHO EM UMA EDIÇÃO da *Cosmopolitan* que me chamara a atenção – com um artigo chamado "O Que as Mulheres Gostariam que os Homens Soubessem" – quando o homem se inclinou na minha direção e falou comigo. Ele estava na frente da seção que ficava à direita das revistas de palavras cruzadas: a das revistas sobre tricô e jardinagem. Jamais alguém imaginaria que uma pessoa com a aparência daquele homem gostasse de ler aquele tipo de coisa. Ele queria falar comigo.

Será que você podia me dar uma mãozinha aqui?, perguntou. Foi então que olhei para ele. Era alto. Dava para ver os músculos do seu pescoço e as partes dos braços que não estavam cobertas pela camisa. O rosto era desses que nos dão a impressão de ver sua caveira se a pele não estivesse lá, apesar de a pessoa ainda estar viva. Ele usava uma camisa de funcionário do Pricemart – vermelha, com o nome no bolso. Vinnie – e quando olhei para ele mais de perto, vi que sua perna estava sangrando, a ponto de o tecido da sua calça estar encharcado de sangue, que também escorrera até o sapato, que na verdade mais parecia um chinelo.

Você está sangrando, falei.

Caí de uma janela. Ele disse aquilo como quem diz que foi picado por um mosquito. Talvez por isso, na época, não tenha me parecido uma afirmação assim tão estranha. Ou então porque tudo parecia tão estranho naquele tempo que esse comentário específico não se destacou do resto.

Precisamos pedir ajuda, eu disse a ele. Eu estava imaginando que a minha mãe não seria a pessoa indicada a chamar, mas havia vários outros clientes no lugar. Foi boa a sensação de ele escolher a mim entre todo mundo. Não era assim que as coisas geralmente aconteciam.

Não quero incomodar ninguém, ele disse. Muita gente fica com medo quando vê sangue. Acham que vão pegar algum tipo de vírus, sabe?

Entendi o que ele quis dizer por conta de uma reunião que acontecera na primavera na minha escola. Isso foi na época em que tudo o que as pessoas sabiam era: não toque no sangue de ninguém, você pode morrer.

Você está com aquela mulher ali, não é?, ele perguntou. Olhava na direção da minha mãe, que estava agora na seção de jardinagem, examinando uma mangueira. Não tínhamos uma mangueira, mas também não tínhamos nem um jardim.

Uma mulher bonita, ele disse.
Minha mãe.
Você acha que ela me daria uma carona? Eu tomaria cuidado para não sujar de sangue o banco do carro. Se vocês pudessem me deixar em algum lugar... Ela parece o tipo de pessoa que me ajudaria, ele disse.
O fato de isso ser verdade podia ou não dizer algo de favorável sobre a minha mãe.
Aonde você quer ir?, perguntei. Eu estava pensando que não tinham muita consideração pelos próprios funcionários naquela loja, se quando eles se machucavam daquele jeito eles tinham que pedir ajuda aos clientes.
Sua casa?
Ele disse aquilo primeiro como uma pergunta, mas depois olhou para mim como se fosse um personagem de O Surfista Prateado com superpoderes. Pôs a mão no meu ombro e apertou forte.
De verdade, meu filho, preciso que seja assim.
Então olhei para ele ainda mais de perto. Ele fazia um movimento com a mandíbula que deixava claro que estava sentindo dor, embora tentasse disfarçar – trincava com força, como se estivesse roendo uma unha. O sangue na sua calça não era muito visível, pois ela era azul-marinho. E, apesar de ter ar-condicionado na loja, ele suava muito. Agora eu podia ver que uma trilha fina de sangue escorria na lateral da sua cabeça também, e havia sangue grudado nos seus cabelos.
A loja estava fazendo uma liquidação de bonés de beisebol. Assim que ele apanhou um e colocou na cabeça, quase não dava mais para ver o sangue. Ele estava mancando muito, mas outras pessoas também mancavam. Ele pegou um casaco de uma arara e vestiu por cima da camisa Pricemart. Concluí, depois de ele arrancar a etiqueta, que não tinha planos de pagar por ele. Talvez houvesse algum tipo de desconto especial para funcionários.
Espere só um pouquinho, ele disse. Tem mais uma coisa que eu quero pegar. Fique aqui.

* * *

NUNCA ERA POSSÍVEL PREVER COMO A MINHA MÃE reagiria às coisas. Às vezes um sujeito aparecia na nossa porta com folhetos religiosos e ela gritava, mandando ele embora; outras vezes eu chegava em casa da escola e havia um estranho sentado no nosso sofá, tomando café com ela.

Este é o sr. Jenkins, ela dizia. Ele veio nos contar sobre um orfanato em Uganda para o qual está levantando dinheiro, onde as crianças só comem uma vez por dia e não têm dinheiro para comprar lápis. Por doze dólares por mês nós podemos ajudar esse menininho, Arak. Ele podia ser seu amigo por correspondência. Como um irmão.

Segundo o meu pai, eu já tinha um irmão, mas nós dois sabíamos que o filho de Marjorie não contava.

Ótimo, eu disse. Arak. Ela preencheu o cheque. O homem nos deu uma fotografia – desbotada, porque era apenas uma fotocópia. Ela pôs a foto na porta da geladeira.

Uma vez uma mulher ficou perambulando pelo nosso quintal de camisola. Era bem velha, e ela não sabia mais onde era a sua casa. Não parava de dizer que estava procurando pelo filho.

A minha mãe levou-a para dentro de casa e também fez café para ela. Sei como as coisas ficam confusas às vezes, a minha mãe disse à mulher. Não se preocupe, daremos um jeito.

Em ocasiões como essa, a minha mãe tomava a frente da situação, e eu gostava disso, de como então ela parecia normal. Depois do café e algumas torradas, colocamos a velha no banco da frente do nosso carro – na verdade, acho que essa foi a última vez que a minha mãe dirigira antes de nossa ida ao Pricemart – e passeamos pelo bairro junto com ela por um bom tempo.

Me avise se algo parecer familiar, Betty, minha mãe dizia.

Dessa vez a forma lenta com que minha mãe dirigia fez sentido, pois um homem nos avistou, viu Betty no banco da frente do carro e acenou na nossa direção.

Estávamos desesperados tentando encontrá-la, ele disse quando a minha mãe abaixou o vidro da janela. Muito, muito obrigado por terem cuidado dela.

Ela está bem, minha mãe disse. Foi uma visita muito agradável. Espero que o senhor possa levá-la até a nossa casa de novo.

Gosto dessa menina, Betty disse então, enquanto o filho contornava o carro para desafivelar o cinto de segurança dela. É o tipo de garota com quem você deveria ter se casado, Eddie. Não aquela vagabunda.

Olhei para a cara do homem nesse momento, só para conferir. Não era bonito, mas parecia boa gente. Por um segundo desejei que houvesse uma maneira de dizer a ele que a minha mãe não era mais casada com ninguém. Éramos só nós dois. Ele podia aparecer com Betty, uma hora dessas.

Eddie parecia legal, eu disse, depois que fomos embora. Talvez ele também seja divorciado. Nunca se sabe.

A MINHA MÃE ESTAVA NA SEÇÃO DE FERRAGENS quando a alcançamos. Já que estamos aqui, ela disse, vou aproveitar para comprar lâmpadas.

Era uma boa notícia. Quando uma lâmpada queimava na nossa casa, na maior parte das vezes simplesmente ficava queimada. Nos últimos tempos nossa casa estava se tornando cada vez mais escura. Na cozinha havia apenas uma lâmpada funcionando, e mesmo assim não era um lâmpada que iluminasse muito. Às vezes, à noite, se você queria enxergar alguma coisa, era preciso abrir a geladeira para conseguir um pouco de luz.

Não sei como vamos fazer para conseguir pôr essas aqui nos soquetes, ela disse. Não consigo alcançá-los no teto.

Foi aí que apresentei o homem ferido. Vinnie. Achei que o fato de ele ser alto contaria pontos.

Minha mãe, Adele, eu disse.

Eu sou o Frank, ele disse.

Não era a primeira vez neste mundo em que uma pessoa não era quem se imaginava. Camisa de outra pessoa, evidentemente.

Você tem um bom garoto, Adele, ele disse. Ele foi gentil e me ofereceu uma carona. Talvez eu pudesse retribuir o favor dando uma mão com isso aí.

Ele indicou as lâmpadas.

E qualquer outra coisa que você precise que seja feito na casa, ele disse. Não há muitos trabalhos que eu não consiga dar conta.

Então ela estudou o rosto dele. Mesmo com o boné era possível ver um pouco de sangue seco na bochecha, mas ela não pareceu perceber aquela parte, ou talvez, se percebeu, não pareceu importante.

Passamos pelo caixa juntos. Ele disse à minha mãe que ia pagar pela minha revistinha de palavras cruzadas, mas ele teria que dar o dinheiro mais tarde, já que naquele momento seus fundos eram limitados. Claro, ele não mencionou para o caixa o boné de beisebol nem o casaco.

Além da minha roupa nova e da mangueira, e do travesseiro e do porco-espinho de cerâmica e das lâmpadas e do ventilador, minha mãe também havia pegado um daqueles tacos de madeira, com uma bola presa por um elástico, que você tem que tentar bater o máximo de vezes possível, uma atrás da outra.

Pensei em dar-lhe um presentinho, Henry, ela disse, colocando o brinquedo na esteira rolante.

Eu não quis me dar o trabalho de explicar que eu não brincava com aquele tipo de coisa desde os meus seis anos mais ou menos, mas Frank falou antes. Um menino desses precisa de uma bola de beisebol de verdade, ele disse. E o surpreendente foi que ele tinha uma no bolso. Etiqueta de preço ainda à vista.

Eu sou péssimo em beisebol, eu disse a ele.

Pode ser que isso mude, ele disse. Então apalpou com os dedos as costuras da bola e olhou para ela fixamente, como se o que trouxesse na mão fosse o próprio mundo.

Na saída para a rua, Frank pegou um dos folhetos que anunciavam as promoções da semana. Quando chegamos no carro, ele forrou o banco traseiro com ele. Eu não quero sujar o seu estofamento com sangue, Adele, ele disse. Se é que posso chamá-la assim.

Qualquer outra mãe teria lhe feito muitas perguntas. Ou muito provavelmente nem teriam dado carona a ele, pra começar. A minha mãe só dirigiu. Eu me perguntava se ele não iria se meter em maus lençóis por sair daquele jeito do trabalho, sem avisar a ninguém, mas Frank não parecia preocupado.

Na verdade, eu parecia o único de nós três que estava preocupado. Eu tinha a sensação de que deveria fazer alguma coisa, mas, como sempre, não fazia ideia do quê. E Frank parecia tão calmo e decidido quanto a tudo, que dava vontade de ir com ele. Embora, na verdade, ele é que estivesse indo com a gente, claro.

Eu tenho um sexto sentido em relação às pessoas, ele disse à minha mãe. Dei uma só olhada na loja, grande como é, e logo vi que você era a pessoa certa.

Não vou mentir para você, ele disse. É uma situação difícil. Muita gente não ia querer saber de mim a esta altura. Meu sexto sentido me diz que você é uma pessoa compreensiva.

O mundo não é um lugar fácil, ele disse. Às vezes simplesmente é preciso dar uma porrada, sentar e pensar. Pôr as ideias em ordem. Ficar um pouco quieto.

Olhei então para a minha mãe. Estávamos seguindo pela rua principal, passando pela agência dos correios, a farmácia, o banco, a biblioteca pública. Todos os velhos lugares de sempre, só que, em todas as outras vezes em que eu passara por eles, jamais havia sido na companhia de alguém como Frank. Agora ele estava comentando com a minha mãe que, a julgar pelo barulho, as pastilhas do freio talvez estivessem um pouco gastas. Se ele conseguisse algumas ferramentas, gostaria de dar uma olhada para ela, ele disse.

Ao lado da minha mãe no banco, eu estudava o rosto dela para ver se a expressão se alterava enquanto Frank dizia essas coisas. Eu sentia meu coração bater e um aperto no peito – não exatamente medo, mas algo próximo, embora estranhamente prazeroso. Eu sentira a mesma coisa quando meu pai levou Richard, o bebê,

eu e Marjorie à Disney, e nós demos uma volta na Montanha Espacial – todos nós, menos Marjorie e o bebê. Parte de mim queria sair de lá antes que a viagem começasse, mas então as luzes foram desligadas, a música começou e Richard me cutucou, dizendo. Se você precisar vomitar, vomite pra lá, OK?
Hoje é o meu dia de sorte, Frank disse. De vocês também, talvez.
Eu soube então na mesma hora que as coisas estavam prestes a mudar. Estávamos nos dirigindo para a Montanha Espacial agora, para um lugar escuro onde o chão podia faltar e sequer seria possível dizer para onde aquele carro estava nos levando. Pode ser que a gente volte de lá. Pode ser que não.
Se isso passou pela cabeça de minha mãe, ela nada admitiu. Apenas se segurou no volante e olhou em frente, exatamente como antes, até chegarmos em casa.

CAPÍTULO 2

Onde morávamos na época – a cidade de Holton Mills, em New Hampshire – era o tipo de lugar em que todo o mundo sabe da vida dos outros. Saberiam se você deixasse a sua grama crescer demais entre uma aparada e outra, e se pintasse a sua casa de alguma outra cor que não fosse branco. Podiam não dizer nada na sua cara, mas falariam por trás. Ao passo que a minha mãe era o tipo de pessoa que só queria que a deixassem em paz. Houve um tempo em que ela adorava estar no centro do palco, com todo mundo a observando, mas a essa altura o objetivo da minha mãe era ser invisível, ou tanto quanto possível.

Uma das coisas que ela dizia gostar na nossa casa era a sua localização, no final da rua, sem nenhuma outra casa depois e com um grande terreno nos fundos, dando só para um pequeno bosque. Quase nunca havia carros por ali, exceto naquelas ocasiões em que alguém errava o caminho e precisava fazer a volta. Além do homem que levantava dinheiro para o orfanato e dos sujeitos religiosos que apareciam ocasionalmente, ou alguém com um abaixo-assinado, quase ninguém vinha nos ver, o que, para a minha mãe, era ideal.

Antes era diferente. Costumávamos ir à casa das pessoas às vezes e convidar pessoas à nossa casa. Mas agora, minha mãe se restringia a apenas uma amiga, e mesmo essa quase nunca aparecia. Evelyn.

Minha mãe e Evelyn se conheceram na época em que o meu pai foi embora, quando a minha mãe teve a ideia de dar aulas de dança criativa para crianças na nossa casa – o tipo de atividade em que seria difícil de imaginá-la mais tarde. Ela chegou a distribuir folhetos de propaganda pela cidade e pôs um anúncio no jornal local. A ideia era que as mães trouxessem seus filhos e minha mãe colocaria música para tocar, distribuindo adereços como echarpes e fitas, e todo mundo dançaria junto. Quando terminasse, seria a hora do lanche. E se ela conseguisse alunos suficientes, não precisaria se preocupar em ter de cair na real e arranjar um emprego mais normal, o que não fazia muito o seu estilo.

Ela se esforçou muito, tentando organizar as coisas para essas aulas. Costurou colchonetes para todo mundo, retirou da sala de estar todos os móveis, o que não era lá muita coisa, e comprou um tapete para forrar o chão que era de alguém que não conseguira pagá-lo.

Eu era bem novo nessa época, mas lembro da manhã da primeira aula. Ela acendeu velas, e espalhou-as na sala e fez biscoitos – do tipo saudável, com farinha de trigo integral e mel em vez de açúcar. Eu não queria participar da aula, então ela disse que eu podia cuidar do som e das crianças pequenas, se ela estivesse ocupada com as maiorezinhas, e, mais tarde, eu serviria o lanche. Fizemos um ensaio na manhã da primeira aula, e ela me mostrou o que fazer e me lembrou que, se alguma das crianças menores precisasse ir ao banheiro, eu deveria ajudá-la a vestir a calça depois de fazer xixi, coisas assim.

Então chegou a hora em que os seus alunos deveriam começar a aparecer. Mas a hora passou e ninguém apareceu.

Mais ou menos meia hora depois que a aula deveria ter começado, chegou uma mulher, acompanhada de um menino numa cadeira de rodas. Era Evelyn e seu filho, Barry. Pelo seu tamanho, fiquei com a impressão de que Barry provavelmente tinha a minha idade, mas ele não conseguia falar direito, apenas fazia uns barulhos nos momentos mais inusitados, como se estivesse assistindo a um filme que ninguém mais conseguia ver e de repente passava uma parte engraçada. Uma vez foi como se o personagem do filme, de quem gostava bastante, tivesse morrido, porque ele tapou os olhos com as mãos — o que não era lá muito fácil, pois suas mãos balançavam bastante, assim como a cabeça, nem sempre na mesma direção — e ficou ali na cadeira de rodas fazendo uns ruídos parecidos com soluços.

Evelyn deve ter pensado que aulas de dança criativa poderiam ser boas para Barry, embora, se me perguntassem, eu diria que ele já se mexia de forma criativa demais sem tentar dançar. Mesmo assim a minha mãe se esforçou. Ela e Evelyn puseram Barry num dos colchonetes, e então ela pôs para tocar um disco de que gostava muito — a trilha sonora de *Guys and Dolls* — e mostrou a Barry e a Evelyn alguns movimentos para acompanhar "Lucky Be a Lady Tonight". Evelyn mostrou-se promissora, ela disse. No entanto, mover-se seguindo um ritmo determinado definitivamente não era para Barry.

O curso acabou depois daquela primeira aula, mas Evelyn e a minha mãe ficaram amigas. Ela frequentemente trazia Barry no seu grande carrinho de bebê, a minha mãe preparava um bule de café, Evelyn colocava Barry na varanda dos fundos e a minha mãe dizia para eu brincar com ele, enquanto Evelyn falava e fumava, e a minha mãe ouvia. De vez em quando eu ouvia algumas frases como *atraso de pensão alimentícia* ou *assumir as responsabilidades dele* ou *a cruz que terei de carregar* ou *vagabundo safado* — era a Evelyn falando, nunca a minha mãe —, mas no geral eu aprendi a sintonizar a minha mente numa frequência que não captava esses sons.

Eu tentava pensar em coisas que Barry pudesse fazer, jogos que pudessem interessá-lo, mas isso era um desafio e tanto. Uma vez, quando eu estava realmente entediado, me veio a ideia de conversar com ele numa língua inventada — só sons e ruídos, além das frases que ele próprio inventava de vez em quando. Eu parei na frente da sua cadeira de rodas e falei com ele daquele jeito, usando gestos, como se eu estivesse contando uma história muito elaborada.

Aquilo pareceu deixar Barry animado. Pelo menos ele reagiu, fazendo mais sons do que antes. Ele estava uivando e gritando, e abanando as mãos mais agitadamente do que o normal, o que fez com que minha mãe e Evelyn saíssem para a varanda, para dar uma olhada na gente.

O que está havendo aqui?, Evelyn disse. Pelo seu olhar, eu percebi que ela não estava nada satisfeita. Ela correu para a cadeira do Barry e começou a alisar o cabelo dele.

Não posso acreditar que você vai deixar o seu filho fazer troça do Barry desse jeito, Evelyn disse à minha mãe. Ela estava guardando as coisas do Barry, recolhendo os seus próprios cigarros. Achei que você fosse a única pessoa que compreendia, ela disse.

Eles só estavam brincando, minha mãe disse. Não há mal nenhum nisso. Henry é uma boa pessoa, de verdade.

Mas Evelyn e Barry já haviam saído porta afora.

Depois disso, quase nunca mais víamos os dois, o que não foi uma perda tão grande assim, na minha opinião, só que eu sabia como a minha mãe estava se sentindo sozinha e precisando de uma amiga. Depois de Evelyn, não houve mais ninguém.

Uma vez um menino da minha turma, Ryan, me convidou para dormir na casa dele. Ele era novo na cidade e ainda não se tocara de que eu não era o tipo de colega que as pessoas recebem para dormir nas suas casas, então aceitei. Quando o pai dele veio me buscar, eu estava pronto para dar uma fugida rápida, com minha escova de dentes e minha cueca para o dia seguinte enfiados em uma sacola de supermercado.

Acho que eu deveria me apresentar a seus pais primeiro, o pai de Ryan disse, quando me precipitei para entrar no carro. Para eles não se preocuparem.

Mãe, eu disse. É só a minha mãe. E eu já falei com ela.

Vou só dar uma entrada rápida e cumprimentá-la, ele disse.

Eu não sei o que ela disse, mas quando ele apareceu de novo na rua, parecia estar com pena de mim.

Você pode vir à nossa casa sempre que quiser, filho, ele me disse. Mas aquela foi a única vez.

* * *

POR ISSO FOI UMA GRANDE COISA, sim, levar Frank para casa conosco daquele jeito. Provavelmente fazia um ano que não recebíamos ninguém. Talvez dois.

Você vai desculpar a bagunça, a minha mãe disse, enquanto nos aproximávamos da garagem. Andamos muito ocupados ultimamente.

Olhei para ela. Ocupados com o quê?

Ela abriu a porta num supetão. Joe, o hamster, estava girando em sua roda, na gaiola. Sobre a mesa da cozinha, um jornal de várias semanas atrás. Bilhetes espalhados pelos móveis com palavras em espanhol escritas a caneta: *Mesa. Silla. Agua. Basura.* Além de aprender sozinha a tocar o saltério, estudar espanhol havia sido um dos projetos da minha mãe para nos ocupar ao longo do verão. Ela havia começado em junho, tocando as fitas que pegara emprestadas na biblioteca pública. *¿Dónde está el baño? ¿Cuánto cuesta el hotel?*

As fitas eram para pessoas que supostamente iriam viajar. De que adianta isso?, eu havia perguntado a ela, desejando que pudéssemos apenas ligar o rádio, ouvir música, em vez daquilo. Que eu soubesse, não estávamos nos preparando para ir a nenhum país onde se falasse espanhol. Ir ao supermercado a cada seis semanas já era um feito e tanto.

Nunca se sabe que oportunidades podem se apresentar, ela disse.

Acontece que houve uma outra maneira de coisas novas acontecerem. Não foi necessário ir a lugar algum para viver uma aventura. A aventura veio até a gente.

Na nossa cozinha então, com suas aconchegantes paredes amarelas e uma única lâmpada ainda funcionando, e com o animal mágico de cerâmica varado de sementes brotadas desde o ano anterior – um porco, cuja lavoura de brotos verdes havia desde muito se tornado marrom e secado.

Frank olhou em volta lentamente. Ele examinou o lugar como se não houvesse nada de incomum em entrar numa cozinha onde uma pilha de cinquenta ou sessenta latas de sopa de tomate Campbell's repousava contra uma parede, como uma pilha de supermercado em uma cidade-fantasma, ao lado de uma igualmente alta pilha de caixas com macarrão e vidros de manteiga de amendoim, e sacos de passas de uva. Ainda eram visíveis as pegadas que a minha mãe pintara no chão por causa do seu projeto de me ensinar a dançar o foxtrote e o two-step no último verão. A ideia era eu pôr os meus pés sobre as pegadas que ela havia pintado com a ajuda de um molde, enquanto ela, minha parceira de dança, marcava o ritmo.

É muito importante um homem saber dançar, ela dizia. Se um homem sabe dançar, o mundo se estende a seus pés.

Bonita casa, Frank disse. Acolhedora. Posso me sentar à mesa?

Como é que você gosta do café?, ela perguntou. Ela tomava café puro. Às vezes parecia que ela só precisava disso para viver. A sopa e o macarrão eram comprados para mim.

Frank olhou a manchete do jornal que estava ali, embora fosse de várias semanas atrás. Ninguém parecia estar com muita pressa de dizer alguma coisa, então pensei em quebrar o gelo.

Como foi que você machucou a perna?, perguntei a ele. Também havia a pergunta do que havia acontecido com a cabeça dele, mas pensei em fazer uma coisa de cada vez.

Vou ser direto com você, Henry, ele disse. Fiquei surpreso ao ver que ele havia guardado o meu nome. Para a minha mãe ele disse, Com creme e açúcar, obrigado, Adele.

Ela deu as costas a nós dois, enquanto contava as colheradas de café. Ele parecia estar falando comigo, ou pelo menos pareceu prestes a fazê-lo, mas seus olhos estavam fixos na minha mãe, e pela primeira vez imaginei de que forma alguém que não fosse seu filho a veria.

A sua mãe parece a Ginger daquele programa que passa no Nickelodeon, *A ilha dos birutas*, me disse uma vez uma menina chamada Rachel. Isso fora na quinta série, quando a minha mãe havia aparecido, como raras vezes acontecia, na minha escola para assistir a uma produção de *Rip Van Winkle*, na qual eu fiz o papel de Rip. Rachel tinha uma teoria de que talvez a minha mãe fosse realmente a atriz que fazia a Ginger, e de que nós estávamos vivendo ali naquela cidade para que ela pudesse fugir dos fãs e do estresse de Hollywood.

Naquela época, não tive certeza se queria ou não desmentir essa teoria. Parecia uma razão melhor do que a verdadeira para o fato de a minha mãe raramente ir a algum lugar. Independente da verdadeira razão para isso.

Embora fosse mãe — não apenas *uma* mãe mas *minha* mãe — e embora o que ela estivesse vestindo fosse uma saia velha por cima de um corpete que tinha havia milhões de anos, pude ver, então, que uma pessoa podia muito bem considerá-la bonita. Mais do que isso. A maioria das mães das outras crianças que eu via na escola, que estacionavam às três da tarde para apanhar seus filhos ou que apareciam correndo para levar o dever de casa que eles haviam esquecido, havia perdido a boa forma em algum momento do passado, provavelmente ao engravidarem. Isso acontecera com a mulher do meu pai, Marjorie, embora, como minha mãe sempre apontava, ela fosse uma mulher mais jovem.

A minha mãe ainda conservava sua beleza. Eu sabia que suas antigas roupas de dança ainda lhe cabiam, desde o dia em que ela as experimentara para eu ver, e embora o único lugar onde ela dançasse agora fosse a nossa cozinha, ela ainda tinha pernas de dançarina. Agora Frank estava olhando para elas.

Não vou mentir para você, ele disse mais uma vez, as palavras saindo lentamente, à medida que seus olhos absorviam a imagem da minha mãe. Ela estava enchendo o recipiente do Mr. Coffee com água. Talvez ela soubesse que ele a estava observando. Ela não estava se apressando.

Por um minuto, Frank pareceu não estar ali, mas em algum outro lugar, distante. Ao olhar para ele se poderia pensar que estivesse assistindo a um filme projetado em uma tela localizada em algum lugar próximo da nossa geladeira, que ainda exibia a foto desbotada do meu amigo africano, Arak, fixada por ímãs com calendários de anos passados. Os olhos de Frank estavam fixos em algum lugar do espaço sideral, era o que pareceu por um instante, em vez de estarem fixados em algo que estava presente na cozinha, que era eu, junto à mesa, folheando a minha revista de quadrinhos, e a minha mãe, fazendo café.

Machuquei a minha perna, ele disse – a minha perna e a minha cabeça – pulando do segundo andar de um hospital para onde me levaram para retirar o meu apêndice.

Na prisão, ele disse. Foi assim que escapei.

Algumas pessoas dão explicações como essa primeiro, ao responderem a uma pergunta cuja resposta pode não refletir muito bem a verdade sobre elas (uma pergunta como Onde você trabalha, e a resposta é McDonald's, só que antes elas dizem algo do tipo Na verdade eu sou ator ou Vou tentar entrar para a faculdade de medicina logo, logo; ou então tentam fazer os fatos parecerem diferentes do que na verdade são, como dizer Trabalho com vendas, quando o que querem dizer é que são uma daquelas pessoas que ligam para você e tentam convencê-lo a fazer uma assinatura de jornal).

Não foi assim com Frank, quando ele nos deu a notícia. A penitenciária estadual, lá em Stinchfield, ele disse. Então ele levantou a camisa e mostrou um terceiro ferimento do qual de outra forma não teríamos tomado conhecimento, só que esse estava coberto por um curativo. O lugar de onde haviam retirado o apêndice. Havia pouco tempo, ou pelo menos assim parecia.

Minha mãe se virou para olhá-lo. Ela estava segurando o bule de café em uma mão e uma xícara na outra. Ela serviu um jato fino de café. Pôs o leite em pó sobre a mesa, e o açúcar.

Não temos creme, ela disse.

Tudo bem, ele respondeu.

Você fugiu?, eu perguntei. Então agora a polícia está atrás de você? Eu estava com medo, mas também excitado. Eu sabia que finalmente algo ia acontecer em nossas vidas. Talvez fosse algo ruim, talvez fosse algo terrível. Mas uma coisa era certa: seria diferente.

Eu teria ido mais longe, ele disse, não fosse pela maldita perna. Não consegui correr. Uma pessoa me viu e eles estavam se aproximando quando me enfiei naquela loja onde encontrei vocês. Foi ali que perderam a minha pista, no estacionamento.

Frank estava colocando açúcar no seu café. Três colheres cheias. Eu agradeceria se vocês me deixassem ficar um pouco sentado aqui, ele disse. Seria difícil voltar para as ruas agora. Fiz um estrago quando caí.

Isso era uma coisa sobre a qual os dois concordavam – minha mãe e Frank: era difícil o mundo lá fora.

Eu não pediria nada a vocês, ele disse. Gostaria de tentar ajudar de alguma forma. Nunca machuquei ninguém intencionalmente na minha vida.

Você pode ficar aqui um pouco, minha mãe disse. Só não posso deixar nada acontecer ao Henry.

O menino nunca esteve em melhores mãos, Frank disse a ela.

CAPÍTULO 3

A MINHA MÃE ERA UMA BOA DANÇARINA. Mais do que isso. Pelo seu jeito de dançar, bem podia ter participado de um filme, se ainda fizessem filmes em que as pessoas dançassem daquela forma, só que não faziam mais. Mas tínhamos vídeos de alguns deles, e ela conhecia algumas coreografias. *Cantando na chuva*, a parte em que o homem fica girando em torno de um poste de rua, de tão apaixonado, e a moça usa uma capa impermeável. A minha mãe fez aquele número uma vez, bem no meio de Boston, na época em que ainda fazíamos passeios. Ela havia me levado para o museu de ciências e quando estávamos indo embora, começou a chover e havia um poste de iluminação ali, e ela simplesmente começou a dançar. Tempos depois quando ela fazia coisas desse tipo, eu ficava com vergonha. Naquela época, eu sentia orgulho.

Foi dançando que ela conheceu o meu pai. Independente de qualquer outra coisa que tivesse a dizer sobre ele, ela me dizia que ele sabia conduzir uma mulher pela pista de dança, o que significava muito, segundo ela. Eu não me lembrava muito bem da época em que meus pais ainda estavam juntos, mas lembrava da parte da dança, e, criança como era, eu achava que eles eram o máximo.

Alguns homens apenas colocam a mão no seu ombro ou na curva das suas costas, ela dizia. Os bons sabem: é preciso pressionar com força. Algo contra o que resistir.

Como conduzir devidamente uma parceira durante uma dança de salão era apenas um dos assuntos sobre os quais a minha mãe tinha uma opinião muito bem formada. Ela também acreditava que fornos de micro-ondas causavam câncer e esterilidade, razão pela qual – embora tivéssemos um – ela me fez prometer que eu seguraria um livro de receitas sobre minha virilha se algum dia eu me visse na cozinha da casa do meu pai enquanto Marjorie estivesse requentando algum prato.

Uma vez ela sonhou que um tsunami inesperado estava prestes a atingir o estado da Flórida, o que era um sinal claro de que eu não deveria viajar à Disney na companhia de meu pai e Marjorie – não fazia diferença Orlando estar situada no continente. Ela decidiu que a nossa vizinha de porta, Ellen Farnsworth, fora aliciada pelo meu pai para coletar informações nas quais ele pudesse basear seu processo pela minha guarda. De que outra forma se poderia explicar o fato de que um dia, após meu pai ter ligado para pedir que a minha mãe me levasse aos treinos da liga infantil de beisebol, a sra. Farnsworth batera na nossa porta para me oferecer uma carona? Por que outra razão ela viria até a nossa casa e perguntaria se tínhamos um ovo sobrando, com a desculpa de que os seus haviam acabado no meio de uma receita de biscoitos de chocolate? Ela queria era nos espionar, minha mãe dizia. Reunir informações incriminadoras.

Aquela mulher é bem capaz de ter grampeado a nossa casa, ela dizia. Fazem microfones tão pequenos hoje em dia que pode haver um escondido neste saleiro.

Alô, Helen, ela gritara na direção do sal, num tom quase musical. Houve um tempo em que eu ficava espantado com ela saber coisas desse tipo e, uma vez que as descobria, saber exatamente o que fazer a respeito. Não me espanto mais.

E quanto aos treinos da liga: a Liga Infantil não passava de uma dessas organizações onde aniquilam a criatividade das crianças fazendo-as obedecer a um monte de regras, minha mãe dizia.

Como, por exemplo, só deixarem cada criança rebater três vezes?, perguntei. Como por exemplo, o time com mais *home runs* vencer?

Eu estava bancando o engraçadinho, é claro. Eu detestava beisebol, mas às vezes também detestava a maneira como a minha mãe encarava tudo o que as outras pessoas faziam, procurando um motivo para não fazermos o mesmo por que aquelas pessoas não eram gente como a gente.

E o que há com aquela mulher, afinal de contas?, ela dizia, logo depois de a sra. Farnsworth ter tido o quarto filho. Cada vez que me viro ela está tendo outro bebê.

Esses eram o tipo de assunto sobre os quais falávamos durante o jantar. Ela falava. Eu ouvia. Minha mãe achava que o aparelho de televisão não devia ficar ligado enquanto as pessoas jantavam. As pessoas deveriam conversar. Na cozinha, sob a luz da nossa única lâmpada remanescente, enquanto comíamos nosso jantar congelado (aquecido no forno, nunca no micro-ondas), ela discutia a possibilidade de o método de controle de natalidade dos Farnsworth ser falho – diafragma, talvez? – e me contava histórias da sua vida, embora somente dos velhos tempos. Foi assim que fiquei sabendo de tudo: quando ela descansava a bandeja sobre a mesa, após ter se servido de vinho.

Seu pai era um homem muito bonito, ela me disse. Como você vai ser. Certa vez ela enviara uma foto dele a alguém em Hollywood, na época em que eram recém-casados, pois ela achava que ele podia ser um astro do cinema.

Nunca responderam, ela disse. Parecia surpresa.

Meu pai é que era daquela cidade. Ela o conhecera no casamento de uma moça que havia sido sua colega de escola em Massachusetts, na costa norte.

Nem mesmo sei por que Cheryl me convidou, ela disse. Não éramos assim tão próximas. Mas podiam contar comigo sempre que havia um baile.

Meu pai foi ao casamento acompanhado de outra pessoa. Minha mãe foi sozinha, pois ela gostava das coisas desse modo. Assim, ela dizia, você não fica presa a noite toda com alguém que não sabe dançar.

Meu pai sabia dançar. No final da noite, as pessoas abriram um espaço na pista de dança só para os dois. Ele a conduzia em movimentos que ela nunca fizera antes, como um mortal que a deixou feliz por estar usando calcinhas vermelhas.

Ele beijava muito bem. Depois que se conheceram, passaram todo o fim de semana na cama, e os primeiros três dias da semana seguinte também. Eu não tinha necessidade de ouvir tudo o que a minha mãe me contava, mas isso nunca foi problema para ela. No segundo copo de vinho, ela já não estava mais falando comigo, estava falando simplesmente.

Se tivéssemos podido dançar o tempo todo..., ela dizia. Se nunca tivéssemos precisado parar de dançar, tudo teria ficado bem.

Ela largou o emprego na agência de viagens e foi morar com ele. Ele ainda não vendia apólices de seguro. Tinha um carrinho no qual circulava por aí, vendendo cachorro-quente em feiras, e pipoca. Ela começou a sair para a rua junto com ele, e à noite, às vezes, nem sequer voltavam para o apartamento, se tinham subido o estado ou ido em direção ao litoral. Tinham sempre um saco de dormir embaixo do banco. Um era o suficiente.

Aquilo era só um bico de verão, claro, ela dizia. O inverno chegava e então eles se dirigiam para a Flórida. Ela arranjou um emprego durante um tempo, servindo margaritas num bar em Fort Lauderdale. Ele vendia cachorro-quente na praia. À noite, saíam para dançar.

Eu tentava comer devagar quando a minha mãe começava a contar essas histórias. Eu sabia que, quando a refeição acabasse, ela se lembraria de onde estávamos e se levantaria da mesa. Quando ela falava dos velhos tempos, dos tempos da Flórida e do carrinho de cachorro-quente, e dos planos que tinham de ir até a Califórnia e tentar ser dançarinos em algum programa de variedades da televisão, algo acontecia no seu rosto, do jeito que as pessoas ficam quando toca no rádio uma música que costumava tocar quando eram jovens, ou quando veem passar na rua um cachorro que as faz lembrar daquele que tinham quando eram crianças – talvez um boston terrier, ou um collie. Por um momento, ela parecia a minha avó, no dia em que ouviu a notícia de que Red Skelton morrera, e consigo própria, no dia em que o meu pai estacionou na frente da nossa casa, trazendo no colo o bebê que ele disse que era a minha irmã. A essa altura já fazia um ano que ele se fora, mas aquele momento – quando ela viu o bebê – foi o pior de todos.

Eu tinha me esquecido de como eram os bebês, ela disse, depois que ele foi embora. Também nessa vez havia um olhar derretido no seu rosto. Talvez a palavra seja arrasado. Depois ela se recordou. Você era muito mais bonitinho, ela disse.

Na época em que ainda me levava para passear, também enquanto dirigia, ela me contava histórias, mas quando começou a preferir ficar em casa o tempo todo, o jantar passou a ser o momento em que me contava as suas histórias, e mesmo se fossem tristes eu queria que nunca terminassem. Eu sempre sabia, ao largar o meu garfo, que a história tinha chegado ao fim, ou mesmo que não tivesse acabado – não eram histórias com um final –, porque o rosto dela voltava ao que era antes.

É melhor lavarmos os pratos, ela dizia. Você tem dever de casa para fazer.

O final de verdade veio quando meus pais voltaram para o norte e venderam o carrinho de cachorro-quente. Não havia mais aqueles programas na televisão do nosso tempo de infância, ela disse. Com gente dançando. Eles tinham atravessado todo o país sem nunca perceber que *The Sonny and Cher Show* e *The Glen Campbell Hour* haviam sido tirados do ar. Mas dava na mesma, na verdade, pois o que ela mais queria nunca fora dançar na televisão. Ela queria ter um filho.

E aí você estava a caminho, ela disse. E meu sonho tornou-se realidade.

Meu pai conseguiu o emprego para vender apólices de seguro. Sua especialidade eram danos físicos e invalidez permanente. Ninguém conseguia calcular mais rápido do que o meu pai quanto dinheiro uma pessoa conseguia por perder um braço, ou um braço e uma perna, ou duas pernas, ou – a sorte grande – todos os quatro membros, o que, se essa pessoa havia sido esperta o suficiente e comprado uma apólice dele, significava que tinha ficado milionária, feita na vida.

Depois disso minha mãe passou a ficar em casa comigo. Eles moravam com a mãe do meu pai, na época e, depois que ela morreu, eles ficaram com a casa, mas não era lá que nós morávamos depois do divórcio. Agora meu pai morava na nossa ex-casa com a Marjorie, Richard e Chloe. Ele a hipotecou mais uma vez, para ter dinheiro para dar à minha mãe, que foi o dinheiro que a minha mãe usou para conseguir o lugar para onde nós, então, nos mudamos. Menor, sem a árvore no quintal onde o meu balanço havia sido montado, mas com espaço suficiente para o tamanho da nossa família agora: só nós dois.

Não eram essas histórias que ela me contava durante o jantar. Essa parte eu tive que descobrir aos poucos sozinho, também dos sábados à noite com meu pai, quando ele e Marjorie me levavam para jantar fora e às vezes ele dizia coisas como, Se a sua mãe não tivesse me feito dar todo aquele dinheiro para a casa, ou então Marjorie apertava a boca, séria, e me perguntava se a minha mãe havia procurado algum emprego fixo.

O problema da minha mãe de não sair de casa já durava tanto tempo que eu nem me lembrava mais de quando começara. Mas eu sabia o que ela pensava: não era uma boa ideia o mundo lá fora.

Era por causa dos bebês, ela dizia. Todos aqueles bebês chorões por todos os lados, e as mães enfiando chupetas nas suas bocas. Ela também falava de outras coisas – do clima e do trânsito, das usinas de energia nuclear e do perigo de ondas emitidas por linhas de alta tensão. Mas eram os bebês que lhe davam nos nervos, e as suas mães.

Elas nunca dão atenção, ela dizia. Era como se a grande realização fosse dar à luz essas crianças e depois tudo fosse só um fardo executado da melhor maneira possível, enfiando refrigerantes goela abaixo e colocando-as sentadas na frente da TV para ver um vídeo (que estavam começando a ficar populares). Será possível que ninguém mais conversa com os próprios filhos?, ela dizia.

Bem, ela conversava, é verdade. Demais até, na minha opinião. Ficava sempre em casa agora. A única pessoa que tinha interesse em ver era eu, ela dizia.

* * *

DE VEZ EM QUANDO AINDA ÍAMOS A ALGUM LUGAR, mas em vez de entrar no estabelecimento, ela me mandava com o dinheiro e ficava esperando no carro. Ou então ela dizia, Por que se dar o trabalho de ir até a loja, se podemos encomendar da Sears? Quando íamos ao supermercado, ela fazia estoques de sopas Campbel's e refeições prontas de peixe da Cap'n Andy, manteiga de amendoim e waffles congelados, e logo passou a ser como se morássemos num abrigo antiaéreo. A Sears já nos fornecia comida congelada nessa época e nosso estoque era grande. Um furacão podia ter nos atingido, e estaríamos garantidos por semanas, de tantas provisões que tínhamos guardadas. Leite em pó era melhor para mim, de qualquer modo, ela dizia. Menos gordura. Os pais dela sofriam de colesterol alto e morreram jovens. Tínhamos que nos precaver.

Depois ela começou a comprar tudo por catálogos – era a época pré-internet –, até mesmo coisas como nossas roupas íntimas e meias, comentando que a cidade vivia engarrafada, que uma pessoa não devia nem mesmo dirigir mais, sobretudo porque isso contribuía para a poluição. Eu tive a ideia de que devíamos comprar uma scooter: eu vira um personagem de um programa de TV andando numa, e ficava imaginando como seria divertido nós dois voando pela cidade, fazendo as nossas coisas.

Quantas coisas fora de casa uma pessoa precisa fazer, afinal?, ela dizia. Pensando bem, esse negócio de ir de um lado para o outro da cidade faz a gente gastar muito tempo que poderia passar em casa.

Quando eu era mais novo, eu estava sempre tentando tirá-la de casa. Vamos jogar boliche, eu dizia. Minigolfe. O museu de ciências. Eu tentava pensar em coisas de que ela pudesse gostar – uma feira de Natal na escola, uma montagem de *Okhlahoma!* promovida pelo Lions Club.

Vai ter dança, eu dizia. Foi um grande erro, mencionar isso.

Isso é o que eles consideram dança – ela disse.

* * *

ÀS VEZES EU ME PERGUNTAVA SE O PROBLEMA DELA era amar demais o meu pai. Ouvi casos de pessoas que amavam tanto outra que se esta pessoa amada morria, ou ia embora, a outra nunca superava a dor. Era isso o que queriam dizer quando falavam de corações partidos. Uma vez, enquanto jantávamos nossas refeições congeladas, e ela havia se servido de um terceiro copo de vinho, pensei em perguntar sobre esse assunto à minha mãe. Eu ficava imaginando se o que fazia uma pessoa odiar outra do mesmo jeito que ela parecia odiar o meu pai era o fato de um dia tê-lo amado em igual medida. Parecia algo que podia ser ensinado para nós na aula de ciência – física, embora não tivéssemos estudado isso ainda. Como uma gangorra, onde o tanto que alguém sobe de um lado depende do quanto a outra pessoa desce no outro.

Eu concluí que não foi a perda do meu pai o que partiu o coração da minha mãe, se é que foi isso de fato o que acontecera, conforme parecia. Foi a perda do amor – do sonho de atravessar a América comendo pipoca e cachorro-quente, dançando pelo caminho num vestido brilhante e com calcinhas vermelhas. Ter alguém que a achasse bonita – o que, ela me contara, meu pai lhe dizia todos os dias.

Então, de repente, não tem mais ninguém dizendo isso, e você fica como um daqueles porcos-espinhos de cerâmica, com grama crescendo, esquecido e sem ser regado pela pessoa que o comprou. Você é como um hamster que ninguém se lembra de alimentar.

Essa era a minha mãe. Eu podia tentar compensar parte da rejeição, e o fazia, deixando para ela bilhetes na cama que diziam "Para a Melhor Mãe do Mundo" junto a alguma pedra que eu encontrara, ou alguma flor, e piadas tiradas do meu almanaque de piadas, às vezes fazendo canções engraçadas para ela, ou limpando a gaveta das pratarias e forrando de papel todas as prateleiras, e quando chegava o aniversário dela, ou o Natal, eu lhe dava livros feitos de cupons de desconto grampeados, cada um trazendo uma promessa do tipo "Troque por carregar o lixo para fora", ou

"Válido para uma passada de aspirador de pó". Quando era mais novo, eu uma vez fiz um cupom que dizia "Marido por um dia", com a promessa de que, independente de quando ela descontasse aquele ali, seria exatamente como ter um marido em casa de novo, tudo o que ela quisesse, eu daria um jeito.

Na época eu era jovem demais para entender que uma parte do Marido por Um Dia eu não tinha condições de desempenhar, mas por outro lado acho que pressenti minha própria e terrível inadequação, e este era o fardo que pesava sobre mim, quando eu me deitava na minha pequena cama, no meu pequeno quarto, ao lado do dela, as paredes entre nós tão finas que era quase como se ela estivesse ali comigo. Eu podia sentir sua solidão e sua carência, mesmo antes de saber o nome para esses sentimentos. Provavelmente nunca foram por causa do meu pai, na verdade. Olhando para a minha mãe agora, é difícil imaginar que ele tenha alguma vez sido digno dela. O que ela amara fora o próprio amar.

Um ou dois anos depois do divórcio, em uma das nossas noites de sábado, meu pai me perguntou se eu achava que minha mãe estava ficando maluca. Eu devia ter sete ou oito anos na época, não que ser mais velho pudesse ter facilitado uma pergunta dessas. Eu tinha idade suficiente para saber que a mãe da maioria das pessoas não ficava sentada dentro do carro enquanto o filho ia correndo até a mercearia com o dinheiro para fazer as compras, ou ia até o caixa do banco – ainda não havia caixas eletrônicos – com um cheque no valor de quinhentos dólares: dinheiro suficiente, ela dizia, para que não precisássemos fazer outra viagem daquelas tão cedo.

Eu já visitava a casa de outras pessoas, então sabia como eram as outras mães – trabalhavam e levavam os filhos a lugares, sentavam-se nas arquibancadas durante os jogos, iam ao cabeleireiro e ao shopping center e, às vezes, iam a festas para comemorar aos tempos de escola. Tinham amigas, não apenas uma solitária mulher tristonha com um filho retardado em um carrinho de bebê gigante.

Ela só é tímida, eu disse ao meu pai. Está ocupada com as aulas de música. Isso foi no ano em que a minha mãe começou a ter aulas de violoncelo. Ela havia assistido a um documentário sobre uma famosa violoncelista, talvez a maior do mundo, que contraiu uma doença e então começou a perder acordes e a deixar cair o arco e logo ela não poderia mais tocar, e o seu marido, que também era um músico famoso, a deixou por outra mulher.

Minha mãe havia me contado essa história depois que terminamos nossos peixes congelados Cap'n Andy, certa noite. O marido havia começado a dormir com a irmã da famosa violoncelista, a minha mãe me disse. Depois de um tempo, a violoncelista não conseguia mais caminhar. Precisou ficar deitada na cama, na mesma casa em que o marido estava na cama com a sua irmã.

Fazendo amor no quarto ao lado. O que acha disso, Henry?, minha mãe dizia.

Terrível, eu disse. Não que ela estivesse realmente esperando pela minha resposta.

Minha mãe estava aprendendo a tocar o violoncelo como um tributo a Jacqueline du Pré, ela me contou. Ela não tinha um professor, mas alugava um violoncelo de uma loja de instrumentos musicais que ficava numa cidadezinha próxima. Era meio pequeno, feito para crianças, mas era suficiente para se começar. Uma vez que pegasse o jeito, ela poderia passar para algo melhor.

Minha mãe está bem, eu disse ao meu pai. Ela só fica triste às vezes, quando as pessoas morrem. Como Jacqueline du Pré.

Você poderia vir morar comigo e a Marjorie, ele disse. E com o Richard e a Chloe. Se você gostar dessa ideia, nós a levaríamos ao tribunal. Fariam uma avaliação de sua mãe.

A mãe está bem, eu disse. Ela vai receber amanhã a visita de sua amiga Evelyn. Eu brinco com o filho da Evelyn, Barry.

(*Blá blá gu gu*, pensei. *Bubi dubi zo zo*. Língua do Barry.)

Olhei para o rosto do meu pai enquanto eu dizia essas coisas a ele. Se ele tivesse insistido, talvez eu tivesse dito mais ainda – quem Barry era, e como a minha mãe e Evelyn passavam o tempo quando esta vinha até a nossa casa, o plano que tinham para comprar juntas uma fazenda no interior, onde poderiam educar os filhos em casa e cultivar a própria horta. Seguir uma dieta macrobiótica para reativar as células do cérebro de Barry, as que não funcionavam muito bem no momento. Usar energia solar para a iluminação. Ou energia eólica, ou aquela máquina que a mãe de Barry havia visto na *Evening Magazine* – você armazenava energia para fazer funcionar a geladeira pedalando uma hora todas as manhãs num aparelho tipo bicicleta. Poupe dinheiro da conta de luz e emagreça, tudo ao mesmo tempo. Não que a minha mãe precisasse disso, mas Evelyn sim.

Mas meu pai, ao ouvir meu relato sobre o atribulado e animado cronograma de atividades da minha mãe, pareceu aliviado, como eu sabia que ficaria. Eu sabia que ele não queria realmente que eu fosse morar com ele e a Marjorie, não mais do que eu gostaria de me mudar para lá e morar com ele e uma mulher que se referia aos seus dois filhos (e a mim, quando estava com eles) como "munchikins". Ou pimpolhos, seu outro termo preferido.

Embora eu fosse filho dele de verdade, e Richard não, o fato era que Richard era mais do tipo dele. Richard sempre chegava à base quando rebatia na liga infantil. Já eu ficava sempre no banco de reservas, até o dia em que meu pai concordou que talvez aquele esporte não fosse mesmo para mim. Uma coisa era certa: ninguém sentiu a minha falta no Holton Mills Tigers depois que eu saí.

Só perguntei porque tive a impressão de que ela estava deprimida, meu pai disse. E eu não gostaria que você passasse por algum tipo de experiência traumática por causa disso. Quero que você tenha por perto alguém que possa cuidar de você direito.

A minha mãe cuida muito bem de mim, eu disse. Fazemos coisas divertidas o tempo todo. Recebemos visitas. Temos hobbies.

Estamos aprendendo espanhol, eu contei a ele.

CAPÍTULO 4

Estavam procurando por ele em toda a cidade, claro. Frank. Nós só tínhamos um canal de televisão, mas mesmo antes das seis, quando começava o noticiário, eles interromperam a programação para dar os detalhes do caso. A teoria era a de que, considerando seus ferimentos, e o fato de que não chegara a se passar uma hora da fuga até que a polícia bloqueasse as estradas – e na nossa cidade havia só uma estrada para entrar e outra para sair –, ele não podia ter ido muito longe.

Lá estava o rosto dele na tela. Era engraçado ver na TV a pessoa que está sentada na sua sala de estar. Do mesmo jeito que aquela menina Rachel se sentiria se viesse até a minha casa, o que ela nunca faria, e uma reprise de *A ilha dos birutas* começasse a passar justo no momento em que a minha mãe chegasse na sala com um prato de biscoitos para nós, o que também não aconteceria, e Rachel ainda acreditasse que a minha mãe era, na verdade, aquela atriz.

"Temos uma celebridade entre nós", Marjorie dissera na noite em que ela e meu pai me levaram para comer um sundae depois da minha atuação como Rip Van Winkle. Só que dessa vez seria verdade.

Agora estavam entrevistando o chefe da polícia rodoviária, que disse que o foragido fora visto no shopping center local. Estavam dizendo que Frank era perigoso, possivelmente estava armado, embora soubéssemos que não estava. Eu já tinha perguntado a ele se ele tinha uma arma. Quando ele disse que não, fiquei decepcionado.

Se virem este homem, liguem para as autoridades imediatamente, a âncora disse. Então um número de telefone apareceu na tela. Minha mãe não anotou nada.

Evidentemente ele havia feito a cirurgia do apêndice um dia antes. Disseram algo sobre como ele amarrara a enfermeira que estava cuidando dele e pulara por uma janela, mas nós já sabíamos dessa parte, e também sabíamos que ele havia libertado a enfermeira antes de pular pela janela. Ela estava na TV agora, dizendo que ele sempre havia se mostrado atencioso e cheio de consideração com ela. Um bom paciente, embora de fato tivesse sido um choque quando ele a amarrou daquela maneira. Aos olhos da minha mãe, isso provavelmente o fez parecer ainda mais digno de confiança, saber que ele não havia mudado a história que contara para nós.

Outra coisa que disseram na TV foi o motivo de ele estar preso. Homicídio.

Até aquele momento, Frank não dissera nada. Estávamos apenas assistindo, juntos, como se aquilo fosse o *Evening Magazine* ou algum outro programa daquele tipo e horário. Mas quando falaram que ele havia matado uma pessoa, deu para ver um pequeno tremor na sua mandíbula.

Nunca explicam os detalhes, ele disse. Não aconteceu do jeito que vão dizer que aconteceu.

Na televisão, haviam retomado a programação normal. Uma reprise de *Happy Days*.

Adele, preciso pedir para ficar com vocês dois por um tempo, Frank disse. Eles vão fazer uma busca por todas as rodovias, trens e ônibus. A única coisa que ninguém espera é que eu fique na cidade.

Não foi a minha mãe quem falou o que segue. Fui eu. Eu não havia mencionado nada porque tinha gostado dele e não queria deixá-lo brabo, mas parecia importante que alguém trouxesse isto à discussão.

Não é contra a lei abrigar um criminoso?, perguntei a ele – eu ouvira falar isso na televisão. Então fiquei me sentindo mal por ter usado essa palavra. Embora mal conhecêssemos Frank, parecia errado chamar de criminosa uma pessoa que havia me comprado uma revistinha de palavras cruzadas, e instalado lâmpadas novas em toda a casa. Ele havia elogiado a cor que a minha mãe escolhera para pintar a cozinha – um tom de amarelo que ele disse que o fazia lembrar dos ranúnculos da fazenda da sua avó, onde ele cresceu. Disse que nunca tínhamos comido um chili como o que ele ia preparar para nós.

Você tem um filho inteligente, Adele, Frank disse. É bom saber que ele cuida de você. É exatamente isso o que um garoto deve fazer pela mãe.

Isso só seria um problema se alguém encontrasse Frank aqui, minha mãe respondeu. Desde que ninguém saiba que ele veio, não há mal algum.

Eu sabia o resto. A minha mãe não tinha a menor preocupação com a lei. Minha mãe não ia à igreja, mas quem cuidava da gente, ela dizia, era Deus.

É verdade, Frank disse. Mas ainda assim não é admissível pôr você e a sua família em risco.

Nossa família. Ele falou de nós como uma família.

É por isso que vou ter de amarrar você, ele disse. Só você, Adele. Henry aqui sabe que não quer que nada de ruim aconteça com a sua mãe. É por isso que ele não vai chamar a polícia nem ninguém. Estou certo, Henry?

Minha mãe, ao ouvir aquilo, não se mexeu do lugar onde estava no sofá. Durante um minuto, ninguém disse nada. Dava para ouvir o barulho da roda girando na gaiola de Joe enquanto ele caminhava em círculos, os pequenos tiques de suas minúsculas unhas contra o metal, e o chiado da água no forno, do nosso jantar congelado.

Preciso pedir que você me leve até o seu quarto, Adele, ele disse. Imagino que uma mulher como você tenha algumas echarpes. Seda seria ótimo. Corda ou cordão podem machucar a pele.

A porta estava a menos de um metro e meio de mim, ainda entreaberta, de quando levamos para dentro as sacolas de compras. Do outro lado da rua ficava a casa dos Jervis, onde a sra. Jervis às vezes me chamava para mandar um recado à minha mãe, perguntando quando tínhamos a intenção de varrer as folhas secas do nosso gramado, porque estavam começando a voar para o gramado dos vizinhos. Todo mês de dezembro, o sr. Edwards punha tantas luzes no seu jardim que vinha gente das cidades vizinhas para ver, o que significava que frequentemente passavam pela nossa casa nessa época do ano.

As pessoas gastam todo esse dinheiro em luzes decorativas, a minha mãe dizia. Será que alguma vez já pensaram em admirar as estrelas?

Eu podia sair porta afora e correr até a casa dos vizinhos naquele momento. Eu podia apanhar o telefone e discar um número. Da polícia. Do meu pai. Não meu pai: ele usaria isso como prova de que a minha mãe era louca, como ele sempre dizia.

Mas eu não queria fazer nada disso. Talvez Frank tivesse uma arma, talvez não. Sem dúvida ele havia matado alguém. Mas não parecia alguém que pudesse machucar a minha mãe ou eu.

Estudei a expressão no rosto da minha mãe. Pela primeira vez na vida, ela parecia bem. Havia nas suas bochechas um tom rosado com a qual eu não estava habituado, e os olhos dela estavam fixos nos dele. Que eram azuis.

Na verdade, tenho uma coleção de echarpes de seda, a minha mãe disse. Eram da minha mãe.

É para mantermos as aparências, Frank disse, em voz baixa. Acho que entendem o que quero dizer.

Eu me levantei e fui até a porta. Fechei-a, para que ninguém pudesse olhar para dentro da nossa casa. Fiquei ali sentado na sala de estar, com as pernas dobradas embaixo de mim, e observei os dois subirem os degraus até o quarto dela: a minha mãe na frente, Frank logo atrás. Pareciam caminhar mais lentamente do que o normal ao subirem aquelas escadas, como se cada passo exigisse reflexão. Como se houvesse algo mais lá em cima além de um punhado de echarpes velhas. Como se não tivessem certeza do que haveria lá em cima e estivessem demorando de propósito, refletindo a respeito.

Depois de algum tempo, eles estavam de volta. Ele perguntou à minha mãe qual cadeira ela achava mais confortável. Só não podia ser nada perto de uma janela.

Dava para ver pelo seu jeito de cerrar a mandíbula de vez em quando que ele ainda estava com dores do ferimento, sem falar na cirurgia do apêndice. Mesmo assim ele ainda conseguia fazer o que era necessário.

Primeiro ele limpou o pó do assento. Passou a mão sobre a madeira como se procurasse uma farpa. Não de forma brusca, mas firme, ele pôs as mãos sobre os ombros dela e a fez se sentar. Olhou-a de cima por um minuto, como se estivesse pensando. Ela olhou para cima, também como se estivesse pensando. Se ela estava com medo, não havia como saber.

Para amarrar os pés dela, ele precisou se abaixar até o chão. A minha mãe estava usando o tipo de sapato de sua predileção, que parecia uma sapatilha de balé. Ele os retirou delicadamente – primeiro um, depois o outro, a mão acariciando cada arco. Ele tinha uma mão surpreendentemente grande, ou talvez os pés dela é que fossem pequenos.

Espero que não se importe que eu diga isso, Adele, ele falou. Mas os seus pés são muito bonitos.

Muitos dançarinos estragam os pés, minha mãe disse. Eu tive sorte.

Então ele pegou na mesa uma das echarpes – uma cor-de-rosa, com estampa de rosas –, e outra, que tinha algum tipo de desenho geométrico. Tive a impressão de que ele esfregou esta última no próprio rosto, mas talvez essa parte eu tenha imaginado. Só sei que o tempo parecia em suspenso, ou então passava tão devagar que eu não saberia dizer quantos minutos transcorreram quando finalmente ele fez a volta em torno do tornozelo dela com a primeira echarpe e começou a amarrar. Ele tinha prendido a cadeira a uma peça de metal que havia embaixo da mesa, onde se podia colocar uma extensão e aumentar a mesa quando se recebia visitas, e caso precisasse arranjar lugar para mais gente. Não que alguma vez tivéssemos precisado usar aquilo.

Enquanto amarrava as echarpes, parecia que Frank havia esquecido que eu estava lá – uma em cada tornozelo, que ele depois prendia às pernas da cadeira, outra ao redor dos pulsos, presos um junto ao outro sobre o colo, de forma que parecia que ela estava rezando, sentada daquele jeito. Ou pelo menos parecia que estava sentada na igreja. Não que frequentássemos a igreja.

Então ele pareceu lembrar-se de mim de novo. Não quero que fique perturbado com isso, filho, ele disse. São coisas que uma pessoa precisa fazer, numa situação dessas.

Mais uma coisa, ele disse à minha mãe. Não quero constrangê-la de maneira alguma ao dizer isto. Mas quando sentir necessidade de usar o banheiro. Ou tiver qualquer necessidade íntima que requeira privacidade. É só me avisar.

Vou me sentar ao seu lado, se não se importa. Ficar de olho.

Por um rápido segundo, passou pelo seu rosto aquele olhar, em que se via que ele estava sentindo dor.

Então ela lhe perguntou sobre a sua perna. Minha mãe não acreditava muito na medicina, mas sempre tinha um frasco de álcool embaixo da pia. Não queria que ele pegasse uma infecção, ela disse. E talvez eles pudessem improvisar algum tipo de tala para o tornozelo dele.

Vamos deixar você exatamente como era num piscar de olhos, ela disse.

E se eu não quiser voltar a ser como eu era?, ele disse. E se eu quiser ser diferente agora?

ELE A ALIMENTOU. MINHAS MÃOS ESTAVAM LIVRES, mas como as de minha mãe estavam amarradas, ele pôs o prato na frente dele, sobre a mesa, ao alcance do garfo. E ele tinha razão sobre o chili que fez para nós. O melhor que comi na minha vida.

Quando o vi dando comida a ela, reparei que não tinha nada a ver com a amiga da minha mãe, Evelyn, que costumava ir até a nossa casa com Barry e dava comida a ele. Ou com Marjorie e o bebê que eles diziam ser minha irmãzinha. Ela enfiava colheradas de pêssego na boca da menina enquanto falava ao telefone ou gritava com Richard por causa de alguma coisa, então pelo menos metade da refeição caía no pijama de Chloe, sem Marjorie sequer se dar conta. Era humilhante alguém ter de ficar sentado daquele jeito, dependendo de outra pessoa para lhe dar comida. Se colocassem demais na colher, você teria de engolir de qualquer jeito, e se colocassem pouco, você ficaria ali sentado, implorando por mais. Seria de se imaginar que isso deixaria uma pessoa louca, ou desesperada, e nesse caso a única coisa que se pode fazer é cuspir a comida de volta na pessoa que a estava alimentando. E passar fome.

Mas havia alguma coisa de bonito no modo com que Frank alimentava a minha mãe, como se ele fosse um joalheiro ou um cientista, ou um desses velhos japoneses que passam o dia inteiro trabalhando num único bonsai.

A cada colherada ele se certificava de dar a quantia certa, para que ela não se engasgasse com a comida, e nem um pouco caía pelo canto dos seus lábios até o queixo. Dava para ver que ele sabia que ela era o tipo de pessoa que se importava com a própria aparência, mesmo quando amarrada na própria cozinha sem ninguém para vê-la a não ser o próprio filho e um prisioneiro foragido. Talvez não fizesse diferença como ela estava parecendo para o filho, mas para o outro sim.

Antes de ele levar-lhe a colher à boca, ele assoprava o chili para que ela não se queimasse. Depois de algumas colheradas, ele imaginava que ela precisaria de algo para beber. Podia ser água ou vinho, dependendo. Ele alternava os dois, sem que ela precisasse pedir.

Diferente do que acontecia em jantares só comigo, quando ela ficava o tempo todo falando, contando suas histórias, naquela noite comemos em total silêncio, ou quase. Os olhos deles estavam fixos um no outro. Ainda assim, outras coisas eram evidentes: o jeito como ela inclinava o pescoço na direção dele, como um passarinho no ninho, o jeito do corpo dele projetar-se à frente na cadeira, como um pintor na frente de uma tela. Às vezes dando uma pincelada. Às vezes examinando o próprio trabalho.

Na metade da refeição, uma gota de molho de tomate respingou na bochecha da minha mãe. Ela poderia ter lambido com a própria língua, mas talvez a essa altura ela já tivesse entendido que não seria necessário. Frank mergulhou o guardanapo no copo de água e esfregou levemente o rosto dela, por um rápido momento, para secar o molho de tomate. Ela fez um movimento de concordância quase imperceptível. Fácil de não perceber, mas o seu cabelo havia encostado na mão dele, e quando isso aconteceu, ele pegou a mecha de cabelo e afastou-a do rosto dela.

Ele mesmo não comeu. Eu estava com fome, mas sentado ali naquela hora, na mesa com os dois, mastigar e engolir pareciam coisas tão grosseiras quanto comer pipoca no batizado de um bebê, ou lamber um sorvete enquanto o seu amigo diz que o cachorro dele morreu. Eu não devia estar ali, era isso o que eu sentia.

Acho que vou comer na sala, falei. Ver um pouco de TV.

O telefone também ficava na sala, claro. Eu podia ter ligado para alguém. A porta, os vizinhos, o carro com a chave na ignição – nada havia mudado. Sintonizei *Three's Company* e comi o meu chili.

Alguns programas depois, quando fiquei cansado, olhei para a cozinha. Os pratos haviam sido retirados e lavados. Ele havia feito chá, mas ninguém estava bebendo. Eu podia ouvir os dois falando baixinho, mas não as palavras que diziam.

Então gritei, anunciando que eu estava indo para a cama. Nesse momento minha mãe normalmente teria dito "bons sonhos", mas ela estava ocupada.

CAPÍTULO 5

Minha mãe não tinha um emprego fixo, mas vendia vitaminas por telefone. Mais ou menos a cada duas semanas a empresa para a qual trabalhava – MegaMite – mandava uma lista impressa com números de telefones de potenciais compradores de toda a nossa região, para ela ligar e falar sobre o produto. Cada vez que ela vendia uma caixa de vitaminas, a empresa lhe pagava uma comissão. Ela também conseguia um desconto nas vitaminas para nós, o que era um benefício extra. Ela sempre cuidava para que eu tomasse minhas vitaminas duas vezes por dia. Ela dizia que via o resultado nos meus olhos. Algumas pessoas tinham o branco do olho acinzentado, mas o meu era branquinho como um ovo, e a outra coisa que havia reparado era que, diferente de várias outras crianças da minha idade (não que ela tivesse muito contato com outras crianças da minha idade), eu não sofria de acne.

Você ainda é novo demais para importar-se com isso, ela me disse, mas no futuro vai dar graças a Deus porque os minerais que está tomando vão ajudar a sua virilidade e saúde sexual. Fizeram estudos sobre isso. Particularmente agora, no início da puberdade, é importante levar essas coisas em consideração.

Essas eram algumas das falas que a minha mãe deveria dizer ao seus clientes em potencial, mas em geral quem as ouvia era eu.

Minha mãe era uma péssima vendedora de MegaMite. Para começar, ela odiava ligar para estranhos, então muitas vezes simplesmente não fazia nada. As novas listas ficavam jogadas na nossa mesa da cozinha, em cima das listas velhas, com um nome marcado aqui, outro ali, e os comentários esparsos – *Linha ocupada. Ligar novamente em horário mais conveniente. Gostaria de comprar, mas não tem $.*

Posso lhe garantir que você que deveria tomar essas vitaminas, Marie – eu a ouvi dizendo ao telefone uma vez – uma rara noite em que ela havia se instalado na mesa com o telefone, uma caneta para tomar notas e a lista de números de telefone que lhe fora dada. Até aí tudo bem, pensei ao chegar na cozinha para me servir de uma tigela com cereais com leite em pó. Aquilo era uma boa notícia particularmente porque na época ela havia prometido que, se conseguisse mais trinta clientes das vitaminas, compraria para mim uma caixa de livros de Sherlock Holmes que eu estava havia tempos namorando, do Classics Book Club, ao qual havíamos nos associado um ano antes para receber grátis um *atlas mundial* e uma edição com ilustrações coloridas e encadernada em couro das *Crônicas de Nárnia.*

Então eis o que vou fazer, Marie, ela estava dizendo. *Vou mandar as vitaminas de qualquer forma. Vou comprá-las eu mesma com o meu desconto especial para vendedores. Pode me mandar um cheque depois, quando as coisas melhorarem para você.*

O que faz você pensar que essa pessoa que você nunca viu está pior do que nós, perguntei a ela.

Porque eu tenho você, ela respondeu. A Marie não tem.

SUPONHO QUE O SEU PAI NÃO TENHA CONVERSADO nada sobre sexo com você, ela disse uma noite, enquanto comíamos nosso jantar Cap'n Andy. Eu temia aquele momento, e talvez tivesse conseguido evitá-lo se tivesse respondido que sim, ele explicou tudo, mas era impossível mentir para a minha mãe.

Não, falei.

A maioria das pessoas dão mais importância às mudanças físicas pelas quais você logo vai passar. Talvez elas até já tenham começado. Não quero invadir a sua intimidade, perguntando sobre isso.

Eles explicaram tudo numa aula sobre saúde, eu disse a ela. Cortar ela no início, era essa a minha ideia. Tão rápido quanto possível.

Eles nunca falam sobre o amor, Henry, ela disse. Apesar de todas as discussões sobre partes do corpo, a única que nunca é mencionada é o coração.

Não faz mal, falei. Desesperado para terminar aquela conversa. Só que ela não parava de falar.

Há outro aspecto que o seu professor de saúde dificilmente vai abordar. Embora ele possa ter mencionado os hormônios. Sem dúvida ele já fez isso.

Eu me preparei para ouvir todas as terríveis palavras. *Ejaculação. Sêmen. Ereção. Pelos pubianos. Polução noturna. Masturbação.*

O desejo, ela disse. As pessoas nunca falam do desejo. Elas agem como se fazer amor fosse só uma questão de secreções, funções corporais e reprodução. Esquecem de dizer como é a sensação.

Pare, pare, eu queria dizer. Eu queria tapar a sua boca com a minha mão. Queria fugir da mesa e correr noite adentro. Aparar a grama, varrer as folhas, tirar a neve, estar em qualquer outro lugar que não ali.

Há um outro tipo de fome, ela disse, afastando os nossos pratos – o dela quase intocado, como sempre – e se servindo de um copo de vinho.

A fome pelo toque humano, ela disse. E então suspirou profundamente. Se houvesse alguma dúvida antes, agora ficou tudo claro. Ela sabia muito bem o que era aquilo.

CAPÍTULO 6

ÀS VEZES ACONTECE DE VOCÊ acordar e por um minuto não se lembrar do que aconteceu no dia anterior. Seu cérebro demora alguns segundos para se reajustar, antes de você lembrar o que quer que tenha acontecido – às vezes algo bom, mas na maior parte das vezes uma coisa ruim – e que estava na sua cabeça quando foi se deitar na noite anterior, caindo no sono logo depois. Eu lembro dessa sensação quando meu pai foi embora, e de como, ao abrir meus olhos no dia seguinte e olhar pela janela, eu percebi que algo estava errado, sem lembrar exatamente o quê. Então me lembrei.

Quando Joe fugiu da gaiola e por três dias ficamos sem saber onde ele estava, e só o que podíamos fazer era espalhar ração de hamster pela casa toda, esperando que ele aparecesse, o que acabou acontecendo – foi uma dessas vezes. Quando minha avó morreu também foi uma dessas ocasiões – não que eu a conhecesse muito bem, mas porque a minha mãe a amava e agora ela seria órfã, o que significava que ela iria se sentir ainda mais sozinha no mundo, o que significava que era mais importante do que nunca que eu estivesse por perto e jantasse com ela, jogasse cartas, ouvisse suas histórias etc.

Na manhã seguinte do dia em que trouxemos Frank para a nossa casa, na volta do Pricemart – uma sexta-feira antes do fim de semana do Dia do Trabalho –, levantei da cama sem me lembrar de que ele estava lá. Eu só sabia que havia algo de diferente na nossa casa.

O primeiro indício veio quando senti o cheiro de café. Não era assim que a minha mãe fazia. Ela nunca levantava da cama tão cedo. E havia música tocando no rádio. Clássica.

Algo assava no forno. Biscoitos, logo descobri.

Levei apenas alguns segundos para entender. Diferente de outras vezes em que eu acordava e depois lembrava de pedaços do que havia acontecido, dessa vez não tive uma sensação ruim. Lembrei então das echarpes de seda, da mulher na TV dizendo a palavra *assassino*. Ainda assim, a sensação que eu tinha quando pensava em Frank não era de medo, não mesmo. Era de mais expectativa e emoção. Era como se eu estivesse no meio de um livro e precisasse dar um tempo por estar cansado demais para continuar lendo, ou então desse uma pausa no vídeo. Eu queria retomar a história logo e descobrir o que acontecia com os personagens, só que os personagens éramos nós.

Ao descer as escadas, considerei a possibilidade de a minha mãe estar no mesmo lugar em que estava quando fui me deitar na noite passada, amarrada na cadeira, com suas próprias echarpes de seda. Mas a cadeira estava vazia. A pessoa junto ao fogão era Frank. Ele havia evidentemente improvisado uma tala para o seu tornozelo, e ainda mancava, mas estava se virando.

Eu queria sair e comprar ovos para nós, ele disse, mas acho que não é uma boa ideia entrar num 7-Eleven agora. Ele fez um sinal com a cabeça na direção do jornal, que decerto pegara na calçada, onde havia sido jogado em algum momento antes do nascer do sol. Na primeira página, junto à manchete sobre a onda de calor que estavam prevendo para o feriadão, uma fotografia de um rosto familiar e irreconhecível ao mesmo tempo – o rosto dele. Só que o homem na foto tinha um olhar duro, malvado, e uma série de números grudados no peito, enquanto o da nossa cozinha estava com um pano de prato enfiado na cintura e usava uma luva térmica.

Ovos cairiam maravilhosamente bem com esses biscoitos, ele disse.

Não costumamos sair para comprar alimentos perecíveis, falei. Nossa dieta consistia basicamente em produtos enlatados e comidas congeladas.

Vocês têm espaço suficiente aí atrás para criar galinhas, ele disse. Com três ou quatro Rhode Island Reds das boas, vocês poderiam fazer ovos fritos todas as manhãs. Um ovo fresco é totalmente diferente do que esses que se compram em caixas de papelão, nos mercados. As gemas têm cor de laranja. Saltam do prato como um par de tetas de uma showgirl de Las Vegas. Bichinhos bem companheiros, além disso, as galinhas.

Ele me contou que fora criado numa fazenda. Que podia arrumar essas coisas para nós. Mostrar como se faz. Dei uma olhada de lado no jornal enquanto falava, mas pensei que, se eu parecesse interessado demais na história da sua fuga da prisão e da busca que estava sendo feita para encontrá-lo, ele talvez ficasse magoado.

Onde está a minha mãe?, perguntei. Por um segundo, me ocorreu que talvez eu devesse me preocupar. Frank não parecera o tipo de sujeito que faria algo de ruim conosco, mas surgiu então na minha mente uma imagem dela no porão, acorrentada ao aquecedor de querosene, talvez com uma echarpe de seda tapando a sua boca em vez de enrolada delicadamente nos pulsos. No porta-malas do nosso carro. No rio.

Ela estava precisando dormir, ele disse. Ficamos acordados até tarde, conversando. Mas talvez fosse uma boa ideia você levar isso aqui para ela. Ela gosta de tomar café da manhã na cama?

Como é que eu ia saber? Isso nunca havia acontecido antes.

Ou talvez podemos deixá-la descançar um pouco mais, ele disse.

Depois ele começou a tirar os biscoitos do forno, colocando-os no prato, cobrindo-os com um guardanapo de tecido, para manter quente. Vou lhe dar uma dica, Henry. Quando for cortar a massa no formato dos biscoitos, nunca corte com faca. O melhor é fazer com a mão, assim você consegue todas as texturas. O bom é conseguir biscoitos com umas partes mais espessas e outras mais finas. Imagine um gramado recém-aparado onde o solo não está muito uniforme. Mais superfície para a manteiga penetrar.

Não costumamos ter manteiga em casa, eu disse. Usamos margarina.

Bem, isso é o que eu chamo de um crime, Frank disse.

Ele se serviu de uma xícara de café. O jornal estava parado bem ali, mas nenhum de nós fez menção de pegá-lo.

Entendo que você esteja desconfiado, ele me disse. Qualquer pessoa sensata estaria. Tudo o que quero lhe dizer é: há mais coisas nessa história do que você vai ler nesse jornal aqui.

Eu não tinha resposta para aquilo, então me servi de um pouco de suco de laranja.

Você tem algum plano especial para o fim de semana?, ele perguntou. Fazer churrasco, jogar bola, esse tipo de coisa? Parece que vai fazer um dia escaldante. Bom para ir à praia.

Nada de especial, eu disse. Meu pai me leva para jantar fora nos sábados, mais ou menos isso.

Qual é a do seu pai, afinal? Frank perguntou. Como é que um cara deixa escapar uma mulher como a sua mãe?

Ele se juntou com a secretária dele, eu disse. Mesmo com apenas treze anos, eu tinha consciência do som daquelas palavras que pronunciava, da sua terrível banalidade. Era como admitir que você havia feito xixi nas calças, ou roubado algo em uma loja. Nem mesmo uma história interessante. Apenas uma história patética.

Não me leve a mal, filho. Mas se é esse o caso, ele já foi tarde. Uma pessoa assim não merece uma mulher como ela.

HAVIA MUITO TEMPO que eu não via a minha mãe daquele jeito, quando ela entrou na sala naquela manhã. Seu cabelo, que ela normalmente prendia para trás com um elástico, estava solto sobre os ombros e parecia mais volumoso do que o normal, como se ela tivesse dormido sobre uma nuvem. Ela estava usando uma blusa que acho que nunca havia vestido antes – branca, estampada de pequenas flores, o último botão deixado aberto. Não revelava tanto a ponto de ela parecer vulgar – eu ainda estava pensando na frase que ele disse sobre a showgirl de Las Vegas –, mas amigável, convidativa. Ela havia colocado brincos e batom, e quando se aproximou, pude sentir que estava usando um perfume. Uma borrifada muito sutil de algo cítrico.

Ele perguntou se ela havia dormido bem. Como um bebê, ela disse, então riu.

Não sei por que dizem isso, na verdade, ela falou. Já que os bebês acordam muitas vezes durante a noite.

Ela perguntou se ele tinha filhos.

Um, ele disse. Ele teria dezenove anos agora, se estivesse vivo. Francis Jr.

Algumas pessoas, como a minha madrasta, Marjorie, teriam feito algum comentário cheio de piedade nessa hora, sobre como lamentavam. Teriam perguntado o que aconteceu, ou, se fossem religiosas, diriam algo sobre o filho de Frank sem dúvida estar em um lugar melhor. Ou falariam de alguém que conheciam que também havia perdido um filho. Eu já notava, ultimamente como as pessoas costumam fazer isso: pegar qualquer tipo de problema que outra pessoa tenha mencionado e conduzir a conversa para si mesmas e sua própria e lamentável situação.

Minha mãe, ao ouvir sobre o filho morto de Frank, não disse nada, mas a expressão do seu rosto mudou de tal forma que nada mais se fez necessário no momento. Era um momento como aquele da noite anterior, quando ele a estava alimentando com chili, e segurando o copo de vinho para que ela pudesse beber, e eu fiquei com a sensação de que eles haviam superado as palavras corriqueiras e passado para uma linguagem totalmente diferente. Ele soube que ela lamentava muito por ele. Ela sabia que ele entendia isso. A mesma coisa quando ela se sentou na cadeira, no lugar que ele preparara para ela – a mesma cadeira da noite anterior – ela estendeu os pulsos para que ele pudesse amarrá-los novamente com as echarpes. Eles tinham um entendimento agora, os dois. Eu praticamente só ficava olhando.

Acho que não vamos precisar disso aqui, Adele, ele disse, dobrando as echarpes cuidadosamente e colocando-as no alto da pilha de atum enlatado. Do mesmo jeito que o papa manusearia suas vestes papais, ao guardá-las.

Não pretendo usá-las novamente, Frank disse. Mas se acontecer de um dia você precisar dizer que eu a amarrei, você vai passar pelo detector de mentiras.

Eu queria perguntar Quando vai ser isso? Quem é que faria teste nela? Onde ele estaria, quando ela fizesse o teste? O que perguntariam para mim?

A minha mãe aquiesceu. Quem lhe ensinou a fazer esses biscoitos?, ela perguntou.

A minha avó, ele disse. Depois que meus pais morreram, foi ela quem me criou.

Foi um acidente de carro, ele nos contou. Aconteceu quando ele tinha sete anos. Tarde da noite, voltando de uma visita que fizeram a parentes na Pensilvânia, o carro patinou no gelo. O Chevrolet se chocou contra uma árvore. Seus pais, que estavam no banco da frente, morreram – embora sua mãe tenha sobrevivido tempo suficiente para que ele lembrasse dos gemidos dela, enquanto os homens retiravam-na das ferragens, o corpo do pai dele caído de lado no banco, a cabeça no colo dela. Frank, no banco traseiro – o único ferimento foi uma fratura no pulso –, vira tudo. E também havia uma babá. Naquele tempo, as pessoas só seguravam os próprios filhos no colo quando estavam andando de carro. Também ela estava morta.

Ficamos ali sentados durante um minuto, sem dizer nada. Talvez a minha mãe estivesse apenas querendo apanhar um guardanapo, mas sua mão roçou a mão de Frank e ficou ali, um segundo.

Esses são os melhores biscoitos que já comi, a minha mãe disse. Será que você me conta o segredo?

Acho que conto tudo para você, Adele, ele respondeu. Se eu ficar tempo suficiente.

ELE PERGUNTOU SE EU JOGAVA BEISEBOL. O que ele perguntou, na verdade, foi de qual posição eu mais gostava. A ideia de eu não gostar de nenhuma posição era inimaginável.

Joguei uma temporada na Liga Infantil, mas eu era horrível, eu disse. Não apanhei nenhuma bola o tempo todo em que joguei no jardim esquerdo. Todo mundo ficou feliz quando eu saí.

Aposto que o problema era que você não tinha ninguém para lhe ensinar a jogar, ele disse. A sua mãe parece uma mulher de muitos talentos, mas imagino que beisebol talvez não seja um deles.

Meu pai é bom em esportes, eu disse. Ele joga num time de softbol.

Por isso, Frank disse. Softbol. O que você espera?

O filho da nova mulher dele é arremessador, falei. Meu pai treina com ele o tempo todo. Ele me levava ao campo com eles para praticar com um balde cheio de bolas, mas não adiantava.

Acho que devíamos jogar um pouco hoje, se você tiver tempo, Henry, ele disse. Você tem uma luva?

Frank não tinha uma luva para si, mas isso não era problema. Ele viu que havia uma área aberta, nos fundos, onde terminava o nosso terreno, que podia servir de campo de beisebol.

Achei que você tivesse retirado o apêndice, eu disse. Que estivesse nos mantendo reféns. E se um de nós fugir enquanto você não estiver olhando?

Então haverá uma real punição, disse Frank. Para se reingressar na sociedade.

O que fizemos então: ele verificou o nosso quintal, para ver onde ficaria o galinheiro. O frio estava chegando, mas com palha suficiente as galinhas resistiriam bem ao inverno. Tudo o que elas precisavam era de um corpo quente para se aninhar à noite, como todos nós.

Frank verificou também nosso estoque de lenha e quando soube que fora entregue havia pouco tempo, disse à minha mãe que o cara que vendeu a lenha tinha passado a perna nela.

Eu cortaria essa lenha para você, mas corro o risco de abrir meus pontos, ele disse. Aposto que fica aconchegante aqui no inverno, quando a neve se acumula no quintal e você acende o fogo no fogão a lenha.

Ele limpou os filtros do nosso aquecimento e trocou o óleo do carro e os fusíveis da casa.

Quando que você cuidou disso pela última vez, Adele?, ele perguntou.

Foi no ano passado, não lembro bem quando, ela disse.

Já que estamos com a mão na massa, ele disse, aposto que ninguém nunca mostrou a você como trocar um pneu furado, estou certo, Henry? Vou lhe dizer uma coisa: não espere até precisar trocar um pneu para aprender. Especialmente se você estiver com uma garota no banco ao lado, a quem estiver tentando impressionar. Logo, logo você vai estar dirigindo. Entre outras coisas.

Ele lavou a roupa. Passou a roupa. Depois lavou o chão, e também encerou. Vasculhou a nossa despensa, em busca de algo que pudesse preparar para o almoço. Sopa. Ele começou abrindo uma lata, mas a incrementou. Pena que não temos um canteirinho com manjericão fresco. Talvez no próximo ano. Por enquanto, tínhamos orégano seco.

Então ele me levou para o quintal, com a bola de beisebol nova que havia pego no dia anterior, no Pricemart.

Para começar, ele disse, quero só ver como você segura a bola.

Ele se inclinou sobre mim, os longos dedos sobre os meus. Este é o seu primeiro problema, ele disse. A sua pegada.

Não vamos arremessar hoje, ele disse, depois de me mostrar o jeito certo de pegar a bola, o jeito dele. Sua cicatriz ainda estava muito recente para aquilo, ele disse. Mas de qualquer jeito, era bom eu me acostumar com aquela sensação primeiro. Dos dedos na bola. Jogá-la com leveza no ar, enquanto caminhava.

Na hora de dormir, ele disse, quero que você coloque a sua luva de beisebol embaixo do travesseiro. Respire o cheiro do couro. Faz bem.

Estávamos de volta à cozinha. Como uma pioneira da época das caravanas, ou a esposa em um antigo filme de faroeste, minha mãe costurava as calças de Frank, o local onde haviam rasgado. Ela também queria lavá-las, mas nesse caso ele ficaria sem nada para vestir. Ele ficou sentado, enrolado em uma toalha enquanto

ela costurava, limpando antes o grosso do sangue com um pano úmido.
Você morde o lábio quando costura, ele disse. Alguém já lhe disse isso?
Não, e tampouco tinham dito a ela as outras coisas que ele notou a seu respeito ao longo daquele dia. Seu pescoço, as articulações dos dedos – nada de joias, ele comentou, o que era uma pena, ela tinha mãos tão bonitas. Havia uma cicatriz no joelho dela que eu nunca percebera.
Como conseguiu isso, querida?, ele perguntou, como se não fosse nada demais chamá-la daquele jeito, como se fosse a coisa mais natural do mundo.
Um ensaio de rotina, na minha escola de dança, ela contou. Eu caí do palco enquanto sapateava.
Ele beijou a cicatriz.

NO FINAL DA TARDE, depois de as calças de Frank terem sido costuradas, depois da sopa e do jogo de cartas, e do truque que ele me ensinou – tirar um palito de dentes do nariz –, alguém bateu na porta. Ele já estava conosco havia tempo suficiente, quase um dia, para saber que aquilo não era comum. Vi a veia do seu pescoço saltar. Os olhos da minha mãe se moveram para a janela: nem sinal de um carro. Fosse quem fosse, viera a pé.
Você atende, Henry, ela disse. Diga apenas que estou ocupada.
Era o sr. Jervis, nosso vizinho de rua, com um balde de pêssegos do final da estação. Temos tanto desses pêssegos, não sabemos o que fazer com eles, disse. Pensei que a sua mãe podia ter uso para eles.
Peguei o balde. Ele continuou na soleira da porta, como se houvesse mais alguma coisa a ser dita.
Vem aí um belo final de semana, ele comentou. Dizem que a temperatura vai subir a 35 graus amanhã.
É, falei. Vi no jornal.
Os nossos netos vão vir para cá no domingo. Apareça lá em casa, para mergulhar na piscina, se estiver por aqui. Para se refrescar um pouco.

Eles tinham uma piscina no quintal atrás da casa que ficava vazia a maior parte do verão, exceto quando a família do filho deles vinha de Connecticut para visitar. Uma menina da minha idade que usava uma bombinha para asma e que gostava de fingir que era um androide, e um menino de cerca de três anos, que provavelmente fazia xixi dentro da piscina. Não fiquei tentado.

Eu agradeci.

A sua mãe está em casa?, ele perguntou. Era uma pergunta desnecessária, e não apenas porque o nosso carro estava na frente da casa. Todo mundo na rua sabia que a minha mãe dificilmente saía.

Ela está ocupada.

Talvez seja bom avisá-la, caso ela já não tenha ouvido. Tem um fugitivo da penitenciária de Stinchfield à solta. Estão dizendo no rádio que ele foi visto pela última vez no shopping, chegando na cidade. Não há denúncias de ninguém pegando carona nem de carro roubado, o que significa que ele ainda pode estar nas redondezas. A minha mulher está com os nervos à flor da pele, convencida de que ele está vindo direto para a nossa casa.

A minha mãe está costurando, eu disse.

Só achei que devia avisar a sua mãe. Por ela estar sozinha. Se tiverem algum problema, é só gritar.

CAPÍTULO 7

Depois que o sr. Jervis foi embora, voltei à cozinha. Eu só me ausentara durante quatro minutos, talvez, mas, embora fosse a minha casa, onde eu vivera quase quatro anos, e tivéssemos conhecido Frank só ontem, tive a sensação, ao voltar à cozinha, de que eu estava interrompendo algo. Como uma vez em que entrei no quarto do meu pai, ainda na casa antiga, e Marjorie estava sentada na cama com o bebê, e sua blusa estava aberta com um dos seios à mostra, e outra vez quando nos deixaram sair da escola mais cedo porque alguém fizera uma experiência que deu errado e o prédio estava empestado com cheiro de enxofre, e um disco estava tocando tão alto que a minha mãe não ouviu a porta abrir e fechar atrás de mim, e da cozinha, por onde entrei, a vi na sala de estar, dançando. Não uma dança comum, com passos definidos, ou do tipo que ela estava sempre tentando me ensinar. Naquele dia ela estava rodopiando na sala como se fosse um daqueles dervixes que eu vira uma vez num documentário da National Geographic. Era assim a cara deles, quando voltei com os pêssegos. Como se fossem as únicas duas pessoas no mundo.

Eles tinham mais do que podiam dar conta, eu disse. Os Jervis.

O resto, o que o sr. Jervis disse sobre a fuga da penitenciária, eu não mencionei.

Coloquei as frutas sobre a mesa. Frank estava ajoelhado no chão da cozinha, arrumando um cano embaixo da pia. A minha mãe estava sentada ao lado dele, segurando uma chave de boca. Estavam olhando um para o outro.

Peguei um pêssego do balde e lavei. Minha mãe não acreditava em germes, mas eu sim. Germes são uma coisa que eles inventaram para distrair as pessoas daquilo com que se deveriam preocupar, ela disse. Germes são naturais. É com o que as pessoas fazem que você tem de se preocupar.

Bom este pêssego, falei.

Frank e a minha mãe ainda estavam sentados ali, segurando as ferramentas, sem se mexer. Pena que já estão todos tão maduros, ela disse. Nunca vamos conseguir comer todos.

Eis o que vai acontecer, Frank disse. A sua voz, que era sempre baixa e grave, de repente pareceu cair mais meia oitava, e era como se Johnny Cash estivesse na nossa cozinha.

Temos um problema sério, ele disse.

Eu ainda estava pensando no que o sr. Jervis tinha dito. Que as pessoas estavam na rua, procurando o prisioneiro foragido. Por causa do jornal, eu sabia que as estradas haviam sido bloqueadas. Helicópteros sobrevoavam a represa, onde alguém achava que havia visto um homem parecido com a descrição, só que agora estavam dizendo que ele tinha uma cicatriz em cima de um olho e possivelmente uma tatuagem no pescoço, de uma faca ou uma Harley, algo nessa linha. Agora era o momento em que ele pegaria um revólver, ou talvez uma faca, e colocaria seu braço magro e musculoso em volta do pescoço da minha mãe, que ele elogiava tanto, e pressionaria a faca contra a pele dela, e nos levaria até o carro.

Nós éramos sua passagem garantida de um estado para outro. Essa era a verdade. Eu havia assistido a episódios suficientes de *Magnum* para saber. Só então Frank se virou de frente para nós, e ele estava segurando uma faca.

Esses pêssegos, ele disse, parecendo ainda mais sério do que antes. Se não usarmos logo, daqui a pouco vão apodrecer.

O que você estava pensando em fazer?, minha mãe disse. Havia um tom na voz dela que eu nunca ouvira antes. Ela estava rindo, não como uma pessoa que acaba de ouvir uma piada, mas como alguém que simplesmente está de bom humor e de bem com a vida.

Vou fazer uma torta de pêssegos para nós, como a minha avó fazia, ele disse.
Antes de qualquer coisa, ele precisava de duas tigelas fundas. Uma para fazer a massa. Outra para o recheio. Frank descascou os pêssegos. Eu cortei. O recheio é simples, Frank disse. Mas preciso explicar a você sobre a massa.
Dava para ver, só pelo modo de ele pegar a tigela, que aquele homem tinha feito mais do que umas poucas tortas na vida.
Em primeiro lugar, você precisa manter os ingredientes tão frios quanto possível, ele disse. Em dias quentes como hoje, temos um desafio nas mãos. Precisamos ser rápidos, antes que o calor afete os ingredientes. Se o telefone tocar enquanto você estiver preparando a massa, não atenda. (Não que isso fosse um problema na nossa casa, onde os dias passavam sem ninguém nos telefonar, a menos que fosse o meu pai, confirmando o nosso jantar semanal.)
Enquanto ele distribuía os ingredientes sobre a nossa área de trabalho, Frank contou sobre a sua vida na fazenda, com os avós. Sobretudo a sua avó, depois que o seu avô se acidentou com um trator. Foi ela quem o criou, a partir dos dez anos. Uma mulher rígida, porém justa. Quem não cumpria as próprias tarefas sabia quais seriam as consequências, ponto final. Limpar o celeiro todos os finais de semana. Simples assim.
Ela lia em voz alta para ele, à noite. *Os Robinson suíços*. *Robinson Crusoé*. *Rikki-Tikki-Tavi*. *O conde de Monte Cristo*. Não havia televisão naquela época, ele disse, mas não precisava, pelo jeito que ela lia em voz alta. Ela podia ter feito carreira na rádio.
Ela disse a ele para não ir para o Vietnã. À frente do seu tempo, aquela mulher entendera que ninguém venceria aquela guerra. Ele havia pensado que se daria bem. Ficaria entre os reservistas, garantiria a faculdade graças ao benefício para soldados. Quando viu, estava com dezoito anos em um avião que seguia para Saigon. Chegou lá duas semanas antes do início da ofensiva do Tet. Dos doze homens do seu pelotão, sete voltaram para casa num caixão.

Eu quis saber se ele ainda tinha suas placas de identificação. Ou algum outro tipo de suvenir. Uma arma inimiga, algo do tipo. Não preciso de nada para me lembrar daqueles dias, ele disse.

Frank já havia feito tortas suficientes na vida – nenhuma nos últimos tempos, mas era como andar de bicicleta – a ponto de não precisar medir a farinha, embora, para minha informação, ele tenha dito que gostava de começar com três xícaras de farinha. Desse jeito você vai ter massa de sobra para fazer uma costura ou, se houver algum chato por perto, dar para ele cortar com forminhas de biscoito.

Ele tampouco mediu o sal que pôs na massa, mas disse que devia ser três quartos de uma colher de chá. Massa de torta é uma coisa muito generosa, Henry, ele me disse. Você pode cometer todo o tipo de erro, e mesmo assim ela pode ficar boa, mas uma coisa que uma pessoa nunca pode fazer é esquecer do sal. É como a vida: às vezes os detalhes acabam sendo as coisas mais importantes.

Um utensílio que ele gostaria de ter à mão, era o misturador manual da sua avó. É possível conseguir um em qualquer lugar – não estávamos falando de lojas de gourmet caras, apenas um supermercado normal –, mas a avó dele tinha um com cabo de madeira, pintado de verde.

Primeiro você coloca a gordura na tigela com a farinha e o sal. Depois você a desmancha, usando o misturador, ele disse, embora, numa emergência (que era o caso, evidentemente), dois garfos quebrem o galho.

E sobre o tipo de gordura, ele disse. Ele tinha umas coisinhas para me dizer a esse respeito. Algumas pessoas usam manteiga, para obter um sabor melhor. Porém, nada é melhor do que banha para deixar a massa quebradiça. Esta é uma das grandes controvérsias a respeito da massa de torta, Henry, ele disse. Durante toda a sua vida você vai encontrar gente do time da manteiga e gente do time da banha, e vai ter tanta chance de convencer essas pessoas de que a outra opção é melhor quanto de convencer um democrata a se tornar republicano e vice-versa.

Então, qual ele usava?, perguntei. Banha ou manteiga? Surpreendentemente, tínhamos um tipo de banha na despensa – não banha de verdade, como Frank teria preferido, mas Crisco, da época em que a minha mãe enfiou na cabeça a ideia de fazer batatas chips. O resultado foi umas dez lascas de batatas chips, depois ela ficou cansada e foi para a cama. Sorte nossa agora, a lata azul estava lá, na nossa prateleira. Supondo que Frank não fosse, como poderia ser, do time da manteiga.

Gosto dos dois tipos de massa, ele disse, usando a espátula para tirar da lata o volume branco e brilhoso de Crisco e deixando cair um tanto no meio da tigela com a farinha. Mas a manteiga também era importante, pois ele me mandou ir até o vizinho para pegar um pouco emprestado. Não era o tipo de coisa que minha mãe e eu tivéssemos feito antes. Ao fazer aquilo – embora eu tivesse vergonha de pedir –, eu me senti bem, como se fosse um personagem de algum programa de TV de antigamente, em que os personagens estavam sempre aparecendo na casa uns dos outros e fazendo coisas divertidas juntos. Como se fôssemos todos gente normal.

Quando voltei com a manteiga, Frank cortou quase um tablete inteiro em pedaços pequenos e espalhou-os sobre a farinha. Nada de medir nenhum desses ingredientes, naturalmente, mas quando perguntei a ele quanto havia usado, ele balançou a cabeça.

É tudo uma questão de instinto, Henry, ele disse. Se der importância demais a receitas, você perde a habilidade de simplesmente sentir, na pele, o que é que se precisa a cada momento. O mesmo se aplicava a pessoas que ficavam analisando a velocidade das bolas de Nolan Ryan, ou a jardineiros que passavam o tempo todo lendo livros sobre o melhor método de cultivar tomates, em vez de simplesmente ir para o campo sujar as unhas de terra.

A sua mãe provavelmente pode falar um pouco sobre isso, no que diz respeito ao mundo da dança, ele disse. E sobre outras áreas também, nas quais não vamos entrar agora.

Então ele lançou um olhar para ela. Seus olhos se encontraram. Ela não desviou o olhar.

* * *

Porém, uma coisa que ele queria me explicar, ele disse, tinha a ver com bebês. Não que ele fosse especialista nisso, mas por um curto período, há bastante tempo, ele havia cuidado do próprio filho, e essa experiência mais do que qualquer outra ensinou-lhe a importância de seguir os próprios instintos. Ficar ligado na situação com os cinco sentidos em alerta, e com o corpo alerta também, não o cérebro. Um bebê chora à noite, e então você precisa pegá-lo no colo. Ele pode estar gritando tanto que o rosto esteja da cor de um rabanete, ou ele pode estar sem fôlego, de tão cansado. O que você faz, pegar um livro da prateleira e ler o que os especialistas têm a dizer?

Você coloca a sua mão na pele dele e simplesmente esfrega as costas do bebê. Assopra no ouvido dele. Aperta-o contra a sua própria pele e o leva para fora, onde o ar da noite vai envolvê-lo, e ele vai ver a lua. Assobiar, talvez. Dançar. Embalá-lo com canções de ninar. Rezar.

Às vezes uma brisa fresca pode ser exatamente o que o médico aconselhou. Às vezes uma mão quente na barriguinha. Outras vezes não fazer nada é definitivamente o melhor. É preciso prestar atenção. Ir devagar com as coisas. Se desligar do resto do mundo, que realmente não importa. Sentir o que o momento pede.

O que – voltando à torta – às vezes pode significar mais banha do que manteiga. Mais manteiga do que banha em outras ocasiões. A quantidade de água também variava, dependendo da temperatura ambiente. E estávamos falando de água gelada, claro.

É preciso usar tão pouca água quanto possível, Frank disse. A maioria das pessoas, quando fazem massa de torta, colocam água demais. Acabam com uma bola de massa de aparência perfeita, é claro, mas não estamos num concurso de beleza. Vão acabar com uma massa de torta pegajosa. Você sabe do que estou falando. A mesma coisa que comer papelão.

Eis uma coisa que eu não deveria esquecer nunca: sempre se pode pôr mais água, mas não se pode tirar água da massa. Quanto menos água, mais quebradiça a massa fica.

Eu estava prestando atenção enquanto Frank me ensinava essas coisas, e definitivamente ele estava prestando atenção em mim, e na torta de pêssego que estávamos fazendo. Ele tinha um jeito de se concentrar no que estava fazendo que era como se o resto do mundo não existisse.

Alguma coisa no jeito de ele falar sobre o processo de fazer uma torta exigia toda a atenção de alguém, a ponto de ser difícil desviar os olhos, mesmo que só por um momento. Mesmo assim, enquanto trabalhávamos, de vez em quando eu olhava para a minha mãe, em pé junto ao balcão, nos observando.

Eu podia muito bem pensar que era uma outra pessoa que estava em pé ali, tão diferente ela parecia.

Para começar, ela parecia mais jovem. Estava debruçada sobre o balcão, segurando um pêssego. Às vezes ela dava uma mordida e, quando o fazia, o sumo – porque a fruta estava muito madura – escorria da sua boca até a blusa, mas ela parecia não se dar conta. Balançava a cabeça afirmativamente e sorria. Estava se divertindo, era o que parecia. Fiquei com uma sensação estranha ao olhar para ela – e depois para ele: como se algum tipo de corrente elétrica passasse entre os dois. Ele estava falando comigo, e prestando muita atenção no que fazia também. Mas algo mais estava acontecendo por trás de tudo aquilo que não seria perceptível à maior parte das pessoas, ou talvez a ninguém. Como algum tipo de som de alta frequência que apenas alguns poucos indivíduos conseguem captar. Só eles.

Era comigo que ele estava falando. Mas na verdade estava enviando sua mensagem para ela. E ela captou essa mensagem.

Ele ainda não terminara a lição de como se faz uma torta: agora ele estava me explicando como se faz um buraco no meio da tigela, colocando ali apenas água gelada o suficiente para o disco de cima primeiro, juntando a massa até formar uma bola – não uma perfeita bola redonda; isso exigiria mais água do que o conveniente. Que a consistência da massa seja apenas homogênea o suficiente para podermos abri-la.

Não tínhamos um rolo de massa, mas Frank disse não tem problema, podíamos usar uma garrafa de vinho, era só tirar o rótulo. Primeiro ele me mostrou como se fazia o movimento – ágil, movimentos curtos, partindo do centro para fora. Depois ele me fez experimentar. A única maneira de se aprender algo: fazendo. Quando abrimos a nossa massa sobre o balcão, parecia que dificilmente se manteria inteira. Uma vez aberta, tinha vagamente a forma de um círculo. Em algumas pontas se esfacelava, mas Frank uniu essas porções da massa com o dorso da mão.

O dorso da mão, ele dizia. Tem a textura perfeita e a temperatura exata. As pessoas compram essa parafernália cara. Quando às vezes a melhor ferramenta para a tarefa está bem aqui, no nosso próprio corpo. Sempre ali quando se precisa dela.

Quanto à primeira camada de massa, não tivemos dificuldade de colocá-la na assadeira. Frank e eu havíamos aberto a massa sobre papel-manteiga e, agora que ela estava fina como ele queria e inteira, ainda que por pouco, ele virou o prato, deixando-o de cabeça para baixo sobre a massa estendida. Depois segurou o papel-manteiga e virou todo o conjunto. Retirou o papel. Pronto.

Ele me encarregou do recheio. Deixou que eu salpicasse primeiro açúcar sobre os pêssegos e em seguida um pouco de canela.

Seria ótimo se tivéssemos um pouco de tapioca para absorver um pouco os sucos aqui, ele disse. Adivinhem? Tínhamos.

O ingrediente secreto da minha mãe, ele disse. Espalhe um pouco disso aqui sobre a massa antes de colocar o recheio – até que fique parecendo sal jogado sobre uma estrada durante o inverno, quando há gelo na pista – e é o fim da massa empapada. Isso aqui absorve os sucos para você, sem deixar aquele sabor de maisena. Sabe de que tipo de torta estou falando, não é, Henry? Essas de consistência grudenta, como o recheio de uma Pop-Tart.

Eu sabia do que ele estava falando. Tínhamos mais ou menos umas cem caixas delas no nosso freezer, naquele exato momento.

Frank cortou pedaços de manteiga sobre os suculentos pêssegos. Então estávamos prontos para a camada de cima.

Essa tem que ser uma massa mais homogênea do que a camada de massa que vai embaixo do recheio porque temos que levantá-

la, ele me disse. Ainda assim, era sempre mais fácil acrescentar do que tirar água em excesso de uma mistura.
Olhei de novo para onde estava a minha mãe. Ela olhava para Frank. Ele deve ter percebido, pois ergueu o olhar na direção dela.
Conselhos são uma coisa engraçada, ele disse. Uma pessoa pode estar longe da sua vida há vinte e cinco anos, mas algumas coisas que ela disse simplesmente não saem da sua cabeça.
Nunca ponha a mão demais na massa. Outro dos conselhos da sua avó.
Mas ele entendeu esse errado, ele nos disse. Pensou que ela se referia a trabalhar. Era uma piada, ele explicou. Talvez não tenhamos entendido porque algo em Frank – os músculos do seu rosto, que se tensos por baixo da pele da mandíbula – parecia jamais formar o que se poderia chamar de um sorriso.
Com um rolo abrimos a camada que iria em cima da torta, também sobre papel-manteiga. Só que dessa vez não dava para virar o prato de torta sobre a massa estendida, pois os pêssegos estavam no prato. Teríamos que levantar essa camada de massa, desgrudando-a da folha de papel, e soltá-la em cima da torta. Por um rápido segundo, nossa quebradiça massa, que contava com apenas o mínimo possível de água gelada para lhe dar liga, ficaria suspensa no ar. Uma hesitação que fosse no ato de suspendê-la e virá-la, e ela se faria em pedaços. Se a virássemos rápido demais, a massa poderia acabar no lugar errado.
Era necessário mão firme, e um coração tranquilo. Este é um momento de fé e concentração, Frank disse.
Até essa momento, Frank e eu havíamos trabalhado sozinhos, só nós dois. A minha mãe só estivera observando. Ele então pôs a mão no ombro dela.
E disse: Acho que você pode fazer isso, Adele.

Algum tempo atrás – eu nem me lembro mais de quando isso não acontecia – as mãos da minha mãe tinham começado a tremer. Ao pegar uma moeda do balcão, ou ao cortar legumes – nas raras ocasiões, como naquele dia, quando tínhamos algum produto fresco para cortar — sua mão às vezes tremia tão violentamente com a faca que ela largava o que fosse que estivesse cortando e dizia, Sopa parece uma boa ideia para hoje. O que acha, Henry? Quando ela passava batom — nas raras vezes em que saíamos de casa —, os contornos da pintura não se encaixavam exatamente na linha dos seus lábios. Este foi o principal motivo de ela desistir do violoncelo, creio eu. Nas cordas ela mantinha um vibrato natural, mas não conseguia manter a mão estável sobre o arco. Algo como o que tentara naquela tarde — costurar a calça dele — também era um desafio. Colocar um fio numa agulha, impossível. Eu fazia essa parte.

Naquele momento a minha mãe se aproximou do balcão, perto de onde Frank estivera, com a garrafa de vinho que servira como rolo de massa.

Vou tentar, ela disse, pegando a camada de massa com a ponta dos dedos e dobrando-a como Frank demonstrara. Ele estava muito perto dela. Ela prendeu a respiração. A circunferência de massa aterrissou exatamente onde deveria, sobre os pêssegos.

Perfeito, querida, ele disse.

Então ele me mostrou como apertar as bordas, para unir a camada de cima com a de baixo. Mostrou como espalhar um pouco de leite na superfície da torta, polvilhar açúcar por cima e furar a massa com um garfo em três pontos, para deixar sair o vapor. Depois ele empurrou a torta para dentro do forno.

Daqui a quarenta e cinco minutos, teremos uma bela torta, ele disse. A minha avó costumava dizer uma coisa: nem mesmo o homem mais rico da América vai comer uma torta mais gostosa do que a nossa hoje à noite. O mesmo vale para nós.

Perguntei então onde estava a sua avó.

Já morreu, ele disse. A voz dele, ao dizer isso, sugeria que talvez fosse uma boa ideia não fazer mais perguntas.

CAPÍTULO 8

Naquele verão, o meu corpo mudou muito. O fato de ter ficado bem mais alto não era o principal. A minha voz estava mais grave, embora parecesse ter encalhado em um vacilante tom intermediário que nunca me deixava ter certeza, a cada vez que abria a boca para falar, se as palavras que sairiam seriam no velho registro agudo ou no novo, mais grave. Os meus ombros eram franzinos como sempre, mas talvez meu pescoço tivesse engrossado um pouco, e pelos começaram a crescer embaixo dos meus braços, e mais para baixo também, naquele lugar que eu não sabia nomear.

Também lá eu tinha mudado. Eu já havia visto meu pai pelado, e a visão me deixara com vergonha do meu próprio corpo. Seu abelhudo, ele me disse, rindo. Mas Richard era mais novo do que eu, e eu também o vira no chuveiro, e a visão confirmara o que eu já supunha. Havia alguma coisa errada comigo. Eu era um menino criado por uma mulher. Um menino criado por uma mulher que pensava o seguinte dos homens: os homens eram egoístas. Os homens eram infiéis, e indignos de confiança, e cruéis. Mais cedo ou mais tarde um homem faria você sofrer. Onde é que isso me deixava, a mim, o filho único da minha mãe, um menino?

Em algum momento na primavera, aconteceu pela primeira vez: o endurecimento na minha virilha, nas minhas partes íntimas – era assim que minha mãe chamava –, fazendo pressão contra o tecido da calça em momentos estranhos do dia e de uma maneira que eu não conseguia controlar. Rachel McCann ia até o quadro-negro resolver um problema de matemática e a saia dela se levantava, deixando à mostra as coxas, ou eu via de relance um pedaço das calcinhas de Sharon Suderland, quando ela sentava uma fileira acima da minha, no anfiteatro, ou então eu via a alça do sutiã de alguém, ou percebia o fecho do sutiã de uma menina por baixo do tecido da blusa, lá do meu lugar, na carteira de trás, ou então a minha professora de estudos sociais, a sra. Evenrud, se debruçava sobre a minha mesa para ver como eu havia preparado a bibliografia de um trabalho, e acontecia de novo, como uma parte inteiramente nova do meu corpo que tivesse criado vida dentro da minha calça, onde antes havia apenas uma inútil protuberância.

Eu podia ter ficado feliz, ou orgulhoso, mas tudo era apenas uma nova fonte de constrangimento. E se as pessoas vissem? Ao andar pelos corredores da escola, agora eu vivia com medo das meninas bonitas, meninas com bumbuns arredondados, meninas com cheiro bom, meninas com sutiãs. Certa vez eu li um artigo sobre um método usado para apanhar ladrões de bancos: notas de um dólar eram tratadas com uma substância química que se ativava quando o dinheiro era tirado do saco, fazendo com que um pequeno tubo pressurizado soltasse um jato de tinta azul indelével na cara dos ladrões. Era assim que eu me sentia com as minhas ereções – a indisfarçável prova da minha miserável semimasculinidade.

E tinha mais. O pior não era nem o que estava acontecendo com o meu corpo, mas o que estava acontecendo no meu cérebro. Todas as noites eu sonhava com mulheres. Eu estava tão inseguro sobre como o sexo funcionava que era difícil formar imagens de coisas que as pessoas pudessem fazer, coisas que eu poderia fazer, embora eu soubesse que havia um lugar no corpo da mulher onde meu recém-brotado órgão podia se enfiar, como um penetra bêbado em uma festa. A ideia de alguém algum dia me querer lá dentro não me havia ocorrido, e por isso todas as cenas que eu inventava eram cheias de vergonha e culpa.

Alguns sonhos se repetiam sem parar: imagens de meninas da minha escola – mas nunca a equipe de líderes de torcida, e eu ficava enlouquecido com isso. As meninas que povoavam os meus sonhos, sem serem convidadas, eram de outro tipo, daquelas que pareciam tão desconfortáveis com o próprio corpo quanto eu – meninas como Tamara Fischer, que havia engordado durante a quinta série, na mesma época em que a sua mãe morreu, e que agora, além do barrigão e das coxas gordas e brancas, carregava à frente uma prateleira de seios pesados que pareciam de uma mulher velha, não de uma garota de treze anos. Mesmo assim, eu desejava vê-los. Eu me imaginava entrando por engano no vestiário das meninas e tendo um vislumbre de garotas trocando de roupa, ou abrindo a porta de um reservado no banheiro e vendo Lindsay Bruce na privada, a calça arriada até os tornozelos, acariciando o misterioso lugar entre as suas pernas. Os personagens dos meus sonhos eram sedutores e poéticos na mesma medida. Como eu.

Em um sonho recorrente eu aparecia correndo em torno de um poste em algum lugar, ou talvez fosse uma árvore. Eu perseguia Rachel McCann, e ela estava pelada. Por mais que corresse, eu nunca conseguia alcançá-la, e nós continuávamos correndo em círculos. Eu podia ver a sua bunda, e a parte de trás das suas pernas, mas nunca a via de frente, nunca os seus seios (pequenos, mas agora interessantes para mim) ou o que ficava mais embaixo, no lugar inominável que não saía da minha cabeça.

Nesse sonho, uma ideia me ocorreu, ou talvez se possa dizer que ocorreu ao personagem que era eu no meu sonho. De repente parei de correr e me virei para o outro lado. Desse modo, Rachel McCann viria na minha direção. Finalmente eu veria a frente do seu corpo. Até mesmo sonhando, registrei como eu era esperto por pensar naquilo. Que boa ideia.

Só que nunca consegui vê-la. Toda vez que chegava nessa parte do sonho, eu acordava, geralmente numa cama molhada das minhas próprias e constrangedoras secreções, que eu escondia da minha mãe virando os lençóis, ou então enfiando-os no meio da roupa suja, ou limpando com água e colocando uma toalha sobre o lugar manchado até que secasse.

Entendi, finalmente, por que Rachel nunca chegava pelo outro lado para me encarar de frente, nua. Meu cérebro não podia fornecer as imagens necessárias. Seios eu conhecia, embora apenas (exceto por aquela única vez, com Marjorie) de fotografias. Mas o resto era um branco total.

Por mais que eu passasse pensando em garotas, nunca cheguei a falar com uma só menina que fosse na minha escola, exceto para dizer, Poderia me devolver meu caderno? Eu não tinha irmã, não tinha primas. Eu gostava da menina de *Happy Days*, e de uma das *Panteras* – não a que todos consideravam a mais bonita, mas a de cabelo castanho, que chamavam de Jill. Eu também gostava da Olivia Newton-John e de uma coelhinha do mês específica chamada Kerri, de uma edição antiga da *Playboy* que encontrei na casa do meu pai uma vez e contrabandeei para a minha casa, na minha mochila, embora o pôster central, tivesse sido – enlouquecedoramente – rasgado por alguém. Mas a única mulher da minha vida que eu realmente conhecia era a minha mãe. No final, fossem quais fossem as ideias que eu tinha sobre as mulheres, voltavam-se todas para ela.

Eu sabia que as pessoas achavam a minha mãe bonita, até mesmo linda. No dia em que ela foi até a minha escola para me ver na peça de teatro, um menino que eu sequer conhecia – da oitava série – me parou no pátio e disse, A sua mãe é gostosona. Eu estava sentindo apenas orgulho quando ele disse o resto.

Aposto que quando você crescer todos os seus amigos vão querer transar com ela.

O fato de ser bonita e ter corpo de dançarina era apenas parte da história. Acho que a minha mãe também passava um certo tipo de sensação, tão forte como se exalasse um cheiro, ou exibisse um sinal na frente da sua blusa que comunicava às pessoas que ela não tinha homem algum. Havia outras crianças com pais divorciados na minha escola, mas ninguém como a minha mãe, uma pessoa que parecia ter entregado os pontos, como uma mulher de uma cultura exótica ou de alguma tribo na África sobre a qual eu provavelmente ouvira falar alguma vez, ou talvez da Índia, onde, uma vez que o primeiro marido de uma mulher morre, ou a abandona, a vida dessa mulher chega ao fim.

Mesmo anos depois de o meu pai ter ido embora, só uma vez ela havia saído com um homem, que eu saiba. Foi com um homem que consertou o nosso aquecedor de querosene certa vez. Ele ficou lá em casa durante toda uma manhã, limpando os canos da calefação no porão. Depois, quando subiu para apresentar a conta à minha mãe, ele pediu desculpas por toda a poeira que seu trabalho decerto espalhara pela casa.

Acho que a senhora é solteira, ele disse. Não usa aliança.

Eu estava na cozinha fazendo o meu dever de casa quando ele disse isso, mas ele não pareceu se importar com a minha presença.

Deve ser muito solitário, ele disse. Principalmente no inverno.

Eu tenho o meu filho, ela disse. Perguntou se ele tinha filhos.

Eu sempre quis ter, ele disse. Mas a minha mulher me deixou. Agora ela vai ter os filhos de outro cara.

Lembro de pensar, em como isso soou estranho pra mim. Eu achava que os filhos de uma pessoa fossem filhos dessa pessoa, não de outra. Eu era filho da minha mãe, mas nessa hora fiquei na dúvida. Será que o bebê que Marjorie tivera pertencia ao meu pai?

Gosta de dançar?, ele perguntou. Porque vai ter uma festa no Moose Lodge nesse sábado. Se não estiver ocupada.

Se ela gostava de dançar? Fora essa a pergunta. A minha mãe não poderia mentir.

Ele trouxe flores, quando veio buscá-la. Ela vestiu uma das suas saias especiais para dança que formavam uma circunferência quando rodopiava, bem diferente de como se vestira aquela vez, havia muito tempo, quando conheceu meu pai e sua calcinha ficou à mostra. Desta vez a saia era apenas o suficiente para acentuar os movimentos e mostrar as pernas.

Seu acompanhante também havia se arrumado. Quando o conhecemos, ele estava vestindo o uniforme da empresa de calefação, com seu nome – Keith – à mostra no lado esquerdo do peito, mas naquela noite ele estava vestido com uma camisa feita de algum tecido sintético que ficava colado ao corpo, que era muito magro, e essa camisa estava suficientemente desabotoada para que se visse um pouco de pelos do peito, que davam a impressão de que ele havia refletido sobre esse visual e possivelmente até mesmo arranjado para que os pelos aparecessem. Como eu havia visto a minha mãe se arrumando e trocando de roupa três vezes antes de se decidir por aquela, parada na frente do espelho enquanto arrumava o seu cabelo, eu podia vê-lo, estufando os pelos do peito para que saíssem pela abertura da camisa.

Eu não tinha pelos no peito. Meu pai tinha aos montes, mas nada em mim se assemelhava a ele. Às vezes eu me perguntava se eu era mesmo seu filho de verdade, e se talvez seu filho de verdade não fora sempre Richard. Que eu era apenas um engano.

Ela não contratava babysitters, a minha mãe. Ela não conhecia nenhuma, já que quase nunca ia a lugar algum sem mim. E, de qualquer forma, ela dizia, me deixar sozinho com uma desconhecida era mais perigoso do que simplesmente me deixar sozinho. O mundo estava cheio de gente que parecia boa pessoa, mas como se podia ter certeza?

Preparei um lanche para você, ela disse. Também deixou para mim um exemplar da *National Geographic* sobre a vida na Grécia antiga, uma fita cassete que contava a história de um menino que naufragou em uma ilha do Pacífico Sul onde viveu sozinho por três anos, até um cargueiro passar por lá e o resgatar, e também uma tarefa que ela achou que eu podia gostar, que era organizar a pilha de moedas de um centavo, com a promessa de que quando as entregássemos no banco (nós querendo dizer eu; ela ficaria no carro), eu ganharia dez por cento, o que significaria talvez trinta e cinco centavos, com sorte.

Você parece uma princesa, Keith disse a ela. Sei que vai parecer idiota, ele falou, mas não sei o seu nome. Nos registros lá no escritório, temos apenas o seu sobrenome e o número da sua conta bancária.

Ele parecia jovem, o Keith. Eu também era jovem demais para que a diferença parecesse tão dramática, entre vinte e cinco e trinta e cinco, mas talvez ele não tivesse nem mesmo vinte e cinco. Ao ver o meu fichário do colégio, que eu colocara sobre a mesa, ele disse, Oh, você é aluno da Pheasant Ridge. Foi lá que estudei. Disse o nome de uma professora que tivera, como se eu pudesse conhecê-la.

Menos de uma hora depois de os dois terem saído para dançar, a minha mãe voltou. Se Keith a acompanhou até a porta, eu não vi. Ele não entrou.

Pode-se conhecer muito uma pessoa só de ver como ela dança, ela disse. Ele não tinha nenhuma noção de ritmo.

A ideia dele de dança lenta, ela disse, era ficar se curvando para frente e para trás parado no mesmo lugar, esfregando a mão para cima e para baixo nas costas dela. Além disso, ele cheirava a fornalha. E apesar de ela ter deixado claro que não estava interessada, mesmo assim ele tentou beijá-la antes de ela descer do carro.

Eu tinha mesmo pensado que não daria certo, mas achei que poderia tentar, ela disse. Agora eu sei, não tenho interesse nenhum nesse tipo de encontro.

O que interessava a minha mãe era o romantismo. O tipo de pessoa para a minha mãe – se é que tal pessoa existia – dificilmente surgiria da Loyal Order of the Moose.

Como o fim de semana que se aproximava seria o feriadão do Dia do Trabalho, Frank disse que deveríamos fazer um churrasco. O problema era que não tínhamos nenhuma carne no freezer a não ser comida pronta congelada.

Quero pagar o jantar, ele disse. O problema é o fluxo de caixa.

Nós tínhamos um monte de notas de dez dólares na caixa de biscoitos Ritz que a minha mãe guardava em cima da geladeira, da minha última visita ao banco. Ela apanhou três notas. Era incomum a minha mãe tirar o carro da garagem mais do que uma vez a cada duas ou três semanas, mas ela disse que nós podíamos sair para comprar.

Imagino que queira vir junto, ela disse ao Frank. Para ter certeza de que não vamos tentar fugir.

Ninguém riu quando ela disse aquilo. Parte da sensação estranha, ligeiramente desconfortável, que eu tinha com aquela situação se devia ao fato de que eu não conseguia ter cem por cento de certeza de quem Frank era para nós. Parecia um hóspede que tivéssemos convidado, como parentes de fora da cidade, mas havia também a outra parte, que nós três conhecíamos bem, que era sobre como ele chegara até nós.

Naquela manhã, quando ela desceu, vestindo sua blusa floreada, com o cabelo todo arrumado, ele lhe disse — depois de substituí-la servindo o café, além dos biscoitos — para não tentar nada.

Não quero ter de fazer algo que nós dois vamos lamentar depois, ele disse. Você sabe do que eu estou falando, Adele.

Suas palavras soaram quase como o diálogo de um filme antigo, um faroeste, como aqueles que se vê na TV nas tardes de domingo. Ainda assim a minha mãe assentiu com a cabeça, baixou os olhos para a mesa, como uma criança da minha escola quando a professora mandava que jogasse fora o chiclete.

Depois de fazer a torta, ele havia escondido no bolso a faca de descascar frutas. A nossa faca mais afiada. As echarpes de seda ainda estavam à mostra, jogadas sobre um pano de prato próximo à pia. Depois daquela primeira vez, ele não a amarrara mais, mas agora sinalizava com a cabeça na direção das echarpes, como se não fosse necessária nenhuma outra explicação, o que de fato não era, evidentemente, para eles dois. Apenas para mim.

Eu morava ali. Ela era a minha mãe. Ainda assim eu me sentia como um intruso. Algo estava acontecendo, algo que eu não tinha certeza de que deveria estar vendo.

Ele foi dirigindo. Ela foi sentada ao lado dele. Eu me sentei no banco traseiro, que nunca tínhamos usado, pelo menos não que eu lembrasse. Assim é que é em uma família normal, pensei. A mãe, o pai, o filho. Assim era como o meu pai gostava de nos imaginar, quando ele, Marjorie e os filhos novos vinham me apanhar, só que naquelas noites o que eu queria era que tudo terminasse de uma vez, enquanto agora, que tudo terminasse de uma vez era o que eu mais temia. Eu só podia ver a nuca dela, mas eu sabia que, se pudesse ver o rosto da minha mãe, ela estaria exibindo aquela expressão com a qual eu estava tão pouco acostumado. Como se estivesse feliz.

Enquanto nos dirigíamos ao centro da cidade, ninguém se referiu ao fato de que a polícia procurava por Frank, mas eu estava nervoso. Ele estava usando o boné de beisebol e me pareceu que tomara a precaução extra de baixar sobre os olhos a aba um pouco mais do que seria normal. Mas eu também sabia que a parte principal do seu disfarce era simplesmente a nossa presença. Nenhum dos policiais que procuravam por Frank esperava que uma mulher e uma criança estivessem junto com ele. E, de qualquer modo, ele ficaria no carro. Seu manquejar ainda dava muito na vista.

Quando chegamos ao estacionamento do supermercado, a minha mãe me entregou o dinheiro. Frank repassou a lista de coisas de que precisava: carne moída, batatas chips, sorvete para acompanhar a torta. Uma cebola e algumas batatas, para uma sopa, Frank disse.

Preciso de uma lâmina de barbear, ele disse. Preferia que fosse uma lâmina única, como as de antigamente, mas não teriam aquilo para vender no Safeway.

A imagem me veio novamente: Frank com o braço em volta do pescoço da minha mãe, pressionando a lâmina no rosto dela. Uma lâmina. Uma única gota de sangue vermelho vivo escorrendo pela sua face. A voz dela dizendo, Faça o que ele manda, Henry.

E creme de barbear, ele disse. Quero me arrumar para vocês dois. Não quero ficar parecendo um vagabundo.

Ou como um prisioneiro foragido. Só que isso ninguém disse.

No supermercado, todo mundo estava se abastecendo para o longo final de semana. Pela primeira vez eu era a pessoa com apenas poucos produtos para comprar, em vez de como acontece normalmente quando eu ia até lá – o meu carrinho cheio de pilhas de comida congelada e latas de sopa, o comentário da moça do caixa, Vocês estão esperando um furacão ou um ataque nuclear?

Na fila do caixa, a mulher à minha frente falava com a amiga sobre a onda de calor. Estavam dizendo que a temperatura iria

chegar a trinta e oito graus no domingo. Bom para ir para a praia, mas o trânsito estaria um inferno.
Já fez as compras da volta às aulas, Janice?, a amiga perguntou.
Nem me fale, a primeira mulher respondeu. Três calças jeans para os meninos, algumas saias e roupas de baixo, e a conta chegou a noventa e sete dólares.
A moça do caixa havia viajado na semana passada. Seu marido a levara para ver a *Cats*. Quer saber a verdade?, ela disse. Pelo preço dos ingressos, podíamos ter ficado em casa vendo televisão e comprado um ar-condicionado.
O homem atrás de mim passara o dia cozinhando os tomates do próprio jardim. Estava comprando vidros para guardar o molho de tomate. Havia uma mulher com um bebê, que disse que pretendia passar o fim de semana sentada na piscininha do filho.
Você ouviu falar do foragido que pulou pela janela da prisão?, a cliente das compras de volta às aulas perguntou à amiga. Não consigo tirar a cara dele da cabeça.
A essa altura ele deve estar a caminho da Califórnia.
Vão acabar pegando esse cara, disse a primeira. Sempre pegam.
O pior é pensar que uma pessoa dessas não tem mais nada a perder, disse a outra mulher. Vão se esforçar ao máximo. A vida, para uma pessoa dessas, não vale um tostão.
Sua amiga tinha outras coisas com que contribuir à discussão, mas eu não ouvi. Eu tinha chegado no caixa, paguei e saí correndo com as compras. Por um instante não consegui localizar o carro, então eu os vi. Frank havia levado o carro para a lateral do prédio, onde ficava a Home Depot. Havia um balanço feito de toras de madeira montado na frente da loja, por causa de uma liquidação de final de estação. Os dois estavam sentados no balanço, e ele estava com o braço em torno dela. O motor do carro estava desligado, mas a chave da ignição devia estar na posição intermediária, de modo que o rádio pudesse funcionar, e a música que estava tocando era "Lady in Red".

Não perceberam que eu estava de volta. Comentei que deveríamos voltar para casa antes que o sorvete derretesse.

NÃO ERA TÃO TARDE quando terminamos a torta, mas eu disse a eles que estava cansado. Subi para o meu quarto e liguei o ventilador. Eram nove horas, mas ainda estava muito quente, então tirei toda a roupa menos a cueca e me tapei apenas com um lençol. Eu estava com a minha revista *Mad*, mas tinha dificuldade em me concentrar. Pensava na fotografia de Frank na primeira página do jornal daquela manhã, e sobre como o jornal ficara jogado lá, o dia inteiro, sem ninguém o abrir para ler toda a reportagem. Eu sabia, pela manchete, que buscas estavam sendo feitas, e que ele havia matado uma pessoa, só não sabia dos detalhes. De um modo estranho, seria falta de educação ler a matéria, com ele ali perto.

Lá embaixo, eu podia ouvir o murmúrio das suas vozes, e o som de água corrente enquanto eles limpavam tudo, mas não as palavras que diziam, e isso teria acontecido mesmo se o ventilador não estivesse na velocidade máxima. Mais tarde, as vozes passaram a dizer menos, mas havia ainda música tocando – um disco que a minha mãe adorava, Frank Sinatra cantando baladas. Música boa para dançar, para quem entendia da coisa.

Em algum momento devo ter pegado no sono, porque acordei com o som de passos na escada. Na noite anterior, ele dormira no nosso sofá, mas dessa vez, junto com o som familiar da minha mãe subindo, havia outros passos, mais pesados, e a voz dele, baixa e grave, que parecia vir de um lugar inteiramente novo, de algum lugar úmido e escuro e parado, como uma caverna ou um pântano.

Ainda nenhuma palavra, só as vozes dele, o zumbido do ventilador, o som de grilos pela janela aberta, e de um carro passando na rua, embora sem se aproximar de nossa casa. Alguém – provavelmente o sr. Jervis – ouvia a transmissão de um jogo, e devia estar ouvindo no quintal, onde decerto o ar era mais fresco. Vez por outra eu ouvia os gritos da torcida e sabia que os Red Sox deviam ter feito uma boa jogada.

Alguém ligara o chuveiro e a água ficou correndo durante um bom tempo, um tempo mais longo do que qualquer banho que eu tivesse tomado, tanto tempo que por um momento me perguntei se algo havia acontecido e se eu deveria me levantar e me certificar de que não havia um vazamento em algum cano, mas outra parte de mim sabia que eu não deveria fazê-lo. O luar entrava pela janela agora. A porta do quarto dela. Música de órgão da transmissão do jogo no rádio. As vozes, de novo. Sussurrantes, agora. As únicas palavras que eu consegui distinguir: *Fiz a barba para você.*

O lugar onde a minha cabeça se encontrava, contra a fina parede do meu pequeno quarto, ficava próximo à cabeceira da cama dela, do outro lado. Ao longo dos anos, eu às vezes ouvia a sua voz enquanto ela dormia – o tipo de murmúrio que uma pessoa faz no meio de um sonho. Devo ter me acostumado com o som familiar do estrado da sua cama, ou ao barulho do seu despertador, e em seguida com o barulho do despertador sendo desligado, mas nunca pensara nessas coisas mais do que no som do meu próprio coração batendo. Meu quarto ficava perto o suficiente do dela para que eu pudesse ouvir todas essas coisas, o suspiro que ela às vezes dava ao afastar os lençóis para se deitar, o som do copo de água que ela colocava sobre a mesinha de cabeceira, ou o rangido da janela quando ela a abria para deixar entrar uma brisa, como ela estava fazendo agora. A noite estava quente.

Ela devia ouvir os sons do meu quarto também, embora isso nunca tivesse me ocorrido antes. Agora eu pensava nas noites em que ultimamente eu passava a mão em meu novo e desconhecido corpo, minha respiração acelerando, o pequeno sopro de ar que escapava dos meus lábios ao terminar. Só agora eu pensava nisso, porque agora havia uma voz no outro lado da parede susurrando, e a voz dela, respondendo ao susurro. Não eram mais palavras. Eram sons e respiração, corpos se mexendo, o choque da guarda da cama contra a parede e depois um único e longo grito, como um pássaro na calada da noite avistando sua companheira, ou uma fêmea protegendo a cria, quando uma águia sobrevoa o ninho. Um grito de socorro.

Do outro lado da parede, ouvindo isso, senti o meu corpo enrijecer. Fiquei deitado assim por muitos minutos — o jogo já havia terminado, as vozes no quarto ao lado silenciaram, nenhum som a não ser o zumbido do ventilador — até que, finalmente, peguei no sono.

CAPÍTULO 9

No sábado, o que me acordou foi o som de alguém batendo na nossa porta. Eu sabia, mais uma vez pelo cheiro do café, que Frank devia estar lá embaixo, mas ele não podia atender, e imaginei que a minha mãe ainda estivesse dormindo. Desci correndo de pijama e abri a porta. Não toda, só uma fresta.

A amiga da minha mãe, Evelyn, estava de pé na nossa porta – era a primeira vez que ela aparecia na nossa casa em quase um ano mais ou menos. A enorme cadeira de rodas trazendo Barry estava um pouco abaixo, no caminho de cimento que levava até a nossa porta. Era só olhar para Evelyn para ver que ela não estava nada bem – com aquele permanente maluco dela todo despenteado e os olhos meio injetados. Eu sabia, por todas as horas de conversa dela com minha mãe que eu costumava ouvir, na época em que eles nos visitavam, que ela dormia poucas horas por noite.

Vou lhe dizer uma coisa, Adele, ela costumava dizer. A vida não é um dia na praia.

Preciso falar com a sua mãe, ela disse. Não precisou perguntar se ela estava em casa. Embora fizesse meses que não a víamos, Evelyn sabia como eram as coisas na nossa casa.

Ela está dormindo. Eu fiquei do lado de fora, em vez de convidá-la para entrar, já que Frank estava na cozinha. Fazendo rabanada ou algo do gênero, a julgar pelo cheiro de manteiga na panela.

Acabei de receber uma ligação da minha irmã em Massachusetts. Nosso pai teve um derrame. Preciso ir até lá.

Não posso levar o Barry, ela disse. Eu estava imaginando se a sua mãe podia cuidar dele só por hoje. As minhas duas babysitters de confiança foram viajar por causa do feriadão.

Eu olhei, na direção do seu filho. Fazia um bom tempo desde que eu o vira pela última vez. Ele estava maior do que eu me lembrava, com uma penugem sobre os lábios. Estava abanando o ar, como se insetos voassem ao seu redor, embora não houvesse inseto algum.

Fiz um almoço para ele, ela disse. O seu prato preferido. Ele já tomou café e está de fralda trocada. Sua mãe não precisaria fazer muita coisa. Consigo voltar antes da hora do jantar, se eu for agora.

Vindo de dentro de casa, eu ouvia de novo o som do rádio, aquela estação de música clássica de que Frank gostava. Do alto da escada, a minha mãe gritou, Quem é? Em pouco tempo ela também se encontrava na porta de casa, ainda de roupão. Seu rosto estava levemente amassado. Havia uma marca no seu pescoço. Fiquei me perguntando se ele tinha usado uma das echarpes nela de novo, apertado demais, mas ela parecia bem. Apenas diferente.

Não é um momento muito oportuno, Evelyn, a minha mãe disse.

Eles acham que meu pai não vai resistir muito, Evelyn, disse a ela.

Normalmente eu não pensaria duas vezes, a minha mãe disse. Só que agora não é uma boa hora.

A minha mãe olhou na direção da cozinha enquanto falava. O cheiro do café. O som de Frank, assobiando.

Eu não pediria se tivesse outra opção, Evelyn, disse. Você é a minha única esperança.

Eu quero ajudar você, a minha mãe disse. Mas é que está difícil.

Prometo que ele vai se comportar, Evelyn, disse.

Evelyn acariciava o cabelo de Barry ao falar. Lembra de Henry e da mamãe dele, Barry? E como vocês se divertiam juntos?

Tudo bem, disse minha mãe. Acho que podemos dar um jeito. Por pouco tempo.

Fico lhe devendo essa, Adele. Evelyn colocou as duas rodas da frente da cadeira de Barry sobre o primeiro degrau, de forma que, por um segundo, a cabeça dele pareceu estar quase de cabeça para baixo. Ele fez um som um pouco como aqueles que eu ouvira do outro lado da parede na noite anterior. Eram apenas sons, mas talvez fossem sons alegres. Difícil dizer.

Oi, Barry, eu disse. Como vão as coisas?

Eu lhe devo essa, Adele, Evelyn disse novamente. Posso ficar com o Henry para você a qualquer hora. (Como se eu fosse o equivalente de Barry. Como se eu alguma vez fosse querer passar o dia na casa deles.)

Sei que está com pressa, Evelyn, a minha mãe disse. Então não se preocupe com mais nada. Nós podemos levar a cadeira de Barry para dentro. O Henry está bem forte agora.

Preciso pegar a estrada, Evelyn concordou. Quanto mais cedo eu for, mais cedo posso voltar. Coloque a cadeira dele na frente da TV e ele vai ficar contente. Ele adora desenho animado. Filmes do Jerry Lewis.

Não se preocupe, a minha mãe disse. A gente cuida dele a partir daqui.

Na época em que Evelyn e o filho costumavam nos visitar com mais frequência, a minha mãe sempre dizia que precisávamos tornar a nossa casa acessível a cadeirantes, mas depois eles pararam de vir e nós nunca fizemos reforma alguma. Agora precisávamos carregar a cadeira de Barry, toda especial e high-tech, para levá-la para a sala de estar.

A cadeira, com Barry sentado nela, era mais pesada do que imaginamos. Depois que o carro de Evelyn se afastou, Frank surgiu da cozinha. Ele ergueu a cadeira do chão e carregou-a para dentro, mas com gentileza. Ele cuidou para que Barry não batesse com a cabeça nas laterais da porta. Depois que Frank o pôs no chão, ele ajustou a cabeça de Barry, que pendera para um dos lados durante a movimentação.

Agora você está bem, meu chapa, ele disse.

Liguei o aparelho de TV.
Pelo corredor, na direção da cozinha, vi Frank e minha mãe. A mão dele se erguendo para abrir um armário acima do fogão, roçando o pescoço dela, como que por acaso.
Ela olhou para ele.
Dormiu bem?
Ela só ficou olhando para ele. Você sabe a resposta.

Foi Frank quem deu a Barry o café da manhã. Evelyn havia nos dito que ele já comera, mas ao ver as rabanadas ele ficou todo excitado, então Frank cortou uma em pequenos pedaços para ele. Pela segunda vez em um dia e meio, lá estava ele, alimentando alguém, mas com Barry era diferente. Quando Frank colocara a colher entre os lábios da minha mãe, a visão daquilo me parecera tão íntima que precisei desviar o olhar.

Depois que terminamos de comer, Frank carregou Barry para a sala de estar e colocou ele e a cadeira na frente da televisão. A mãe dele o havia vestido com um casaco leve e um boné, mas tiramos os dois. Embora ainda não fosse nem mesmo sete e meia da manhã, o ar já estava pesado de umidade e calor.

Sabe o que acho que você iria gostar, meu chapa?, Frank disse. De um belo e refrescante banho de esponja.

Ele pegou uma tigela do armário e encheu-a com cubos de gelo e um pouco de água. Trouxe a tigela para a sala, junto com uma toalha de mão, que ele mergulhou suavemente na água fria, antes de torcê-la para eliminar o excesso.

Ele desabotoou a camisa de Barry e levou a toalha até o peito dele, branco, sem pelos, passou-a no seu pescoço, nos ombros ossudos, que lembravam um passarinho. Ele passou a toalha pelo rosto de Barry. O som que Barry fez sugeria que estava feliz. Sua cabeça, que tão frequentemente parecia girar sem nenhuma lógica nem conexão com o resto do corpo, parecia mais estável do que o normal, os olhos fixos no rosto de Frank.

Deve ser quente ficar aí nessa cadeira, hein, garoto?, Frank disse. Talvez à tarde eu leve você até a banheira, para lhe dar um banho de verdade.

Mais sons de Barry. Alegria.

Na primeira página do jornal, outra reportagem sobre temperaturas recordes, previsões de engarrafamentos na estrada que levava à praia, risco de blecaute devido à sobrecarga da rede elétrica por causa do uso excessivo de aparelhos de ar-condicionado. Mas tudo o que tínhamos era um ventilador.

Quero dar uma olhada na sua perna, a minha mãe disse a Frank. Vamos ver se está sarando.

Ele enrolou a perna da calça. O sangue havia secado ao longo do local do corte. Em outras circunstâncias, aquela com certeza teria sido uma ferida que pediria pontos, mas todos sabíamos que isso não era uma opção.

O ferimento na cabeça, onde o vidro havia rasgado a pele também não parecia mais tão alarmante. Não fosse pelo corte na barriga por onde haviam retirado o apêndice, Frank disse, ele estaria cortando aquela lenha para nós. Cortar lenha era uma coisa que dava satisfação, ele disse. Drenava toda a fúria da pessoa, de uma maneira que não fazia mal a ninguém.

Que fúria é essa?, perguntei. Eu não queria que fosse comigo, por algo que eu tivesse feito. Queria que ele gostasse de mim, que ficasse perto de nós. Eu já sabia que ele gostava da minha mãe.

Ah, sabe como é, ele disse. Os Red Sox em final de temporada. Todos os anos, nesta época, eles começam a fazer besteira.

Pensei que não devia ser realmente aquilo, mas achei melhor não dizer nada.

Por falar em beisebol, ele disse. Onde está aquela sua luva? Que tal brincarmos um pouco com a bola, depois de eu ajudar a sua mãe com algumas tarefas?

Barry e eu assistimos a *O quarteto fantástico* e *Scooby-Doo*. Normalmente a minha mãe jamais me deixaria assistir a tanto desenho animado, mas aquela era uma situação especial. Quando começou *Os smurfs*, tentei trocar de canal para algo menos infantil, mas Barry começou a guinchar, como um cachorrinho quando alguém pisa na sua pata, então deixei que ele visse o desenho. O desenho estava quase terminando quando Frank desceu de novo a escada, onde quer que estivesse ajudando a minha mãe, para dizer que ele estava com vontade de apanhar uns arremessos, que tal?

Falei então que eu era péssimo em esportes, mas Frank me disse para não dizer aquilo. Se você age como se algo fosse muito difícil, vai ser muito difícil, ele disse. Você precisa acreditar que é possível.

Todos esses anos no xadrez, ele disse. Nunca me permiti acreditar que não conseguiria sair de lá. Só fiquei esperando e fiz pensamento positivo. Esperei pela minha oportunidade. Me preparei, fiz de tudo para estar pronto quando a oportunidade aparecesse.

Até aquele momento nenhum de nós havia abordado o assunto fuga. Fiquei surpreso ao ver Frank falando naquilo.

Eu não sabia que o meu apêndice seria a minha passagem para sair de lá, ele disse. Mas eu estava pronto para aquela janela. Eu havia repassado tudo um milhão de vezes na minha cabeça. Ensaiei todos os movimentos um milhão de vezes – o pulo e como aterrissar. E eu teria acertado tudo, se não houvesse uma pedra escondida na grama, onde eu não esperava. Foi isso que machucou o meu tornozelo.

Eu sabia que ia precisar de um refém, ele disse. Alguém especial.

Ele olhou para a minha mãe. A minha mãe olhou para ele.

Mas, por outro lado, ele disse, ainda é uma questão em aberto saber quem é o capturador aqui, e quem é o capturado.

Ele aproximou a cabeça da orelha da minha mãe e levantou uma mecha do cabelo dela, como que para falar direto ao seu cérebro. Talvez ele tenha achado que eu não ouviria, ou talvez não estivesse nem aí.

Sou seu prisioneiro, Adele, foi o que ele disse para ela.

CAPÍTULO 10

Pensei que deixaríamos Barry onde ele estava, mas Frank achou que ele iria gostar do jogo, então o carregou para fora e o colocou em uma espreguiçadeira, usando o boné dos Red Sox que ele havia pegado no Pricemart. Estávamos suficientemente longe da rua para que alguém nos visse, além de Barry.

É responsabilidade sua torcer para o seu time preferido, meu amigo, Frank disse a ele.

Não espere demais, falei. Você nunca viu ninguém jogar beisebol tão mal quanto eu. (O Barry, talvez. Mas eu não queria magoá-lo.)

Você vai repetir isso para mim?, Frank disse. Não ouviu nada do que falei sobre pensamento positivo?

Oh, está bem, eu disse. Vou ser o melhor jardineiro central desde Mickey Mantle.

Mantle não era jardineiro central, Frank disse. Mas a ideia é essa.

E aí aconteceu o mais estranho. Quando Frank arremessou a bola, eu a peguei. Depois que a minha mãe foi até o quintal, e nós lhe demos a minha luva e dissemos para ela assumir a posição de apanhador, eu rebati os arremessos. Não todos, porém mais do que o normal. Poder-se-ia pensar que ele estava facilitando para mim, mas não parecia o caso.

Ele havia ficado ao meu lado no *plate* imaginário e colocado as minhas mãos no taco, reposicionando o ângulo do meu cotovelo e do meu punho, um pouco como a minha mãe fazia quando me ensinava o foxtrote.

Olhe para a bola, ele dizia, em voz baixa, segundos antes de o arremesso sair da sua mão. Eu ficava repetindo as palavras, como se fossem me fazer acertar. E parece que deu certo.

Se eu pudesse treiná-lo toda uma temporada, ele disse, poderíamos melhorar bastante o seu jogo.

O seu problema está na sua cabeça. Você se imagina jogando mal e é aí que acontece.

Imagine-se pulando da janela de um hospital e aterrissando com os dois pés – com uns cacos de vidro na cabeça, talvez, um talho na canela – e você logo está fora de lá.

Para ser franco, ele disse, o braço que me preocupa aqui, Henry, não é o seu, mas o da sua mãe.

Você devia fazer um sério tratamento, Adele, ele disse. Com você, pode ser que eu precise trabalhar por muito mais tempo. Talvez até mesmo anos.

Ao vê-la rir daquele jeito, percebi que aquela era uma visão que eu não tinha havia muito tempo. Então passei para a posição de apanhador. Frank ainda estava arremessando, mas ele se afastara da sua posição original e se aproximou da minha mãe no *plate*. Ele se posicionou de forma a poder colocar seu longo braço em torno dela. Mande uma para nós, Henry, ele disse, jogando a bola para mim.

Só um arremesso, já que não havia apanhador. Ergui o meu braço e soltei a bola. Os dois gingaram juntos. Houve um som surdo e forte. A bola saiu voando.

Da sua espreguiçadeira, Barry deu um grito.

MEU PAI TELEFONOU. ELE, MARJORIE e as crianças estavam em um churrasco ao ar livre. Ele queria saber se poderíamos jantar no Friendly's no dia seguinte. Enquanto ele fazia a pergunta havia na sua voz um tom que me lembrou como as pessoas falavam ao telefone nas vezes em que a minha mãe me colocou para ajudá-la a vender vitaminas, e eu ligava para a casa de algum antigo cliente que, no entanto, não queria mais comprar vitaminas, e eu sabia que apenas queria que eu me despedisse e desligasse, para que pudesse retornar à sua vida e parar de se sentir culpado.

Você e a sua mãe estão bem?, ele perguntou. A voz dele tinha o mesmo tom de desculpa e de que, ao mesmo tempo, tudo o que ele queria era largar o telefone e voltar para sua outra família, onde as coisas eram mais simples.

Temos visitas, eu respondi. Como diria Frank, eu poderia muito bem passar por um detector de mentiras com aquela afirmação.

Evelyn também ligou. O trânsito estava tão ruim na 93 que já eram duas da tarde quando ela chegou no hospital. Estavam esperando para falar com o médico. Ela queria saber se Barry podia ficar conosco até depois do jantar.

Não se preocupe, venha quando puder, Evelyn, eu ouvi a minha mãe dizer no telefone. Ele parece muito bem.

Então Evelyn deve ter perguntado sobre a situação das fraldas. Essa era a parte que a preocupava. Ele era um rapaz agora, o Barry. Levantá-lo da cadeira não era mais muito fácil.

Minha mãe não falou, Frank foi quem trocou a fralda. Frank, que o havia carregado de volta para dentro de casa depois do treino de beisebol e dado um banho de banheira nele, cheio de cubos de gelo e creme de barbear. De onde eu estava sentado, no meu quarto, eu podia ouvir os dois: Barry fazendo uns barulhinhos baixos, como arrulhos; Frank assobiando.

Como sou idiota!, Frank disse. Não cheguei a me apresentar a você, meu chapa. Meu nome é Frank.

Barry fez outro barulho.

É isso mesmo, Frank disse. Frank. A minha avó me chamava de Frankie. Qualquer dos dois jeitos está bem para mim.

Ele preparou o jantar para nós, mais uma vez. A minha mãe sentou-se junto ao balcão, dividindo com ele uma cerveja. Ela havia desencavado de algum lugar um leque chinês, provavelmente de alguma coreografia antiga sua. Agora ela o estava abanando.

Aposto que você podia pensar numa dança bacana com isso aí para mostrar para mim, Adele, ele disse. E certamente tem algum traje lindo para combinar. Ou não.

* * *

Ninguém estava com fome, por causa do calor, mas Frank fez uma sopa fria de curry com o último pêssego e com o que restava de um potinho com molho apimentado de alguma comida pronta que havíamos comprado um dia. Depois disso, minha mãe fez chá gelado para nós, e Barry e eu ficamos sentados no quintal, além do campo de visão que os Jervis podiam ter da sua piscina de plástico, onde podíamos ouvir a algazarra que a menina asmática e seu irmãozinho faziam na água. Quando os mosquitos se tornaram insuportáveis, entramos em casa e ligamos a televisão. Estava passando *Contatos imediatos de terceiro grau*. Frank arrumou Barry na sua cadeira e colocou outra toalha umedecida com água fresca em torno no seu pescoço. A minha mãe fez pipoca.

Quando ouvimos o som do carro de Evelyn estacionando, Frank desapareceu escada acima, conforme eles haviam combinado. Para Evelyn, havia só nós três ali. Eu, a minha mãe e o filho dela.

Ela entrou na sala de estar. O pai dela estava estabilizado, ela disse. Ainda estava na unidade de tratamento intensivo, mas a situação não era mais tão crítica. Como posso lhe retribuir, Adele?, ela disse.

Eu sabia que a minha mãe queria apenas que eles fossem embora, mas Evelyn dirigira durante duas horas. Parece que você está precisando de um copo de água gelada, a minha mãe lhe disse.

Ela acabara de voltar com a água quando começou o noticiário. Últimas notícias. O consumo de energia durante a onda de calor daquele dia deixara a região com risco de blecaute, e o resto do longo e quente feriado ainda estava por vir.

Sabemos que está quente, amigos, o locutor dizia, mas nossos amigos do serviço público estão solicitando que as pessoas desliguem os aparelhos de ar-condicionado sempre que possível. Se o calor está incomodando você, considere a alternativa de tomar um banho gelado.

Ainda com as últimas notícias, ele dizia, a polícia da fronteira de três estados continua as buscas pelo prisioneiro à solta na região desde quarta-feira.

A fotografia de Frank surgiu na tela. Até esse momento, Barry parecia apenas marginalmente consciente de onde estava, mas quando a imagem de Frank encheu a tela, ele começou a sacudir as mãos e a gritar, como se estivesse cumprimentando um velho amigo. Fazia barulhos, agitava a cabeça na direção da televisão.

No passado, eu sabia, um dos temas recorrentes nas conversas de Evelyn com minha mãe era o fato de as pessoas sempre subestimarem a inteligência do seu filho e compreensão dele do que acontecia à sua volta. Por um bom tempo ela se dedicou a tentar colocá-lo em uma escola normal. Mas agora, quando Barry gania e se sacudia, ela mal parecia perceber sua agitação e sua excitação – ele começara a movimentar os braços, mais furiosamente do que o normal, com o pé descalço chutando o ar. Seus olhos, que normalmente pareciam não se fixar em nada, estavam grudados na tela da TV.

É hora de levar você para casa, filho, a mãe dele disse, numa voz cansada.

Juntos, nós três – Evelyn, a minha mãe e eu – levamos a cadeira de rodas, de costas, através da porta da nossa casa – para fora, para a escuridão – e a baixamos até a altura da rua. Ficamos observando enquanto a mãe de Barry fazia a cadeira deslizar rampa acima e depois para dentro da sua van e o afivelava no lugar. Enquanto as portas traseiras fechavam-se, pude ver o rosto de Barry. Ele ainda estava gritando, a mesma sílaba, a primeira palavra que ele disse que consegui entender.

Inúmeras vezes ele repetiu, espasmódica mas inteligivelmente. *Frank.*

NAQUELA NOITE, EU OS OUVI MAIS UMA VEZ. Não tinha como eles não saberem que o som atravessaria a parede dos quartos. Era como se não dessem mais bola para quem sabia ou para o que as pessoas pudessem pensar daquilo, inclusive eu. Eles estavam no seu próprio lugar agora, e era como outro país, um planeta completamente diferente.

Continuou por um bom tempo, eles fazendo amor. Naquela época eu não usava essa expressão – nem essa nem nenhuma outra. Não era nada que eu conhecesse de experiência própria ou mesmo pela de outras pessoas. Nada que eu encontrasse nas raras vezes em que dormia na casa do meu pai, embora ele dividisse a cama com Marjorie. Nada que eu pudesse imaginar acontecendo em qualquer uma das casas da nossa rua, e nada como as cenas que eram mostradas na televisão – nas vezes em que Magnum, o detetive particular, se inclinava para beijar a linda mulher daquele final de semana, ou quando um par de convidados especiais cochichavam ao luar em *O barco do amor*.

O que eu imaginava que acontecia entre a minha mãe e Frank do outro lado da parede, embora eu tentasse não imaginar nada, era como se eles fossem duas pessoas naufragadas em uma ilha tão distante de tudo que nunca ninguém jamais os encontraria, sem ter nada a que se agarrar a não ser a pele um do outro, o corpo um do outro. Talvez nem mesmo uma ilha, apenas uma balsa no meio do oceano, e até mesmo essa balsa estava caindo aos pedaços.

Às vezes a guarda da cama batia contra a parede durante vários minutos, regular e ritmadamente como o som da roda da gaiola de Joe, nas infindáveis voltas que ele dava. Outras vezes – e nessas era mais difícil ficar deitado ali, ouvindo – os sons eram como barulhos saídos de um ninho de filhotes de algum tipo de animal. Sons de pássaros, ou de gatinhos. E um grunhido baixo, lento, de satisfação, como um cachorro deitado no chão próximo da lareira roendo um osso, limpando-o com lambidas até conseguir tirar o último naco com gosto de carne.

Às vezes, uma voz humana. *Adele. Adele. Adele.*

Frank.

Eles nunca – não que eu tivesse ouvido – falavam de amor, como se tivessem ultrapassado até mesmo isso.

Nesses momentos, eu sabia, eles não estavam pensando em mim, deitado na minha cama do outro lado da parede, com meu pôster do Einstein, a minha coleção de pedras, meus volumes das *Crônicas de Nárnia*, a minha carta assinada pelos astronautas da *Apolo 12*, o meu livro de piadas e o bilhete que eu guardara da única vez em que Samantha Whitmore percebeu que eu existia: Você tem o dever de matemática para amanhã?

Nesses momentos, eles não pensavam na onda de calor, nem em poupar eletricidade, nem nos Red Sox ou na torta de pêssego, nem nas compras da volta às aulas, ou nos pontos da cirurgia dele de apêndice, embora eu os tivesse visto e soubesse que ainda não haviam cicatrizado, assim como o ferimento na sua panturrilha, onde o vidro havia cortado. Não estavam pensando nas janelas do terceiro andar, nem nos noticiários da TV, nas barreiras policiais ou nos helicópteros que ouvimos circular pelas redondezas toda a tarde do dia anterior. O que esperavam ver – uma trilha de sangue? Pessoas amarradas em árvores? Uma fogueira de acampamento e, ao lado, um homem fazendo churrasquinho de carne de esquilo?

Desde que permanecêssemos dentro daquela casa, ninguém saberia que ele estava lá. Talvez não durante o dia, mas à noite, pelo menos, ninguém podia chegar até nós. Éramos três pessoas que não só habitavam a Terra como orbitavam em torno dela.

E mesmo assim não era exatamente isso. A configuração era dois e um. Eles eram como os dois astronautas da *Apolo* que caminharam pela superfície da lua, enquanto seu fiel companheiro ficava para trás no módulo de comando, monitorando os controles e se certificando de que tudo estivesse bem. Em algum lugar distante lá embaixo, os cidadãos da Terra esperavam pela volta deles. Mas, por um momento, o tempo fora suspenso, e nem mesmo a atmosfera existia.

CAPÍTULO 11

ENTÃO VEIO A MANHÃ DE DOMINGO e nós tivemos que lidar com a realidade mais uma vez. Em algum momento naquela tarde meu pai apareceria para me pegar e, embora eu não quisesse ir com ele mais do que ele queria me apanhar, eu seria obrigado a fazê-lo.

A escola deveria começar na quarta-feira – a sétima série. Nada de emocionante a se esperar disso a não ser mais do que eu vivi na sexta série, só que os meninos que me chamavam de *bicha* e *babaca* baixinho quando eu passava pelos corredores estariam muito maiores agora, ao passo que eu – apesar de tudo o que a minha mãe afirmava que as vitaminas fizeram por mim – parecia tão franzino como sempre.

Os seios das meninas podiam ter crescido durante o verão – era de se esperar – mas tudo o que isso significaria seriam mais problemas, ter de esconder o efeito que eles exerciam sobre mim todas as vezes que eu levantava da minha carteira para mudar de sala de aula. Quem não conheceria meu terrível segredo, só de ver como eu carregava meus livros, abaixo da cintura, percorrendo o caminho da sala de estudos sociais para a de inglês, da de inglês para a de ciências, da de ciências para o almoço? Mesmo que ninguém desse bola, minha inútil ereção se anunciaria, incansavelmente, do mesmo jeito que Alison Smoat não se cansava de erguer a mão na aula de estudos sociais para fazer algum comentário sem que a professora a tivesse chamado. Sabendo – como todos nós, aliás – que, assim que ela começasse a falar, seria impossível fazer aquela menina calar a boca.

Haveria os jogos de basquete. Depois a eleição dos representantes de turma. Escolheriam o elenco para o musical a ser encenado no outono. Os diferentes grupos de alunos que faziam a diferença naquele lugar escolheriam suas mesas na cafeteria, deixando claro para o resto de nós quais eram os lugares em que sequer deveríamos pensar em sentar. O diretor falaria, como sempre, sobre a pressão exercida pelos colegas e sobre as drogas; a professora de saúde, depois de nos lembrar que éramos jovens demais para atividades sexuais, iria nos mostrar como era uma camisinha e a vestiria numa banana, como se eu fosse usar alguma na década seguinte, ou mesmo depois.

Visualize o que você quer que aconteça, Frank me dissera, do seu pequeno *mound* de arremessador. Mas eu só visualizava na cama.

Visualizava Rachel McCann tirando o sutiã para mim. Viu como eles cresceram durante o verão?, ela dizia. Não quer pegar?

Visualizava uma garota que sequer consegui identificar surgindo por trás de mim enquanto eu destrancava o meu armário, cobrindo os meus olhos, fazendo eu me virar e enfiando a língua na minha boca. Eu não conseguia ver o seu rosto, mas conseguia sentir seus seios pressionados contra mim, e a sua língua nos meus dentes.

Por que você não dirige desta vez, para variar, Henry?, a minha mãe diz. Que me diz de irmos à praia?

Só que não é a minha mãe e eu. Somos nós três, ela atrás, eu no volante, Frank no banco ao meu lado, só para se certificar de que estou fazendo tudo certo, como um pai, mas não o meu.

Que me dizem de sairmos da cidade?, Frank pergunta. Ir para o norte. Tentar um lugar diferente.

Colocamos a gaiola de Joe no banco ao lado da minha mãe, uns poucos livros talvez, um baralho de cartas, a fita cassete da minha mãe com tristes canções folclóricas irlandesas e algumas de suas roupas de dança, sem dúvida. Nada de comida. Vamos parar em restaurantes quando ficarmos com fome. Vou levar a minha coleção de quadrinhos, mas não as revistas de palavras cruzadas.

Eu só gostava de palavras cruzadas, percebo agora, porque não havia quase nada para se fazer, mas agora há.

Fico surpreso que seja assim, mas consigo até mesmo jogar minha bola e minha luva de beisebol no porta-malas. Antigamente quando meu pai sugeria que jogássemos um pouco, eu sempre ficava ansioso e apavorado, mas com Frank era bom jogar bola. Com ele, não era ridículo.

Seguimos para o norte, para o Maine, com o rádio ligado. Numa espeluncazinha à beira d'água – Old Orchard Beach –, paramos para comer rolinhos de lagosta, e a minha mãe comeu peixe com frutas.

Rapaz, isso é muito melhor do que Cap'n Andy, ela diz, colocando um pouco na boca de Frank.

Como está o seu rolinho de lagosta?, ele me pergunta, mas a minha boca está cheia demais para responder, de modo que me limito a sorrir.

Tomamos limonada e depois pedimos sorvete de casquinhas. Na mesa ao lado, uma menina usando um vestido leve de alcinhas – porque é verão de novo, ou talvez até mesmo verão indiano – está lambendo o seu sorvete, mas o abaixa por um momento e abana. Ela não sabe nada sobre quem eu era na minha antiga escola, quem era a minha mãe na nossa antiga cidade, ou sobre a foto de Frank no jornal.

Eu vi você carregando um exemplar de *Príncipe Caspian*, ela diz. É o meu livro preferido.

Então, ela me beija também, mas diferente de como a outra garota me beijou. Desta vez é longo e lento, e, enquanto nos beijamos, a mão dela aperta o meu pescoço e acaricia o meu rosto, e a minha mão também acaricia o seu cabelo e depois o seu seio, mas delicadamente, e claro que tenho outra ereção, só que dessa vez não há nada de constrangedor nela.

Sua mãe e eu pensamos em dar uma volta na praia, filho, Frank me diz. E me ocorre o pensamento de que essa é uma das melhores coisas do surgimento dele nas nossas vidas. Não sou mais responsável por fazê-la feliz. Esse trabalho pode ser dele agora. Isso me deixa livre para outras coisas. Para a minha própria vida, por exemplo.

CAFÉ QUENTE PRONTO NO FOGÃO, novamente. A terceira manhã seguida, e agora já estou quase acostumado a isso. Havia um lugar úmido nos meus lençóis, como sempre, mas não fiquei tão preocupado quanto costumava ficar. A minha mãe não estava monitorando a minha roupa suja. Tinha outras coisas em mente.

Dessa vez ela já estava de pé quando desci. Os dois estavam sentados à mesa da cozinha, com o jornal aberto. O barco de uma família havia virado no lago Winnipesaukee no dia anterior, e estavam procurando o corpo do menino. Uma senhora idosa que participava de uma excursão para a terceira idade ia fazer compras em North Conway quando tivera um ataque cardíaco fulminante no ônibus e morrera. Os Red Sox estavam se aguentando no segundo lugar da tabela do campeonato, e as finais se aproximavam. As velhas esperanças de setembro voltavam a surgir.

Mas a reportagem que a minha mãe e Frank estavam lendo não era nenhuma dessas. Talvez a estivessem lendo, talvez tivessem parado na manchete: "Polícia intensifica as buscas pelo fugitivo." As autoridades estavam oferecendo dez mil dólares de recompensa por qualquer informação que levasse à captura do homem que fugira da Penitenciária de Stinchfield na quarta-feira. Alguns especulavam que, considerando o feriado, a suposta gravidade dos ferimentos do homem e o fato de que estava se recuperando de uma da cirurgia, ele podia ainda estar nas redondezas, possivelmente mantendo algum cidadão ou cidadãos locais como reféns. O foragido podia, ou não, estar armado, mas de qualquer forma era considerado perigoso. Caso alguém o visse, não deveria tentar prender o homem. Contate as autoridades policiais locais, orientava a matéria. A recompensa seria paga após a prisão efetuada.

Fui até a área de serviço. Fazia alguns dias que eu não limpava a gaiola de Joe. Peguei-o e o segurei entre o meu peito e o meu braço enquanto colocava uma folha limpa de jornal. Não a folha com a cara de Joe, embora estivesse lá na pilha. A seção de esportes.

Normalmente, Joe estaria dando pulos na sua roda de exercícios a essa hora do dia. A primeira hora da manhã era quando ele estava sempre mais agitado. Mas, naquele dia, ele estava apenas deitado no chão da gaiola, arquejando, quando cheguei. Decerto por causa do calor. Ninguém ia querer se mexer mais do que o estritamente necessário em um dia como aquele.

Fiquei ali na área por um minuto, fazendo carinho nele. Joe mordiscou de mansinho o meu dedo. Pela porta de tela, o som da voz da minha mãe, conversando com Frank.

Tenho um pouco de dinheiro, ela estava dizendo a ele. Depois que a minha mãe morreu, vendi a casa. Está parado na minha poupança.

Você precisa do dinheiro, Adele, ele disse. Tem um filho para criar.

Você precisa ir para algum lugar seguro.

E se você viesse comigo?

Está me convidando?

Sim.

Naquele dia, durante o almoço, Frank nos disse que o corte na sua barriga estava muito melhor. Devia ter pedido ao médico para guardar o apêndice, para colocá-lo em um vidro ou algo do tipo, ele falou. Eu queria ver como era o desgraçado que possibilitou isto tudo, ele disse.

Sair de lá. Conhecer você.

Quando ele disse isso, imaginei que estivesse falando na minha mãe, embora estivéssemos os dois na mesa.

Ele nunca nos contou quanto tempo ficou preso, ou quanto mais tempo deveria ficar antes que o libertassem. Eu poderia ter lido essa informação no jornal, mas pareceria uma sujeira fazer isso. A mesma coisa que perguntar os detalhes do motivo de ele ter sido preso.

Eles estavam na cozinha, lavando os pratos. Minha antiga tarefa, mas eu não era mais necessário, então fiquei deitado no sofá da sala, zapeando os canais e ouvindo.

Por melhor que seja, ele disse, acordar onde estou agora (no caso, a cama da minha mãe, com ela ao lado), não posso me considerar um homem livre até que chegue o dia em que eu possa caminhar pela rua com meu braço na sua cintura, Adele. Isso é tudo o que eu quero na vida.

Nova Escócia, ela disse. Ilha do Príncipe Eduardo. Ninguém incomoda você lá.

Poderiam criar galinhas. Ter um jardim. A corrente do Golfo passava pelo oceano ali perto.

Meu ex-marido jamais permitiria que eu levasse Henry embora, a minha mãe disse.

Você sabe o que isso significa, então, não sabe?, disse a ela.

Eles estavam indo embora, e me abandonando. Durante todo aquele tempo eu ficara imaginando que dali para a frente seguiríamos os três juntos, como quando jogamos beisebol no quintal, só que, na verdade, seriam só os dois. Foi o que conclui.

Um dia, muito em breve – não naquele dia, porque o banco estaria fechado, e tampouco no dia seguinte, pela mesma razão, mas depois disso, eles se dirigiriam até o banco. Alguns anos haviam se passado desde que a minha mãe entrara no banco, mas dessa vez ela iria até lá. Dessa vez ela iria até o caixa – Frank estaria esperando no carro – e diria, quero fazer uma retirada. Dez minutos depois – pois poderia demorar tudo isso para contar as notas – ela voltaria para o carro com um saco de dinheiro nos braços e o colocaria no chão do carro.

Que me diz de explodirmos esta cidade?, ele diria. Palavras de um antigo filme de faroeste que vi muito tempo atrás.

Vou sentir tanta falta dele, a minha mãe diria. Falando de mim. Talvez começasse a chorar então, mas ele a consolaria, e logo ela pararia de chorar.

Você pode ter outro filho, Frank diria a ela. Como o seu ex-marido teve. Vamos criar nosso filho juntos. Você e eu.

E, de qualquer forma, seu filho vai estar bem. Ele pode ir morar com o pai. E com a madrasta, e aquelas outras crianças. Eles vão se divertir muito. O pai vai ensinar beisebol para ele.

Eu não queria, mas a cena não parava de passar na minha mente. Ele acariciando o cabelo dela, dizendo à minha mãe que eu, na verdade, não precisava mais dela. Ela com a cabeça deitada no ombro dele, acreditando. Ele não é mais uma criança, Frank diria à minha mãe. Eu sei que tudo o que ele pensa agora é em trepar com uma garota. Ele está tocando a vida em frente. Se você duvida disso, dê só uma olhada nos lençóis dele. Um menino dessa idade só tem cabeça para uma coisa.

As coxas de Rachel McCann. As calcinhas de Sharon Sunderland. Os seios de uma dançarina de Las Vegas.

É hora de você pensar em si mesma, para variar um pouco, Adele, ele diria. Chega dessa ideia de marido-por-um-dia. Frank podia ser o marido dela para sempre.

Fiz um barulhão ao entrar na cozinha, embora às vezes eu nem sequer tivesse certeza de que isso fazia diferença, tão mergulhados em seu próprio mundo estavam a minha mãe e Frank. O mundo de apenas duas pessoas – ela e ele. Quando cheguei à geladeira para pegar a garrafa de leite a fim de me servir de uma tigela de cereais – leite de verdade, para variar, ideia do Frank –, eles estavam falando sobre outra coisa. Ele havia percebido um lugarzinho próximo ao chuveiro, no banheiro, onde havia uma infiltração de água embaixo do linóleo, causando mofo. Ele queria cuidar daquele problema naquele dia. Tirar o tijolo e a madeira podre logo abaixo. Substituí-los por material bom.

Talvez a gente não fique aqui tempo o suficiente para que isso faça diferença, ela falou.

Ainda assim, ele disse. Com algo assim, é sempre melhor resolver logo. Não gosto de deixar problemas para outra pessoa resolver.

Lá estava, a prova. Eles estavam indo embora. O que aconteceria comigo, então?

CAPÍTULO 12

No café da manhã, Frank nos contara sobre a fazenda onde havia crescido, no oeste de Massachusetts. Seus avós administravam uma vendinha tipo pegue-pague. Vendiam principalmente *blueberries*, embora nos últimos anos também tivessem acrescentado pinheiros de Natal e, para o outono, abóboras. Desde os sete anos ele dirigia tratores, passava o arado entre as fileiras da lavoura, alimentava as galinhas e cuidava dos pinheiros. Eles não cresciam na forma de pinheirinhos de Natal, naturalmente. Era só uma questão de poda.

Seus avós tinham uma banca na frente da propriedade, onde vendiam os seus produtos, além de outras coisas como geleia e tortas que ela fazia na época da colheita das frutas vermelhas. Frank teria preferido passar o dia enchendo pás de cocô de galinha, com o perdão da palavra, a ter que trabalhar na venda da fazenda, então, depois que o seu avô morreu, sua avó contratou uma moça para ajudá-la. Mandy, uma garota das redondezas, um ano mais velha do que Frank. Tinha uma história sofrida. Sua mãe havia fugido com um cara e ela nunca chegou a conhecer o pai. Quando Frank a conheceu, Mandy já havia largado a escola. Estava morando na casa da irmã. Trabalhando como faxineira na casa das pessoas e fazendo uns bicos sempre que possível. O trabalho na fazenda Chambers era um deles.

Ele saiu com ela, se é que se podia chamar assim, no verão depois da formatura da escola. No geral, só passeavam de carro, ouvindo o rádio e transando.

Eu era virgem, Frank contou para a minha mãe. Como sempre, os dois pareciam conversar comigo por perto do mesmo jeito que seria se eu não estivesse lá. Era como se eu fosse invisível.

Naquele outono ele pegou o navio para o Vietnã. Para ficar dois anos. Quanto menos falasse sobre aquilo melhor. A ideia era conseguir entrar em uma faculdade quando voltasse para casa, mas quando ele retornou, só o que queria era encontrar um lugar sossegado onde o deixassem em paz. Os pesadelos noturnos ainda não eram terríveis, mas já haviam começado. Uma boa noite de sono era algo que ele não conhecia, nessa época.

Enquanto esteve fora, Mandy escreveu para ele três vezes. A primeira vez, logo depois que ele partiu, para dizer que pensaria nele o tempo todo e que o incluiria nas suas orações – não que ele algum dia a tivesse visto como alguém que rezava. Vai ver ela gostava da ideia de ter um namorado no outro lado do oceano.

Ele não teve notícias dela depois disso, durante todo aquele ano e quase todo o ano seguinte. Então, do nada, próximo do final do seu serviço no Vietnã, uma longa carta escrita em uma folha de caderno pautado, na mesma caligrafia arredondada, com carinhas sorridentes no lugar dos pingos, quando ela fazia seus is.

Ela escreveu contando notícias sobre as pessoas da cidade. Um rapaz que ambos conheciam havia enfiado a mão numa máquina de embalar feno e perdera o braço. Outro rapaz batera com a caminhonete havia alguns meses, matando todos os três membros da família que estavam no outro veículo. Ela recortara os obituários de várias pessoas mais velhas da cidade – algumas amigas da avó dele – que haviam morrido de causas naturais, e de uma pessoa, o entregador de leite, que guardara a sua caminhonete na garagem certo dia, fechara a porta e ligara o motor. Nenhum bilhete.

Era difícil dizer onde ela queria chegar com todas aquelas notícias ruins, exceto que o Vietnã não era tão horrível assim afinal, ou talvez que qualquer outro lugar era tão ruim quanto. A vida é curta, por que não aproveitar?

A carta dela, e a que chegara dois dias depois, antes que Frank tivesse tempo de responder a primeira, tiveram um grande impacto nele – embora ele sequer tivesse vinte e um anos –, deixando a impressão de que a tragédia e a morte perseguiriam uma pessoa aonde quer que ela fosse na vida. Não havia escapatória, exceto talvez a que o sr. Kirby conseguia ao se trancar na garagem naquele dia e girar a chave na ignição. Se algum dia ele pensara que voltar para casa tornaria tudo melhor, esse dia era passado.

Ela escreveu para dizer que estava contando os dias para a volta dele. Havia feito um calendário e o havia pendurado com fita adesiva na parede da casa da sua irmã, ela disse. Ele preferia que ela prendesse o cabelo ou o deixasse solto, quando fosse apanhá-lo?

Ele não conseguia se lembrar de algum dia tê-la pedido para namorar, ou que tivesse pensado que ela era sua namorada, mas agora parecia que era isso o que havia acontecido, como que espontaneamente, do mesmo modo que os arbustos de *blueberry* criavam bolor, ou como as galinhas, que sabem que é hora de voltar ao galinheiro para passar a noite sem ninguém precisar espantá-las naquela direção. Ele não tinha em mente nenhum plano melhor que esse, então, por que não?

Ela estava lá em Fort Devens, no dia em que ele desceu do avião. Um pouco mais rechonchuda do que ele lembrava, com a cintura mais grossa, porém – pelo menos havia essa boa notícia – mais opulenta na parte de cima, também. Ele estivera algumas vezes com garotas em Saigon e, uma vez, durante uma folga, na Alemanha, mas desde que recebera aquelas duas cartas de Mandy decidira esperar até que chegasse em casa. Esperar por ela.

Sua avó havia arrumado um cantinho para ele nos fundos da sua casa, mas com banheiro próprio, um frigobar e uma chapa elétrica, para que ele pudesse se sentir no seu próprio apartamento. Foi para lá que Mandy o levou então. Sua avó o estava esperando. Parecia muito mais velha do que antes. A televisão estava ligada quando ele entrou na casa – um programa de auditório. O som de toda aquela gente na plateia gritando o deixou com vontade de tapar os ouvidos.

Podemos desligar isso, vó?, ele perguntou. Mas não adiantou. Lá no campo, alguém estava usando uma ceifadeira, e a máquina de lavar dela deve ter começado a centrifugar, e então teve o rádio. Os homens no celeiro estavam ouvindo a transmissão de um jogo. A zoeira das torcidas. Ele sequer tinha certeza de que os outros estivessem ouvindo também, ou se o barulho estava apenas na sua cabeça.

Preparei um almoço para você, Frankie, ela disse. Imaginei que estaria com fome.

Me dê um tempinho, vó, ele lhe disse. Só quero me deitar um pouco. Tomar um banho, algo assim.

Era realmente isso o que ele queria, mas quando chegaram ao quarto que a avó havia preparado – Mandy ainda grudada no uniforme dele como as fãs se penduram em alguém famoso – ela trancou a porta logo atrás deles e baixou as cortinas.

Finalmente podemos transar, ela disse.

Ele queria dizer a ela que estava cansado. Provavelmente estaria com mais vontade no dia seguinte, ou talvez até mesmo um pouco mais tarde. Mas ela já estava desabotoando o casaco dele. Depois estava no chão, desamarrando as botas dele. Desabotoara a camisa dele e desafivelara o próprio sutiã, que era do tipo que abre na frente, de forma que seus seios haviam saltado para fora, maiores do que ele lembrava, os mamilos escuros e intumescidos.

Aposto que teve saudades disso, não é mesmo, meu bem?, ela disse. Só o que você tinha eram garotas amarelas? Será que se esqueceu de como é uma xoxotinha americana?

Ele ficara preocupado com a possibilidade de nem sequer conseguir ficar excitado, mas conseguiu. Ela se esforçou para garanti-lo.

Apenas relaxe e aproveite, Mandy disse. Deixe que eu faço tudo.

Durou cinco minutos, talvez menos. Depois ela pulou da cama e retocou a maquiagem. Se isso é hora de me sair uma espinha, comentou.

Ele viu que ela havia levado as suas roupas para lá. Roupas íntimas, desodorante, bobes elétricos, xampu, gel para o cabelo, até mesmo o estojo de manicure. Naquela noite, quando voltou para o quarto com ele, perguntou se ele queria fazer de novo, mas quando ele disse que ainda estava um pouco cansado da viagem ela não insistiu.

É melhor eu avisá-lo, ela disse. Você estava tão excitado hoje à tarde que nem pensei em fazê-lo pôr uma camisinha. Tomara que não seja aquela época do mês. A minha irmã engravidou na primeira vez que ela e Jay transaram. O que acabou sendo uma bênção, é claro. O bebê era a sobrinha dela, Jaynelle. Algumas semanas depois, ela contou a ele que não havia ficado menstruada. Alguns dias depois disso, anunciou que o teste dera positivo. Acho que você vai ser papai, ela disse. As palavras dela, ao dizer isso, pareciam um discurso ensaiado. No caso, ensaiado enquanto ela voltava da cidade, talvez. Ela já havia comprado uma blusa com frases alusivas à maternidade. *Bebê a bordo.*

Acho que você estava guardando aquilo tudo por tanto tempo que os seus espermas ficaram três vezes mais poderosos do que o normal, ela disse.

Foi essa a palavra que ela usou. Espermas.

De repente, como se estivessem esperando nos bastidores durante todo aquele tempo, prontos para que alguém chamado Carol Merrill os chamasse ao palco, lá estava toda aquela tralha de bebê: um balanço automático, um cercadinho, uma mesa de troca, uma cadeira alta, e mais roupas para grávida, e calças com faixa elástica na cintura, e creme para prevenir estrias que ela queria que ele passasse na sua barriga, para fazer com que ele se sentisse mais envolvido na gravidez, ela disse.

Ela escolheu um berço do catálogo da Montgomery Ward, um carrinho de bebê e um bebê-conforto. Fez uma lista de nomes de meninas de que gostava. Se fosse um menino, dariam a ele o nome de Frank, como o pai, claro. Quase tudo o que ela possuía fora levado para o quarto nos fundos da casa da avó dele — suas roupas encheram o closet e todas as gavetas, menos uma, seu pôster do Ryan O'Neal foi preso com tachinhas à parede, o homem mais lindo do mundo depois dele, ela disse. Mas agora ela sugeria, talvez eles pudessem se espalhar um pouco, no resto da casa, já que a avó dele era só uma pessoa, e velha, ainda por cima. O quarto de costura, por exemplo, seria perfeito para o bebê. Comprariam uma televisão maior.

Só muito mais tarde Frank entendeu. Quando o pensamento lhe ocorreu, eles já estavam casados. Mandy estava grávida de sete meses a essa altura – a criança só deveria nascer por volta do Dia de São Valentim, no entanto o filho deles acabou nascendo em dezembro. Frank estava em pé na frente do espelho do banheiro, fazendo a barba, com todos aqueles produtos de beleza que ela usava alinhados sobre a pia e sobre a prateleira acima do vaso sanitário. Ele estava pensando na enorme quantidade de produtos de que as mulheres pareciam precisar – não a sua avó, lógico, mas Mandy – antes de poderem se mostrar ao mundo. Toda a parafernália que Mandy trouxera naquele primeiro dia em que ele chegara em casa – produtos de beleza e maquiagem, e produtos para o cabelo, cremes e sprays, curvador de cílios e o descolorante que ela usava acima do lábio superior, o creme de depilação para as pernas, os protetores de calcinha e o desodorante íntimo feminino.

Uma coisa ela nunca trouxe. Ele soube disso uma vez em que a irmã dela apareceu para fazer uma visita: levantou do sofá e disse, Ih, acho que estou com um probleminha. Tem um absorvente, Mandy?

Entre todos os produtos que ela estocara, antes de fazer o teste, não havia nenhum absorvente íntimo, nenhum tampão também. Como se soubesse antes que não precisaria deles por um bom tempo.

A MINHA MÃE E FRANK ESTAVAM SENTADOS NA cozinha enquanto ele contava a ela a história do seu casamento. Eu também estava sentado à mesa, fazendo palavras cruzadas. Num certo ponto da história – quando Frank mencionou a parte sobre a xoxotinha americana – a minha mãe olhou para mim, como se de repente tivesse se lembrado de que tinha um filho, mas eu estava debruçado sobre a revista naquele momento, mastigando o meu lápis como se tudo o que me importava na vida estivesse contido naquela página. Ou ela imaginou que eu não estava prestando atenção ou achou que eu não havia entendido, ou talvez ela soubesse que eu havia entendido e não desse bola para isso. E era verdade: muito antes do dia em que Frank voltou conosco para casa do Pricemart, a minha mãe costumava me contar coisas sobre as quais as outras mães nunca falavam. Eu sabia sobre os avisos de corte de serviços da companhia telefônica e de TPM. Eu ouvira a história do homem que a teria estuprado certa vez, quando ela estava saindo do restaurante onde trabalhava como garçonete antes de conhecer o meu pai, mas o cozinheiro saiu à rua na hora certa e impediu o estupro, depois só que então o cozinheiro achou que aquilo significava que ela lhe devia algo.

Eu estava acostumado a ouvir esse tipo de história. As histórias de Frank não eram tão diferentes. Só que eram contadas da perspectiva do homem, para variar. O que explicava por que eu nunca ouvira aquela expressão antes, xoxotinha americana.

Desculpe meu linguajar, Frank disse, quando chegou naquela parte da história. Mas parecia se dirigir à minha mãe tanto quanto a mim.

Frank e sua avó esperaram do lado de fora, na sala de esperas quando Mandy deu entrada no hospital. Era assim que se fazia naquela época, ele disse.

Acho que desapontei você, Frankie, sua avó lhe disse aquele dia. As coisas aconteceram tão rápido quando você voltou para casa. Eu sempre quis que você fosse para a faculdade. Que tivesse um pouco de tempo antes de decidir o que fazer da vida, antes de tudo começar a acontecer.

Está tudo bem, vó, ele disse. Ele recém-completava vinte e um anos. Estava casado com uma mulher que passava as tardes vendo televisão e falando no telefone com a irmã sobre a vida dos personagens de *All My Children*. Depois daquele breve período de intensa atividade que se seguiu ao retorno dele do Vietnã, ela perdeu o interesse em sexo, embora ele tivesse esperanças de que isso poderia mudar uma vez que o bebê nascesse. Ela mencionara para ele recentemente que se a sua avó pudesse pelo menos dividir a propriedade e lhes dar parte do terreno, eles poderiam instalar um trailer e talvez vender outro pedaço para comprar um carro esportivo. Que mercado havia para árvores de Natal, afinal de contas? Será que ele achava que ela queria passar o resto dos seus dias com um homem que voltava para casa todas as noites com as mãos sujas de seiva de árvore?

Vamos encarar os fatos, ela disse, a maioria das pessoas prefere comprar uma árvore artificial, hoje em dia. Então só precisam pagar uma vez, e não fazem sujeira com galhinhos caindo e entupindo o aspirador de pó.

Agora ele estava sentado na sala de espera, do lado de fora de onde a sua mulher estava dando à luz o filho deles, e de repente se deu conta de que em todos aqueles meses desde que voltara para casa aquela era a primeira vez em que ficava apenas na companhia da sua avó. Todo aquele tempo ele estivera tão ocupado com Mandy, o bebê – casar, ir às compras.

Você nunca chegou a me contar como era lá, a avó dele disse, se referindo à selva, com o seu pelotão. Só o que sei são de imagens que vi no noticiário e na revista *Life*.

Era bem como se poderia esperar, ele disse. O de sempre. Guerra.

O seu avô também era assim, ela falou. Todas as vezes que perguntei sobre o que havia acontecido no Pacífico, ele preferia falar sobre a compra de uma lâmina nova para a ceifadeira, ou sobre as galinhas.

No início do trabalho de parto, deram a Mandy a opção de uma peridural, e ela gostou da ideia. Em algum momento daquela noite, uma enfermeira saiu da sala de parto segurando nas mãos o filho deles.

Todo aquele tempo eles estiveram tão ocupados falando sobre o berço, o carrinho de bebê, a cadeirinha para o carro, as roupas, que ele quase se esquecera de que haveria um bebê afinal de contas. Agora colocavam nas suas mãos o cobertor, com a forma quente de Francis Júnior enrolada e esperneando lá dentro. Uma mãozinha estendida saindo do tecido, com longos dedos rosados e unhas que já pareciam grandes demais. Mesmo antes de ver o rosto, foi a mão do filho que Frank vira, como se ele estivesse acenando, ou fazendo um apelo.

Sua cabeça era coberta de pelos – ruivos, o que era surpreendente – e seu corpo era longo, com um clipe plástico ainda preso ao lugar onde seria seu umbigo, um minúsculo pênis perfeito, ainda não circuncidado como o do pai, com testículos surpreendentemente grandes e perfeitos. Suas orelhas pareciam pequenas conchas. Seus olhos estavam abertos, e embora a enfermeira tivesse dito que ainda não conseguiam focalizar, a julgar pela sua expressão parecia que ele estava olhando diretamente para o rosto de Frank.

Nada de mau havia acontecido a ele ainda. Até aquele momento, a vida era perfeita para o filho deles, embora, a partir daí, isso fosse começar a mudar.

Por alguma razão, a visão do filho – talvez seu corpinho pálido, nu e indefeso – trouxe à mente de Frank algumas imagens dos últimos dois anos, aldeias que a sua companhia havia atravessado, enquanto abriam caminho pela selva. Outras crianças sobre as quais ele não queria pensar. Mãos se estendendo na sua direção, em outras circunstâncias.

Então ele percebeu um barulho, um ganido alto. Era apenas a enceradeira, mas ao ouvi-la, Frank protegeu com a mão em concha as orelhas de Francis Júnior.

Alto demais, ele disse, e somente depois de falar se deu conta de que na verdade estava gritando, como se estivesse em meio a um tiroteio, não em uma sala sendo encerada.

Tenho certeza de que o senhor quer ver a sua esposa, a enfermeira lhe disse. *Sua esposa.* Ele quase havia se esquecido disso.

Conduziram-no até a sala de parto. A enfermeira havia retirado o bebê de seus braços, de forma que agora seus braços estavam livres. Ele sabia que havia algo que deveria fazer naquele momento – abraçá-la? Tocar seu rosto? Secar o suor de sua fronte? Ele ficou ali com os braços balançando junto ao corpo, incapaz de se mover.

Você fez um bom trabalho, ele disse. Ele é um garotão.

Agora posso finalmente começar a entrar em forma, ela disse.

Amamentar acaba com os peitos da mulher, ela disse. Ela sabia de ter visto como ficara a irmã, depois de Jaynelle ter ficado sete meses pendurada nela. De qualquer forma, se usassem mamadeiras, Frank poderia ajudar com a alimentação, o que ele fez. À noite, quando o bebê chorava, era Frank que se levantava para aquecer o leite em pó e se sentava com o bebê no escuro, no sofá que ficava na cozinha da sua avó, segurando o filho nos braços e observando enquanto sua boca trabalhava no bico da mamadeira, e depois o levava de volta para o quarto, esfregando suas costinhas, esperando pelo soluço. Às vezes, mesmo depois disso, ele permanecia acordado, caminhando pelos cômodos da casa com o bebê no colo. Ele gostava daquilo: só os dois.

Às vezes falava com o filho. Se Mandy ouvisse as coisas que ele dizia para Frank Júnior, o chamaria de debiloide, mas sozinho com o bebê, à noite, ele podia explicar sobre a pesca de perca e sobre como podar uma árvore de maneira a lhe dar forma, e sobre a vez, quando ele tinha catorze ou quinze anos, em que seu avô o levara para a lavoura onde as abóboras estavam começando a se formar, e disse que ele poderia esculpir o que quisesse a partir de uma delas. Com o canivete do avô, ele esculpira as iniciais de uma menina de que gostava – Pamela Wood – junto com as suas. Ele planejava lhe dar a abóbora no Halloween, mas quando outubro chegou ela havia começado a namorar firme com um cara do time de basquete.

À noite ele falava com Frank Júnior sobre o primeiro carro, sobre como era necessário verificar o óleo, coisa que ele esquecera de fazer, o que o levou a fundir o motor daquele carro, apesar de que o avô o perdoou.

Uma noite, depois de caminharem assim por horas, ele contou a Frank Júnior sobre o acidente. Sobre como ele ficara sentado no banco traseiro da caminhonete, ouvindo os gemidos da própria mãe, incapaz de fazer o que quer que fosse. Contou a Frank

Júnior sobre a aldeia onde estiveram – ele e o que sobrara do seu pelotão, àquela altura – e sobre como aquele amigo seu do Tennessee, que detonara uma granada próximo à própria cabeça, perdeu o juízo. A mulher na cabana. A garotinha na esteira, ao lado dela. Essas eram coisas sobre as quais nunca havia falado, mas naquela noite ele as contou ao filho.

Mandy gostava de pôr roupinha no bebê e levá-lo para passear no shopping. Posaram para uma fotografia na Sears, em frente a uma cena de campo com montanhas ao fundo. Frank com o braço sobre o ombro de Mandy, Mandy com Frank Júnior nos braços, o cabelo ruivo penteado numa só mecha. Frank ficou preocupado com a possibilidade de o flash machucar os olhos do filho, mas Mandy riu da ideia.

Você não vai criá-lo para ser uma bichinha, vai? Os meninos precisam ser durões.

Quase que imediatamente ao chegar em casa do hospital ela quis sair daquela casa. Estou ficando louca, dizia, trancada em casa o tempo todo com a sua avó, ouvindo as histórias dela sobre antigamente.

Então Frank a levou para jantar fora – um restaurante italiano, com vinho e uma vela sobre a mesa cuja cera, das cores do arco-íris, derretia e cobria a garrafa onde estava fixada, mas o espaguete era grudento. Quando recebeu a conta, Frank pensou que, por aquele dinheiro, podia ter inventado alguma coisa realmente gostosa em casa. A lasanha da sua avó era melhor.

E ele se inquietava de deixar Frank Júnior com a avó. Ela tivera um derrame no ano anterior, pequeno, mas o médico dissera que havia uma boa chance de que acontecesse outro. E se acontecesse enquanto ela tomava conta do bebê?

Então, geralmente, Frank ficava em casa, à noite, com Frank Júnior, para que Mandy pudesse sair com a irmã e as amigas. Ela arranjara um emprego – na lanchonete Wendy's que abrira próximo à estrada.

Certa vez, quando estavam no shopping, um casal passou por eles. A mulher estava grávida, parecendo ter ainda alguns meses pela frente. O homem estava com um braço sobre os ombros dela. Ambos pareciam jovens, da idade de Frank e Mandy, embora ele não mais se sentisse jovem. Mas aquele cara tinha o tipo de beleza que alguns homens de cabelo ruivo às vezes têm. Lembrava um pouco o Ryan O'Neal, embora com um início de barriga.

Quando o casal surgiu no campo de visão deles, Frank percebeu o corpo de Mandy tensionar-se, e viu os olhos dela seguirem o homem.

Conhece ele?

Ele vai ao restaurante, às vezes.

Ela começou a jogar boliche. Depois começou a jogar bingo. Depois eram os drinques com a irmã, e mais telefonemas, e uma vez, quando ele chegou do celeiro mais cedo do que o normal, ele ouviu-a rindo no telefone, e na sua voz um som que jamais ouvira quando ela falava com ele.

Uma vez, quando ela deveria estar no boliche, ele deixou o bebê com a avó e foi com a caminhonete até o Moonlight Lanes. O grupo das mulheres não joga nas terças, o funcionário lhe informou. Você deve ter confundido as noites.

Ele foi até o Wagon Wheel, na estrada, e quando viu que o carro dela não estava lá, tentou o Harlow's. Ela estava sentada numa mesa de canto. Um cara usando uma camiseta dos Phillies estava com a mão no joelho dela.

Não vamos discutir aqui, ele disse. Vamos discutir em casa.

Ele retornou para casa na caminhonete e esperou, mas ela não voltou para casa naquela noite, nem na noite seguinte. Francis Júnior parecia bem sem ela, essa era a verdade, e Frank estava pensando: se ela lhe deixasse o bebê, tudo ficaria bem. No terceiro dia, em algum momento próximo do horário do jantar, ela finalmente estacionou na frente da casa. Depois de olhar para ela, olhar para Frank, sua avó disse, "Eu fico com o bebê". Vindo de lá de cima, ele podia ouvi-la murmurando para Francis Júnior. Sua avó estava enchendo a banheira de água.

Mandy estava indo embora. Havia conhecido um homem de verdade, ela disse. Alguém que a levaria para longe de tudo aquilo. Que tipo de futuro ele pensava que estava construindo para eles ali, ele e seus pinheiros de Natal?

Eu nunca disse a você antes, pois não queria magoá-lo, ela disse. Mas todas aquelas vezes, na cama, eu fingia que estava gostando. Não estava.

E havia mais, sem sequer uma pausa. O principal era, ela não o amava, e nunca amara. Ela apenas tinha pena dele, por causa da guerra e tudo o mais, sabendo que não haveria ninguém para recebê-lo em casa a não ser aquela velha senil plantadora de abóboras.

Por que ele entrou no assunto era um mistério. Não era algo que precisasse saber, ou que fizesse diferença, levando em consideração o que ele sentia em relação ao filho. Mas algo o fez perguntar a ela se o filho era dele.

Ela riu. Se já não tivesse bebido muito, talvez não tivesse respondido como respondeu, mas jogou a cabeça para trás e riu tanto que demorou até que pudesse de fato lhe dar a resposta.

Foi então que ele a empurrou. Sem dúvida queria machucá-la, mas não imaginou que ela cairia. A cabeça dela bateu no degrau de pedra ao cair. Um fio de sangue saindo do ouvido, nada mais. Só que seu pescoço se quebrara.

Não imediatamente – pois no início ele apenas ficou ajoelhado ali, com as mãos na cabeça –, mas depois de alguns minutos ele se deu conta de que ainda havia barulho de água correndo lá em cima. A banheira devia ter transbordado, porque havia água vazando pelo teto agora, pelo gesso. Tanta água que seria de se pensar que algum cano se rompera. Como o tipo de tromba-d'água que havia na selva às vezes, só que agora era na sua casa.

Ele subiu dois degraus por vez. Escancarou a porta do banheiro. Lá dentro, outra mulher caída no chão, dessa vez a sua avó. Seu coração simplesmente parara de bater.

E na água, o cabelo ruivo grudado na pele pálida, as perninhas finas frouxas e imóveis, os braços junto ao corpo, o rosto virado para cima com um olhar de maravilhamento – um olhar como se nada menos do que a aurora boreal estivesse se apresentando logo acima –, jazia o corpo de Frank Júnior.

Assim que o prenderam, o advogado designado para o caso o definira como um caso claro de homicídio culposo.

Frank era responsável pela morte de Mandy, ele disse a eles. Jamais quisera matar a mulher, mas matou. Essa era a verdade, e ele aceitaria a punição.

A parte que ninguém esperava ainda estava por vir. A irmã dela testemunhou para dizer que o bebê não era dele, e que, ao descobrir isso, Frank assassinara o próprio filho.

E a minha avó?, ele disse. O médico estabeleceu que ela tivera um ataque cardíaco. Foi um acidente.

Tudo bem, ela teve um ataque cardíaco, o promotor disse. Que velhinha cardíaca não teria um ataque ao se deparar com a visão do bisneto assassinado pelo próprio pai?

O promotor acusou-o de homicídio doloso. O advogado de Frank, percebendo que as coisas não iam bem, chamou um especialista em estresse pós-traumático, bem no final do julgamento. Eles alegaram insanidade temporária. A essa altura, Frank sequer estava mais ligando. Que diferença isso tudo faria?

Sentenciaram-no a vinte anos de reclusão antes de poder pedir liberdade condicional. Ele passou os primeiros oito no hospital psiquiátrico estadual. Quando foi considerado são, levaram-no para uma penitenciária. Quando ele pulou pela janela, ainda tinha dois anos para cumprir.

Mas eu sabia que tinha que sair daquele lugar, ele disse. Eu sabia que havia alguma razão para pular. E eu não estava enganado.

A razão era ela. A minha mãe. Ele não sabia na hora, mas pulara por aquela janela para vir salvá-la.

CAPÍTULO 13

MINHA MÃE PEDIU QUE EU FOSSE à biblioteca para ela. Ela e Frank queriam um livro sobre o Canadá. As Províncias Marítimas. Em vez de sairmos os três, ela pensou que o mais seguro seria eu ir sozinho, de bicicleta.

Ouça, Henry, Frank disse, a sua mãe está aqui comigo. Você se lembra de como a amarrei antes. Isto é o que se chama de sequestro com reféns.

O jeito de ele dizer essas palavras me lembrou a minha mãe, um ou dois anos depois do divórcio, quando meu pai preenchera algum tipo de documento e uma mulher chamada *tutora ad litem* veio até a nossa casa e fez perguntas à minha mãe sobre suas atitudes para comigo.

Você sente raiva ou ressentimento do seu ex-marido?, a mulher perguntara. Você expressa sua raiva ou seu ressentimento para o seu filho?

Não tenho raiva nem ressentimento em relação ao pai do meu filho, minha mãe disse à mulher. (Voz neutra. Sua boca esboçando algo parecido com um sorriso.) Acho que ele está sendo um bom pai.

E como você descreveria a sua atitude para com a mulher do seu ex-marido? A madrasta do seu filho? Diria que alguma vez tratou a relação deles de uma forma negativa?

Marjorie é uma boa pessoa, minha mãe disse. Tenho certeza de que conseguiremos fazer com que tudo se arranje.

Essa *tutora ad litem* não viu o que aconteceu logo depois. Ela já havia ido embora quando a minha mãe abriu a nossa geladeira e pegou a garrafa de leite da prateleira de cima. (Leite de verdade. Ela ainda fazia as compras da casa nessa época.) Ela não viu a minha mãe abrir a garrafa e, em pé ali na cozinha, derramar lentamente o conteúdo no chão, como se estivesse regando um vaso de flores.

Também agora, embora de uma maneira diferente, eu não tinha dúvida de que as palavras de Frank – *isto é o que se chama de sequestro com reféns* – eram o que ele sabia que tinha que falar, naquele momento. Independente do que eu pensasse sobre o que estava acontecendo entre a minha mãe e Frank – que eles iriam fugir juntos para alguma aldeia de pescadores no Canadá, me deixando para trás, com meu pai e Marjorie – nunca acreditei que Frank tivesse alguma intenção de machucar a minha mãe. Ele disse isso, para garantir que não nos veríamos em apuros se alguém chegasse a descobrir que ele estava na nossa casa.

Não vou falar nada, eu disse, cumprindo o meu papel de filho assustado, tão bem quanto Frank desempenhara o dele, de foragido inescrupuloso à solta.

A tarde de domingo no feriado do Dia do Trabalho não era uma hora de muito movimento na biblioteca Holton Mills. A única razão de a biblioteca sequer estar aberta era porque estava havendo uma liquidação de livros, sendo que todos os lucros iam para a compra de novas cortinas ou algo assim. No gramado em frente, um grupo de mulheres vendia limonada e biscoitos de aveia, e um palhaço fazia esculturas de balão, enquanto vendiam caixas de livros velhos, como por exemplo uma coletânea de receitas de refeições incríveis para se fazer com uma panela elétrica Crock-Pot e a autobiografia de Donny Osmond. Havia um clima tranquilo, com as pessoas andando por ali, reclamando do calor, a maioria, e trocando figurinhas sobre o que fazer para se refrescar. Não comigo, claro. Era como se eu emitisse ondas de som de uma frequência alta demais para o ouvido humano, transmitindo a mensagem – *Afastem-se*. Todas aquelas pessoas felizes, mastigando biscoitos e casualmente folheando pilhas de almanaques velhos e alguns livros de ginástica da Jane Fonda (contei três exemplares), não tinham como saber o que estava acontecendo na minha casa, claro, mas acho que eu passava a impressão de alguém que não estava interessado em esculturas de balão nem em livros para ler na praia, o que, naturalmente, era verdade.

Enquanto entrava no prédio, eu pensava que eu devia ser a única pessoa em toda a cidade que não estava participando de um piquenique ou churrasco naquele dia, nem jogando frisbee ou cortando batata após batata para uma salada ou fazendo algazarra na piscina. Uma coisa era passear por ali em busca de livros da Agatha Christie e de uma limonada. Mas que tipo de fracassado estaria na biblioteca, pesquisando sobre a Ilha do Príncipe Eduardo no último fim de semana do verão antes do início das aulas?

Só que havia ali outra pessoa. Ela estava sentada na sala de leitura, aonde eu havia ido com o meu caderno para copiar informações da enciclopédia – naquele tempo ainda se usavam enciclopédias para pesquisar as coisas. Ela estava sentada em uma das cadeiras de couro nas quais eu também costumava me sentar quando estava ali, só ela estava sentada na posição de lótus, como se estivesse meditando, mas com um livro aberto na frente. Usava óculos e seu cabelo estava preso numa trança, e ela estava usando shorts que deixavam à mostra um tanto das pernas, o que tornava particularmente evidente o quão magrela ela era.

Parecia ter a minha idade, mas não a reconheci. Normalmente eu teria ficado acanhado demais para dizer qualquer coisa, mas talvez por ter Frank por perto nos últimos dias – a imagem dele pulando pela janela, e todas aquelas outras coisas loucas que ele fizera desde então, e o sentimento que isso me dava de que o mundo era um lugar tão louco que bem que se podia fazer uma tentativa –, perguntei à garota se ela estudava na escola ali perto.

Eu não, mas acabei de me mudar para cá, ela disse. Vou tentar morar com o meu pai este ano. A razão oficial é de que eu tenho um distúrbio alimentar e eles têm esperança de que um novo ambiente escolar possa ajudar, mas na verdade acho que a minha mãe simplesmente queria se livrar de mim para poder se divertir com o namorado dela sem ter a mim por perto atrapalhando.

Entendo o que você quer dizer, falei. Eu não teria imaginado que conversaria com alguém sobre como eu estava me sentindo quanto à minha mãe e Frank ficarem juntos, mas aquela garota parecia entender, e ela não conhecia ninguém por ali, e eu gostei da aparência dela. Não era possível dizer que era bonita, mas dava a impressão de uma pessoa que talvez desse importância a coisas às quais um monte de garotas não dava, interessadas apenas em roupas ou em arranjar um namorado.

Perguntei o que ela estava lendo. Estou pesquisando sobre os meus direitos, ela disse. E também psicologia infantil.

Ela estava fazendo um estudo sobre alguns tipos de trauma dos adolescentes para fundamentar uma explanação que pretendia fazer aos pais sobre o que se passava com ela naquela época.

Seu nome era Eleanor. Na verdade, morava em Chicago. Até agora, ela só ia para lá em férias escolares, de vez em quando. Estava indo para a oitava série. Ela havia sido aceita numa ótima escola particular onde o ensino concentrava-se em artes dramáticas e nenhuma das crianças dava a menor bola para esportes, e você podia usar qualquer tipo de roupa que quisesse ou um anel no nariz até, e os professores não pegavam no seu pé. Mas no último minuto ela não pôde ir.

Os idiotas dos meus pais disseram que não tínhamos dinheiro para aquilo, ela disse. Então lá vou eu para o Colégio Holton Mills.

Estou entrando na sétima série, eu disse. Meu nome é Henry.

Eu estava com uma pilha de livros sobre as Províncias Marítimas — as Marítimas, como acabei descobrindo que eram chamadas. Eu os colocara no chão, junto à outra cadeira, no outro lado da mesa de onde estava a cadeira de Eleanor.

Você está fazendo um relatório ou algo do tipo?, ela perguntou.

Mais ou menos. É para a minha mãe. Ela quer saber se o Canadá pode ser um bom lugar para se mudar.

Algo em Eleanor me fez não querer mentir para ela. Minha mãe e o namorado dela, eu disse. Eu estava experimentando essa nova palavra, que eu nunca havia usado antes. Pelo menos não se referindo à minha mãe. Parecia não haver mal algum em dizê-la. Só porque a mãe de alguém tem um namorado, isso não significa que ele seja um prisioneiro foragido.

E o que você acha disso?, ela perguntou. Deixar os seus amigos. Estou perguntando porque foi isso o que eu tive que fazer ao vir para cá, e, francamente, é um abuso infantil. Não que eu seja uma criança, mas, do ponto de vista legal, isso sem falar nas consequências psicológicas. Qualquer especialista no assunto poderia lhe dizer que particularmente durante a puberdade é altamente desaconselhável uma pessoa ter de formar novas relações com pessoas estranhas que podem ou não ter algo em comum com ela. Especialmente, por favor não se ofenda, se ela está acostumada a viver em uma cidade cosmopolita com coisas como clubes de jazz e um instituto de arte e, de uma hora para a outra, a principal atração disponível é boliche e jogo de ferradura. Quando conto para os meus amigos lá em Chicago sobre esta cidade, ninguém acredita. Não estou dizendo que isso se aplique a você, é só uma impressão geral.

Não tive vontade de contar a ela que, no meu caso, eu não tinha amigos. Nem ninguém que pelo menos fosse difícil abandonar – só alguns igualmente marginalizados na escola, que dividiam comigo a mesa na cantina onde todos os rejeitados se sentavam quando ninguém mais queria sentar à mesa deles. Sibéria.

No meu caso, eu disse, o problema não era, na verdade, ir embora. Era ser deixado para trás. Talvez haja alguma nova tendência na comunidade das mães, falei. Pois parecia que a minha mãe também estava tentando se livrar de mim. Parecia que ela e o seu namorado estavam planejando me largar com o meu pai e a mulher dele, Marjorie, e o filho dela que tinha a minha idade, que provavelmente era o preferido do meu pai, e o bebê deles, que cuspia em mim toda vez que me faziam pegá-la no colo.

Eu não teria pensado que a minha mãe seria capaz de fazer uma coisa assim, comentei.

É o sexo, Eleanor disse. Quando as pessoas fazem sexo umas com as outras, isso afeta o cérebro delas. Não conseguem ver as coisas claramente. Nesse instante talvez eu tenha dito que a maneira da minha mãe ver as coisas, mesmo antes de começar a fazer sexo com Frank, não era o que a maioria das pessoas consideraria normal. Eu estava me perguntando se Eleanor sabia sobre os efeitos do sexo porque ela própria já fizera sexo, ou se também isso ela havia lido num livro. Ela não parecia uma pessoa que já tivesse feito sexo, mas tinha ar de saber muito mais do que eu. Se ela falava por experiência própria, eu não queria dar a entender que eu mesmo não tinha experiência alguma, além do que acontecia na minha cama todas as noites. Embora isso também validasse a teoria dela, quando considerei de que forma as atividades recentes pareciam estar afetando meu próprio cérebro. Eu pensava em sexo quase o tempo todo, exceto quando refletia sobre o que estava acontecendo com a minha mãe e Frank, mas também isso envolvia sexo.

É como se eles estivessem tomando drogas, eu disse. Eu estava pensando em um comercial que passava na televisão. Começava com uma frigideira em cima de um fogão. Depois você via duas mãos segurando um ovo.

Este é o seu cérebro, diz a voz.

As mãos quebram o ovo. O ovo cai na frigideira. Você observa a clara e a gema chiarem e mudarem de cor.

Este é o seu cérebro sob o efeito das drogas.

Descobri que Eleanor estava pesquisando sobre seus direitos legais e se, como menor de idade (tinha catorze anos), podia ou não processar os pais. Estava pensando em contatar um advogado, mas queria entender o básico antes.

Escrevi uma carta para o colégio interno para onde eu estava indo, ela disse. Para perguntar se não me deixariam ir de qualquer jeito, dizendo que eu poderia limpar banheiros ou algo do tipo, em troca do curso. Mas não me responderam.

Eu disse a ela que assim que o banco abrisse na quarta-feira, quando eu deveria recomeçar as aulas, parecia que a minha mãe e o namorado iam sacar todo o dinheiro e rumar para o norte, juntos. Ela provavelmente já estava fazendo as malas, àquela altura. Talvez fosse essa a verdadeira razão de me quererem fora de casa. Isso ou mais sexo.

A sua mãe está sempre, como posso dizer, namorando um milhão de caras?, Eleanor perguntou. Pulando de bar em bar e respondendo a anúncios pessoais e coisas do tipo?

Não a minha mãe, eu disse. A minha mãe é o tipo de pessoa – aí eu parei. Ela não era o tipo de pessoa que se pudesse descrever, na verdade. Não era como nenhuma outra pessoa no mundo, só ela. A minha mãe é... – comecei de novo. Eu não esperava por aquilo, mas a minha voz começou a rachar no meio da frase. Tentei fazer parecer como se eu apenas precisasse limpar a garganta, mas provavelmente ficou óbvio para Eleanor que eu estava chateado.

Não dá nem mesmo para culpá-la, ela disse. É como se ele a tivesse enfeitiçado, ou algo assim. Pode-se dizer que ele a hipnotizou. Só que esses homens usam o pênis em vez de um relógio pendurado numa corrente.

Tentei aparentar normalidade quando ela disse pênis. Eu nunca havia visto uma garota dizer essa palavra em voz alta. A minha mãe, claro. Alguns verões antes, quando peguei urticária nas pernas e nas coxas, ela perguntou se o meu pênis também havia sido afetado, e no verão passado, quando tentei, como um super-herói, saltar um poste baixo de granito – mas me atrapalhei –, ela pediu, enquanto se ajoelhava ao meu lado na grama, onde eu estava caído gemendo e segurando a minha virilha, para mostrar a ela o meu pênis.

Preciso ver se isso precisa de uma visita à emergência do hospital, ela disse. Não quero que nada coloque em risco o funcionamento do seu pênis, ou dos seus testículos, no futuro.

Mas eu estava acostumado com a minha mãe. Ouvir Eleanor falar sobre aquilo – uma parte do meu corpo da qual eu mesmo jamais fora capaz de falar – parecia mais estranho, mais íntimo. Apesar de que, a partir do momento em que ela disse a palavra,

fiquei com a sensação de que podíamos falar sobre qualquer coisa. Havíamos adentrado o território do proibido.
O quarto dela fica ao lado do meu, eu disse. Eu ouço eles, à noite. Fazendo aquilo. Ela e... o Fred.
Achei melhor chamá-lo assim. Para proteger a sua identidade.
Então ele é um viciado em sexo, ela disse. Ou um gigolô. Talvez ambos.
Mesmo naquele momento, eu sabia que não era esse o caso. Eu gostava do Frank. Esse, na verdade, era o problema, embora eu não tivesse falado sobre isso. Eu gostava tanto dele que também queria fugir com ele. Gostava tanto dele que o havia imaginado se tornando parte da nossa família. Naqueles últimos dias felizes que ele passara na nossa casa, comigo e com a minha mãe, eu não havia percebido que o lugar que ele iria tomar era o meu.
Você não tem complexo de Édipo ou algo assim, tem?, ela perguntou. Do tipo que faz você querer casar com a própria mãe?
Às vezes acontece com os meninos, embora geralmente na sua idade eles já tenham superado isso.
Eu gosto de garotas normais, eu disse a ela. Da minha idade, ou talvez um pouco mais velhas, mas não muito mais.
Se ela pensasse que eu estava me referindo a ela, tudo bem.
Eu gosto da minha mãe do jeito que a gente gosta das mães, eu disse.
Nesse caso, você poderia pensar em interná-la, Eleanor disse. Foi isso o que a minha mãe fez comigo, embora na minha opinião o tiro tenha saído pela culatra. A pessoa que precisava ser internada era ela, e o seu namorado doente. Mas, de uma perspectiva psicológica, é um método muito eficaz.
Se essa pessoa enfeitiçou a sua mãe ou algo do tipo, você precisa reprogramá-la. Eles faziam isso com pessoas que se juntavam a seitas religiosas, na época em que isso acontecia muito. Havia uma moça chamada Patty Hearst, de uma família rica como aquele pessoal do *Dallas*, que foi sequestrada, e logo, logo os sequestradores, que também eram radicais do ponto de vista político, além de extremamente atraentes, fizeram com que ela roubasse bancos.

Isso foi bem antes de nós dois nascermos, Eleanor disse. A minha mãe me contou. O homem que a sequestrou tinha uma coisa chamada carisma, que a afetou a ponto de Patty Hearst começar a usar roupas do exército e a carregar uma metralhadora. Quando seus pais finalmente conseguiram levá-la de volta para casa, eles a mandaram a todos os tipos de psiquiatra, para ajudá-la a voltar a ser como antes. Pode ser muito difícil para as pessoas entender quem são os malvados e quem são os bonzinhos. Ou talvez ninguém seja, na verdade, bonzinho, o que foi provavelmente a razão para Patty Hearst ter se envolvido com os assaltantes de banco. Ela já tinha muitos problemas antes disso – eles a deixaram vulnerável.

Essa podia ser a minha mãe, isso era certo.

Ele fez uma lavagem cerebral nela com o poder do sexo.

Se aquele era mesmo o caso, como é que se poderia fazê-la voltar a ser como antes?, perguntei. (Eu não diria "normal". Apenas como antes, como ela era antes.)

Sexo é algo poderoso demais, Eleanor disse. Nada que você possa fazer agora conseguiria neutralizá-lo.

Em outras palavras, o problema não tinha solução. A minha mãe já era. Olhei para a pilha de livros aos meus pés. Um estava aberto em uma fotografia de uma colina da Ilha do Príncipe Eduardo, vales verdejantes, com o oceano por trás. Eleanor, quando viu o livro, comentou que a menina de *Anne de Green Gables* morava ali, mas essa era outra história. Depois que Frank levasse a minha mãe para lá, ela nunca mais voltaria.

Apenas para o caso de o divórcio dos seus pais já não ter destruído com a sua personalidade, Eleanor disse, esse negócio de namorado provavelmente vai deixar você com uma neurose das boas. Para o seu próprio bem, espero que você ganhe muito dinheiro para pagar toda a terapia de que vai precisar.

Enquanto falava, ela mastigava a própria trança, o que podia ser um substituto da comida, me ocorreu. Ela se levantara agora da cadeira e estava em pé na minha frente, na sala de leitura, e eu vi que era ainda mais magra do que eu imaginara. Ela também havia retirado os óculos, o que revelou círculos escuros ao redor dos seus olhos. De certa forma ela parecia realmente velha, mas também uma garotinha.

Só vejo uma esperança para você, ela disse. Não estou dizendo para você matar ele nem nada do tipo. Mas você precisa encontrar uma maneira de riscar ele do seu mundo.

Não sei se isso é possível, falei.

Veja as coisas da seguinte forma, Hank, ela disse. (Hank? Eu não fazia ideia de onde ela havia tirado aquilo.) Ou você se livra dele. Ou ele vai se livrar de você. Qual vai ser?

ENQUANTO ISSO, LÁ EM CASA, FRANK e a minha mãe estavam se preparando para pintar as janelas. Eu não teria imaginado que esse seria o tipo de trabalho que interessaria duas pessoas que estavam prestes a abandonar o país para todo sempre, mas talvez ela estivesse pensando em vender a nossa casa para conseguir dinheiro para a fazenda na Ilha do Príncipe Eduardo. Caso o que ela tivesse no banco não fosse o suficiente. Ela ia querer que a nossa casa tivesse uma boa aparência.

Ei, garoto. Você chegou na hora certa, Frank disse. Quer me ajudar a raspar essa madeira aqui?

A minha mãe estava em pé ao lado dele. Vestia um macacão que ela sempre usava quando trabalhava no jardim, na época em que tínhamos um jardim, com o cabelo amarrado e coberto por um lenço. Eles tinham retirado as esquadrias das janelas e pegaram uma espátula, e algumas lixas.

O que você acha?, ela perguntou. Tínhamos essa tinta guardada havia alguns anos. Frank disse que nós três damos conta do trabalho rapidinho, se dermos duro.

Eu queria pintar com eles. Pareciam estar se divertindo. Ela havia levado o rádio lá para fora e eles estavam cantando os últimos sucessos. A música que estava tocando naquele momento era a de Olivia Newton-John, fazendo aquela cena de *Nos tempos da brilhantina* sobre amor de verão. A minha mãe segurava a espátula como se fosse um microfone, fazendo de conta que era Olivia Newton-John.

Estou ocupado, falei.
Uma tristeza tomou conta do rosto dela.
Achei que seria uma tarefa divertida para fazermos juntos, ela disse. Você pode nos contar sobre o que descobriu na biblioteca.
Descobri que a minha mãe havia sofrido uma lavagem cerebral. Que o lado de dentro do seu cérebro, se pudéssemos vê-lo, sob a influência do sexo, pareceria um ovo frito. Que a única chance para ela era eu riscá-lo da nossa vida. Eu não falei essas coisas, mas pensei.
Frank havia colocado uma mão sobre o meu ombro, agora. Eu me lembrei da outra vez em que ele fizera aquilo, no dia em que o conheci — quando falou que precisava da minha ajuda. Olhando nos olhos dele, eu decidira que podia confiar nele.
Acho que você deveria dar uma mão para a sua mãe aqui, filho.
Não estava bravo, mas soava mais firme do que eu jamais o ouvira antes. Lá vinha, aquilo sobre o que Eleanor havia me avisado. Ele tomando conta da situação. Agora eu andava no banco traseiro. Logo, logo eu nem sequer estaria mais no carro.
Você não manda em mim, falei. Você não é o meu pai.
Ele retirou a mão, como se tivesse tocado em metal quente. Ou em gelo seco.
Está bem, Frank, a minha mãe disse. Podemos dar conta do serviço, só nós dois. É o último final de semana de Henry antes da volta às aulas. Ele decerto só quer arrumar as coisas dele.
Entrei e liguei a televisão, bem alto. Estava passando um jogo de tênis, não que eu desse bola para quem pudesse ganhar. Um canal depois, beisebol. Depois um comercial para mulheres que quisessem depilar as coxas. Eu não estava me importando que minha mãe e Frank me ouvissem assistindo ao programa — eu também ouvia eles, pela parede do meu quarto — nem com o fato de que, quando terminei de comer meu sanduíche, deixei o prato e o copo de leite vazio sobre a mesa, em vez de colocá-los na máquina de lavar louça, como eu normalmente faria.
Saí dali para dar uma olhada em Joe, ainda deitado no chão da gaiola, arquejando de calor. Peguei uma garrafa com borrifador,

e depois espirrei um pouco de água no seu pelo para refrescá-lo, então espirrei um pouco de água em mim.

Fiquei deitado no sofá, assistindo ao comercial e folheando o livro que eu havia levado para casa, *As misteriosas províncias marítimas: terra dos sonhos.* Apanhei o jornal e li a manchete mais uma vez. Uma recompensa era oferecida. Dez mil dólares. *Livre-se dele,* Eleanor dissera. *Risque ele do seu mundo.* Pensei em uma scooter. Uma câmera de vídeo. Um revólver de paintball.

Um catálogo que eu vi no avião, voltando da Disney com meu pai e a Marjorie, recheado de todo o tipo de coisas incríveis para comprar que você nem sequer sabia que existia antes, como uma prancha voadora e uma máquina de pipoca para usar na sua própria casa, um relógio que mostrava que horas eram em várias cidades do mundo, uma máquina que transformava a sua banheira comum em uma jacuzzi, tochas havaianas movidas a energia solar e um par do que pareciam ser pedras, mas na verdade eram alto-falantes feitos de fibra de vidro, especial para churrascos e festas ao ar livre. Com dez mil dólares, uma pessoa podia comprar todos os itens do catálogo, exceto os itens que na verdade nem eram interessantes.

Depois que levassem Frank embora, a minha mãe ficaria triste, mas ela superaria tudo e acabaria por entender que eu fizera aquilo pelo seu próprio bem.

CAPÍTULO 14

VOCÊ PROVAVELMENTE DEVE SE PERGUNTAR por que não tem um irmão ou uma irmã, a minha mãe me disse uma vez. Isso foi durante uma das nossas refeições juntos, quando ela gostava de puxar assunto enquanto comíamos a nossa comida congelada. Eu tinha cerca de nove anos de idade na época e nunca havia me perguntado por que eu não tinha um irmão ou uma irmã, mas fiz que sim de qualquer forma, entendendo, mesmo então, que aquele era um assunto que ela queria discutir comigo.

Eu sempre planejei ter pelo menos dois filhos, de preferência mais, ela disse. Ter você foi a primeira coisa que eu fiz, além de dançar, que me deu a sensação de realmente saber o que eu estava fazendo.

Seis meses depois de você nascer, ela disse, a minha menstruação não veio.

Algumas crianças da minha idade talvez não soubessem do que a mãe poderia estar falando, se ela dissesse algo parecido. Mas eu havia vivido com a minha mãe tempo suficiente, e sabia tudo sobre aquilo. E muito mais.

Eu sempre fui perfeitamente regular, desde quando comecei a menstruar, ela me disse. De forma que eu soube imediatamente o que aquilo significava. Eu não precisava da confirmação de um médico.

Mas o seu pai não queria outro filho tão rápido. Ele disse que não tínhamos dinheiro, e, além disso, o incomodava ver quanto do meu tempo era gasto cuidando de você, quando ele também queria atenção para ele. Seu pai me convenceu a fazer um aborto,

ela disse. Eu não queria fazer. Para mim, qualquer bebê, mesmo que não viesse no momento mais conveniente, era uma dádiva. Falei para o seu pai na época que era perigoso começar a brincar de Deus. Esperar que as coisas fossem perfeitas, pois elas nunca seriam.
Seu pai me levou a uma clínica. Eu entrei numa sala sozinha, enquanto seu pai esperava lá fora. Coloquei uma touca de papel e subi na mesa, pus meus pés nos estribos. Não do tipo que se usa num cavalo, Henry, ela disse.
Eles ligaram uma máquina, e um barulho começou, como um gerador, ou como um caminhão de lixo muito grande. Ela ficou deitada lá, ouvindo, enquanto a máquina continuava funcionando. A enfermeira disse alguma coisa para ela, mas ela não conseguiu ouvir, tão alto era o barulho da máquina. Quando estava tudo terminado, eles a deixaram descansando em uma maca em outra sala durante umas duas horas, ao lado de outras mulheres que também haviam feito aborto naquela manhã. Quando ela saiu, meu pai estava lá, embora ele tivesse dado uma saída no meio do procedimento, para fazer compras, ela disse. No caminho de volta para casa ela não chorou, mas ficou a maior parte do tempo olhando pela janela, e quando ele perguntou, finalmente, como havia sido, ela não conseguiu dizer nada.

A partir do momento em que fiz o aborto, tudo o que eu queria era engravidar de novo e dessa vez ter o bebê, a minha mãe me disse. Entende o que quero dizer?
Eu não entendia, mas fiz que sim. Para mim, não fazia sentido ela passar por tudo aquilo para não ter um bebê e logo em seguida querer um bebê. Talvez fosse isso a que o meu pai se referia quando perguntou se eu achava que ela era maluca.
Mas, no final das contas, ele acabou concordando. Apenas para se livrar, ele dissera. E durante algum tempo a minha mãe ficou muito feliz. Eu só tinha dois anos de idade a essa altura, o que significava que ela ainda estava muito ocupada cuidando de mim, mas, embora ela conhecesse mulheres que reclamavam de

enjoo matinal e dor nos seios ou de se sentirem cansadas todo o tempo, a minha mãe gostava de todos os aspectos de estar grávida.

Em algum momento próximo ao fim do seu primeiro trimestre – quando o feto seria (ela sabia por causa da sua leitura diária do livro *Os primeiros nove meses de vida*) mais ou menos do tamanho de uma fava –, ela acordou com uma nova e terrível cólica na barriga, e com sangue nos lençóis. Por volta do meio da tarde, ela já havia usado três absorventes e o sangue ainda estava correndo.

Três absorventes é muito, Henry, ela me disse. Eu não sabia o que era um absorvente, mas concordei.

O médico dela, ao examiná-la, disse que abortos espontâneos não eram assim tão incomuns e que não haveria razão nenhuma para supor que ela teria problemas na próxima vez. Ela era jovem. Seu corpo parecia saudável. Eles poderiam tentar novamente em breve.

Ela engravidou de novo alguns meses depois, embora dessa vez ela tenha decidido adiar o uso de roupas de grávida para até que a gestação estivesse bem avançada. Ainda assim, contou a alguns amigos (isso foi na época em que ela ainda tinha amigos). Ela também contou para mim, embora eu não tivesse lembrança disso. Eu ainda não tinha completado três anos de idade nessa época.

Mais uma vez, por volta do final do seu primeiro trimestre de gravidez, ela começou a sangrar. Sentada no vaso – para fazer xixi, ela pensou – ela sentiu algo escorregar de dentro de si. Ela olhou para dentro do vaso e viu o que parecia ser um coágulo de sangue, e soube que não estava mais grávida. O que uma pessoa deveria fazer, então? Dar descarga?

Depois de um minuto parada ali em pé, ela se ajoelhou no chão e enfiou a mão em concha na água. Carregou o coágulo de sangue até o jardim e, com os dedos, tentou cavar um buraco, mas, na falta de uma camada de grama, ela mal conseguiu arranhar a superfície do chão.

Esse teria sido seu irmãozinho ou irmãzinha, ela disse.

Enterrado, no quintal atrás da casa onde meu pai e Marjorie viviam, deduzi. Embora eu ainda estivesse pensando que ela pudesse ter quase dado descarga nele.

Na terceira vez que engravidou de novo, não muito tempo depois, ela já não estava mais esperando que tudo corresse bem, e não correu. Dessa vez o aborto aconteceu até mesmo antes – antes da marca de dois meses –, e ela nem sequer chegou a se sentir enjoada de manhã, o que fora o primeiro mau sinal.

Então eu soube que Deus estava me punindo, ela disse. Havíamos recebido um presente maravilhoso, com você, e outro presente maravilhoso seis meses após o seu nascimento, e, por causa da nossa própria tolice – imaginando que poderíamos escolher o momento de ser pais, como se estivéssemos escolhendo quando sair para dançar –, eu soube então que talvez nunca mais tivéssemos outra chance.

Mas a quarta tentativa pareceu tão mais promissora. Eu adorava me sentir enjoada, ela disse. E então meus seios começaram a inchar, quando se completaram seis semanas, bem quando isso deveria acontecer, e eu estava nas nuvens.

Você não lembra que o levei comigo ao médico dessa vez?, ela perguntou. E ele mostrou a você o ultrassom, e eu disse, olhe, esse é o seu irmãozinho? Pois, mesmo bem pequenininho, achamos que dava para ver um pênis.

Não, eu disse. Eu não lembrava daquilo. Havia tanto para lembrar, que às vezes a melhor coisa a fazer era esquecer.

Quando olharam o ultrassom naquela primeira vez, e o médico disse que tudo parecia bem, a minha mãe pediu para ele verificar mais uma vez, para ter certeza. Quando algumas semanas depois ela sentiu algo estranho no ventre, ela primeiro pensou que era a mesma velha história acontecendo de novo, até que se deu conta de que não, aquela história era diferente. Ela pôs a mão na barriga e sentiu uma pequena e emocionante ondulação, como um peixe deslizando na água, logo abaixo da superfície. Ela pôs a minha mão na sua barriga então, para que eu também pudesse sentir. Meu irmãozinho estava nadando.

Ela ficou tão feliz. Passamos por maus bocados, ela explicou para mim, enquanto nós dois estávamos deitados na minha cama, lendo meu livro *George, o curioso*.

Mas agora acabou. Com este aqui vai correr tudo bem. Antes eu não valorizava devidamente a dádiva de ter filhos. Aconteça o que acontecer conosco daqui para a frente, eu vou ser grata.

Então o seu trabalho de parto começou e eles colocaram no carro a mala que fora feita já havia tanto tempo — bem antes de ela ter o primeiro aborto. O parto foi longo, mas o monitor do feto indicara uma batida de coração saudável, até aqueles terríveis últimos minutos, e então, de repente, eles estavam correndo com a minha mãe para a sala de cirurgia e mandando meu pai embora. E logo eles a estavam abrindo.

Ao ouvir aquela história naquela época, com nove anos, eu perguntara a ela onde eu estava enquanto aquilo tudo acontecera. Uma amiga minha estava tomando conta de você, ela disse. Não Evelyn. Isso foi antes da Evelyn. Naquele tempo, a minha mãe tinha pessoas normais como amigas.

Quando tudo acabou, ela nunca mais conseguiu se lembrar muito bem do que acontecera no hospital aquele dia, embora lembrasse de ter ouvido as palavras *Uma menina*. Não era um menino, no final das contas. Uma menina. Mas algo estava errado na voz deles, ao darem a notícia. Deveriam parecer felizes. Por um momento ela pensou que houve um problema. Talvez a enfermeira tivesse pensado que ela ficaria desapontada por não ser um menino. Então ela viu o rosto da enfermeira e soube, antes mesmo de ouvir as palavras. Era outra coisa.

Me deem o meu bebê, ela gritara, mas ninguém respondeu. Ela viu o uniforme verde do médico se mexendo em um silêncio constrangido do outro lado da cortina, enquanto a costurava. Então eles devem ter dado a ela alguma droga, pois logo depois disso ela adormeceu por um bom tempo. Ela se lembrava do meu pai entrando na sala. O importante é que você está bem, ele disse, embora ela não tenha achado aquilo nem um pouco importante na ocasião, nem por muito tempo depois.

Depois que ela acordou — não logo em seguida, mas logo — eles a levaram para o quarto onde estava o bebê: Fern, em homenagem à mãe dela, que morrera havia muito tempo. Fern estava deitada em um berço, como um bebê normal, e estava enrolada em um cobertor de flanela cor-de-rosa. As enfermeiras haviam posto uma fralda nela – a única que ela jamais usaria. Uma das enfermeiras depositou a minha irmãzinha nos braços da minha mãe. Meu pai estava ali também, em uma cadeira ao lado dela. Eles puderam ficar sozinhos naquele quarto por alguns minutos – o tempo suficiente para desdobrar o cobertor e examinar o minúsculo corpo azulado. A minha mãe apalpou todos os ossinhos dos seus dedos, o recém-feito nó de pele que formava um umbigo onde antes estivera o cordão umbilical que a alimentara durante todos aqueles meses – e que a traiu, no final, com aquela única volta fatal que cortara seu oxigênio. A minha mãe tomou a mão de Fern nas suas e estudou as unhas, ponderando de quem seriam as mãos que ela herdara. (Do meu pai, parecia. Os mesmos dedos longos que talvez a inspirassem a estudar piano mais tarde.)

Ela desdobrou as perninhas de Fern – nenhum sinal dos chutes que ela adorava sentir, nos últimos meses, tão fortes que às vezes era até mesmo possível enxergar as formas de um pé pressionando a sua barriga, fazendo um barulho surdo. (Olhe, Henry, ela me chamava. Eu não lembrava disso? Eu observara a pessoa que achávamos então que fosse o meu irmão se movendo dentro da barriga dela, como um filhote de gato sob os cobertores de uma cama.)

Então ela tirou a fralda de Fern. Sabendo que aquela era sua única chance, ela precisava ver tudo.

Havia a pequena outrora rósea fenda da sua vagina. Um pontinho de sangue ali, que o médico explicaria depois que não era incomum em meninas recém-nascidas – resultados dos hormônios passando da mãe para o bebê –, apesar de terem segurado o fôlego ao vê-lo.

A minha mãe memorizou o seu rosto no espaço daqueles poucos minutos, sabendo quantas vezes ao longo dos anos pensaria retrospectivamente naquela vez, e o que ela não daria então (qualquer coisa) para segurar aquele bebê mais uma vez, como o fazia agora.

Seus olhos estavam fechados. A menina tinha cílios longos, surpreendentemente escuros (até mesmo pareciam mais escuros contra o branco-azulado da sua pele). Seu nariz não era o botão que alguns bebês têm, mas parecia mais a miniatura de um nariz adulto, com uma ponte forte e reta e duas narinas perfeitas, que não aspiravam ar algum. Sua boca era uma flor. Uma pequena reentrância no queixo, do meu pai, de novo, embora a linha da sua mandíbula parecesse pertencer à família da minha mãe.

Havia uma veiazinha visível, sob a pele, atravessando a área entre a mandíbula e descendo até o seu relaxado pescocinho. A minha mãe a percorreu inteirinha, por todo seu corpinho.

Era como um mapa fluvial, ela disse, mostrando para um viajante qual o caminho a seguir. A veiazinha ainda era visível quando o dedo da minha mãe cruzou o peito de Fern, até o lugar onde, logo abaixo da finíssima, quase translúcida pele, um coraçãozinho cujo ritmo ela havia sentido dentro de si todo aquele tempo agora estava tão parado quanto uma pedra.

Tudo isso ela descreveu para mim, como se fosse uma história que ela conhecia tão bem que não a estava contando, mas recitando, muito embora eu provavelmente fosse a única pessoa para quem ela contara.

Depois de algum tempo, uma enfermeira voltou para o quarto e tirou Fern dos braços da minha mãe. Meu pai empurrou a cadeira de rodas de volta até o quarto. No corredor eles passaram por um casal que se dirigia para o elevador com um bebê recém-nascido e um buquê de balões de gás, e por uma mulher com uma touca do hospital se contorcendo com sua enorme barriga — nos estágios iniciais de um parto. Exatamente como ela própria, menos de dezoito horas antes, aquela mulher grávida caminhava de um lado para o outro no saguão, marcando o tempo entre aquelas primeiras e irregularmente espaçadas contrações. Ao vê-la, a minha mãe disse, um pensamento louco lhe ocorrera. *Me dê outra chance. Vou fazer tudo certo na próxima vez.* Aquela foi a primeira vez, mas não a última, em que a visão de uma mulher grávida levara a minha mãe para um lugar de tanta raiva e amargura que até mesmo o ato de respirar parecera impossível. Haveria mulheres grávidas em toda parte agora. Muitas mais do que antes, era como lhe parecia.

Enquanto eles atravessavam o estacionamento até chegar ao carro, meu pai se inclinara sobre a cadeira de rodas, como se estivesse protegendo a minha mãe de uma rajada de vento forte. Tudo vai ficar bem assim que chegarmos em casa, Adele, ele lhe disse.

Na verdade não foi o que ocorreu, apesar de, na hora em que ele a levou de volta para casa – a casa onde ele morava agora com Marjorie e a bebezinha que eles tiveram juntos, e que vingara –, ele tirara tudo do quarto do bebê, empacotara as caixas de roupinhas e fraldas para recém-nascidos (alguns dos pacotes haviam sido comprados fazia três anos) e desmontara o berço.

Depois do primeiro aborto, e também do segundo, meus pais haviam falado sobre tentar novamente. Até mesmo depois do terceiro – embora uma sensação de pavor tivesse tomado conta deles – eles chegaram a consultar o médico e marcado o calendário com as datas do ciclo da minha mãe e anotações sobre seus períodos férteis.

Depois de enterrarem Fern, não houve mais nenhuma nova conversa sobre concepção, gravidez ou bebês.

Os amigos ofereceram seus pêsames, e fizeram de tudo para incluí-los na vida social da vizinhança, mas agora a minha mãe aprendera a não comparecer a churrascos e a eventos escolares. Sempre havia alguém grávida. O supermercado também era perigoso. Mais roupas de grávida, e comida de bebê, e bebês nos carrinhos de compra, da idade que Fern teria, e crianças pequenas, da idade do que teria nascido antes dela, e crianças de quatro anos de idade, da idade daquele que foi enterrado no jardim. Para qualquer lugar que se olhasse, havia mulheres grávidas e bebês, como uma epidemia.

A minha mãe então entendeu: nenhum lugar era seguro. Bebês e a promessa de bebês estavam em todo lugar. Era só abrir a janela e se poderia ouvir um chorando. Certa vez, deitada na cama, ela foi acordada pelo choro fraco de algum bebê da vizinhança. Só durou alguns segundos. A mãe deve tê-lo pegado no colo. Ou o pai o fez. Mas era tarde demais, ela não conseguiria dormir depois daquilo. A minha mãe ficou deitada no escuro o resto da noite, repassando tudo de novo na cabeça. O aborto que ela fizera. Os abortos espontâneos. O ultrassom. O pé pressionando sob o tecido da sua roupa. O cordão enrolado. A gota de sangue. A minúscula caixa de cinzas que lhe deram, do tamanho de um maço de cigarros.

Depois daquela manhã, ela sabia, ela não sairia mais lá fora, no mundo. Não estava mais interessada em fazer amor com o marido, em dar à luz outros bebês natimortos. Não ligava nem mesmo para a dança. O único lugar seguro era dentro de casa.

CAPÍTULO 15

JÁ ESTAVA NO MEIO DA TARDE quando minha mãe e Frank terminaram a pintura. A minha mãe preparava agora um banho. Embora ainda estivesse zangado com ela, eu a chamei para perguntar o que havia para o almoço. Frank apareceu, não ela.
Que tal se eu preparar uma comida para nós?, ele disse. Deixe a sua mãe descansar um pouco. Ela tem dado duro.
Ah, sim, pensei. *Ouvi vocês dois à noite. Quem é que a fez dar duro, afinal de contas?*
Eu podia ouvir o som de água correndo lá em cima. Frank havia tirado a camisa, que fora suja de tinta. Estava de peito nu. Suas calças estavam frouxas em torno da cintura, caídas o suficiente para deixar visível a parte superior do seu curativo, no local de onde tiraram o apêndice, mas de resto ele parecia uma estátua. Embora fosse velho, tinha o tipo de torso cujos ossos eram bem presos por músculos. Pensei novamente, do mesmo modo que havia pensado quando o conhecera, que ele era o tipo de pessoa que se podia imaginar o esqueleto, ou deitado em uma maca, sendo dissecado. Todas as partes do seu corpo eram claramente definidas, músculo e osso, sem gordura por cima. Ele não parecia um fisiculturista ou um super-herói, nada do tipo. Ele parecia a ilustração de um livro de anatomia, da página que traria o título de *Homem*.
Eu estava pensando em jogarmos um pouco de beisebol, ele disse. Já que estou suado, eu podia suar mais, e o meu tornozelo não está doendo, posso ficar em pé mais um pouco. Quero ver como está o seu braço.

Aquilo era difícil. Eu queria que ele soubesse que eu estava zangado, e me sentindo excluído, que eu estava manjando os truques que ele estava aprontando com a minha mãe, se é que eram truques. Mas eu não conseguia não gostar dele. E também estava entediado. Na televisão, naquele momento, Jerry Lewis aparecia em pé na frente de um microfone, falando, como se fosse uma criança, com uma menina que estava em pé ao seu lado, no palco, com metais nas pernas e muletas.

O que me dizem, amigos?, Jerry Lewis perguntava, na voz de criancinha em falsete. Será que a Angela não merece uma chance, como todos nós? Puxem os seus talões de cheque.

Eu tinha gostado quando Frank jogara bola comigo. Eu não estava esperando que ele me transformasse em algum tipo de atleta mirim da noite para o dia, mas a sensação de jogar a bola de um lado para o outro era boa, o impacto dela, quando aterrissava na minha luva. O ritmo que se estabelecia dele para mim, de mim para ele, dele para mim.

Eu nunca me dei conta antes, a minha mãe dissera, quando se juntou a nós, mas jogar bola é mais ou menos como dançar. Você precisa se sintonizar na outra pessoa e se focar totalmente nos seus movimentos, então adaptar o seu ritmo ao ritmo da outra pessoa. Como quando você está na pista de dança com seu parceiro e o mundo inteiro é só vocês dois, se comunicando perfeitamente, embora ninguém diga nada.

Quando ele arremessava a bola pra mim, eu não pensava que ele estava preocupado em fazer sexo com ela, nem em beijar aquele lugar do pescoço dela onde havia uma marca, nem nela deitada, nua, no banheiro de cima, dentro da banheira, nem em qualquer outra coisa que se passara naquela noite na cama dela. Quando jogávamos bola, ele estava apenas pensando em jogar bola.

Ou isso, ou ele estava hipnotizando também a mim. Talvez estivesse até mesmo tentando me preparar para o dia, muito em breve, quando eu estaria vivendo na casa do meu pai, e meu pai e Richard ficariam lá fora jogando bola o tempo todo, só que, diferentemente de mim, Richard seria capaz de arremessar uma

bola curva. Ele estava me preparando para o futuro, quando ele e a minha mãe já teriam ido embora.
Acho que não, falei para ele. Estou vendo TV.
Os olhos de Frank não desgrudaram do meu rosto. Jerry Lewis não existia. Só eu e ele, ali naquele momento.
Escute, ele disse. Se você está preocupado que eu vá roubar a sua mãe, pode esquecer. Você jamais deixará de ser o número um nos pensamentos dela, e eu jamais tentaria mudar isso. Ela sempre vai amar você mais do que qualquer outra coisa. Eu só gostaria de ser a pessoa que cuida dela, para variar um pouco. Não vou tentar ser o seu pai. Mas eu poderia ser um amigo.
Lá vinha. Exatamente aquilo que Eleanor me dissera. Agora ele tentaria me hipnotizar também. Eu podia até mesmo sentir como a coisa funcionava, porque parte de mim queria acreditar nele. Eu tentava não ouvir as palavras, para que não penetrassem no meu cérebro.
A menina estava sentada no colo de Jerry Lewis, falando sobre o seu cãozinho de estimação. Um número de telefone era visível na tela. Lá fora, vindo da rua, eu podia ouvir as vozes na piscina dos Jervis. *Blá-blá-blá*, eu disse para mim mesmo. *Blá-blá-blá.*
Eu sei que não agi muito bem até agora, ele disse. Cometi erros terríveis. Mas se eu puder de alguma forma ter outra chance, eu jamais deixaria de me esforçar para acertar as coisas dessa vez.
Lalalalalá, nãoestououvindo, lalalalá.
Ravióli. Stromboli. Miolo mole.
Também sei que leva tempo, ele disse. Olhe para mim. Tudo o que tive nos últimos dezoito anos foi tempo. A única coisa boa é que isso dá à pessoa a oportunidade de pensar.
Ele ficou ali em pé, com a espátula na mão. Usava uma calça velha que a minha mãe encontrara no porão, de uma fantasia de Halloween que ela fizera para mim alguns anos antes, numa ocasião em que me vesti de palhaço. Aquela calça deve ter pertencido a alguém muito gordo; tinha ficado grande demais para mim, o que era justamente a intenção, mas no Frank ela só chegava até metade das canelas, e ele a mantinha no lugar com um pedaço de

corda em vez do cinto. Estava usando a mesma camisa de quando o conhecemos – a camisa onde estava escrito Vinnie – e sem sapatos. Ele parecia o próprio palhaço, só que não era engraçado. Ele era o cara que eu ouvia beijando a minha mãe do outro lado da parede todas as noites. Eu me senti mal por ela. Mal por ele também. Mas, sobretudo, me sentia mal comigo mesmo. Eu sempre quis ter uma família de verdade, e lá estava eu, com uma família de fracassados.

Então ele pôs a mão no meu ombro. Mão grande, calejada. Eu ouvira a minha mãe dizer para ele, através da parede, à noite, Vou passar um pouco de hidratante na sua pele.

A sua pele é tão macia, ele dizia. Tenho vergonha de tocar em você.

Agora ele estava falando comigo, só que numa voz diferente. Mas não precisamos jogar bola. Posso só fazer algo para a gente comer. Sente-se ali. Deve estar mais fresco.

Meu pai vai vir me pegar mais tarde, falei.

E eu sei o que você e a minha mãe vão fazer no momento em que eu sair pela porta.

Ouvi a minha mãe gritando lá em cima pela porta do banheiro. Será que você pode me trazer uma toalha, Frank?

Então ele se levantou. E se voltou para me olhar, com uma expressão como a que deve ter feito quando Mandy respondeu sua pergunta sobre quem era o verdadeiro pai da criança, só que dessa vez ele não ia empurrar ninguém nem socar ninguém tão forte a ponto de lhe quebrar a cabeça. Ele havia me dito que era um homem paciente agora. Paciente o suficiente para esperar por uma oportunidade, esperar durante anos a fio pelo momento em que finalmente se encontraria em um leito de hospital, ao lado de uma janela de segundo andar desprovida de barras de ferro. Seu plano talvez demorasse um pouco, mas ele o colocara em ação.

Agora ele estava tirando uma toalha de banho da pilha de roupas lavadas em cima da máquina de lavar, erguendo-a até o próprio rosto, cheirando-a, como se quisesse se certificar de que estava boa o suficiente para a pele dela. Ele subiu a escada. Depois ouvi a porta abrir. Então ele estaria em pé ao lado da banheira onde a minha mãe estava deitada. Nua.

Ainda na biblioteca, Eleanor havia rabiscado num papel o número do telefone da casa do seu pai. Vou estar lá todo o fim de semana, ela me disse. A menos que o meu pai tenha alguma ideia genial de me levar ao cinema ou algo assim. Conhecendo ele, na certa, vai pensar que vou achar *Ursinhos carinhosos* um filme emocionante.

Disquei o número. Se seu pai atendesse, eu desligaria.

Mas foi ela quem atendeu. Eu estava esperando que você ligasse, ela disse. Que tipo de garota dizia uma coisa dessas?

Quer conversar?, perguntei.

CAPÍTULO 16

Naquela tarde, a temperatura chegou a trinta e cinco graus. O ar estava pesado. Em toda parte na nossa rua as pessoas molhavam a grama. Nós não. A nossa grama já estava morta.

O jornal naquela manhã trazia um artigo sobre mariposas europeias e uma entrevista com uma mulher que havia iniciado uma campanha para instituir a política de uniformes escolares nas escolas públicas, com o argumento de que isso diminuía a rivalidade entre os adolescentes e evitaria o uso de roupas inapropriadas. Na escola, os jovens deveriam se preocupar com os deveres de matemática, ela dizia. Não com as pernas de uma garota de minissaia.

Não faria diferença se obrigassem as garotas a usar uniformes, eu tive vontade de dizer a ela. Não pensávamos nas roupas delas. Pensávamos, no que estava por baixo. Rachel McCann poderia até usar botas de montaria e uma saia até os tornozelos. Ainda assim eu pensaria nos seus seios.

Eleanor era tão magra que era difícil imaginar o seu corpo. Fora difícil vislumbrar os seus peitos, porque na biblioteca ela estava usando um suéter grosso. (Um suéter naquele calor.)

Ainda assim, pensei em como ela ficaria sem os óculos. Imaginei-a tirando o elástico da sua trança, com os cabelos soltos sobre os ombros. Seu peito, nu, se nos abraçássemos, provavelmente não daria uma sensação muito diferente do meu. Imaginei nós dois erguendo nossos mamilos de forma que se tocassem, como se isso pudesse causar uma conexão elétrica. Tínhamos quase a mesma altura. Todas as partes do nosso corpo combinavam, menos uma, onde seríamos diferentes.

Há uma teoria de que as meninas desenvolvem distúrbios alimentares como uma forma de evitar a própria sexualidade, ela me dissera. Alguns psicólogos acreditam que se uma pessoa tem um distúrbio alimentar, essa é sua maneira de tentar se apegar à infância, porque tem medo de como pode ser a próxima fase. Você não menstrua se for magra demais, por exemplo. Sei que a maioria das pessoas não diria esse tipo de coisa a um menino, mas acho que deveríamos sempre ser francas ao conversar. Tipo assim, se a minha mãe precisasse ficar sozinha com o namorado dela, ela podia simplesmente ter me dito isso. Eu iria dormir na casa de uma amiga ou algo assim, em vez de precisar me transferir para o outro lado do país para que eles pudessem fazer sexo.

No telefone naquela tarde, ela perguntou de que tipo de música eu gostava. Ela gostava de um cantor chamado Sid Vicious, e dos Beastie Boys. Ela achava o Jim Morrison o cara mais incrível de todos os tempos. Um dia ela iria a Paris visitar o túmulo dele.

Supus que eu deveria saber quem era Jim Morrison, mas não falei nada. Tudo o que tínhamos na casa era o toca-fitas da minha mãe, que também pegava rádio AM. Eu praticamente só conhecia as músicas que ela ouvia: baladas de Frank Sinatra, a trilha sonora original de *Guys and Dolls*, um álbum de Joni Mitchell chamado *Blue* e um cara cujo nome eu não sabia, com uma voz muito grave e sonolenta. Ele tinha uma música que ela costumava ouvir sem parar. Uma parte da letra dizia: *You know that she's half crazy but that's why you want to be there.*

She's touched your perfect body with her mind, ele cantava. Não dava para dizer que era música, parecia mais que ele recitava. Imaginei que Eleanor poderia gostar desse cantor, se eu conseguisse lembrar o nome dele, mas não consegui.

Ah, música comum, falei, quando ela perguntou sobre música.

Eu nunca gosto do comum, ela disse. Não gosto do comum em nada.

* * *

Ela me perguntou se eu tinha uma bicicleta. Eu tinha, mas era para crianças de oito anos, estava com um pneu vazio e não tínhamos uma bomba de ar. Ela não tinha bicicleta, mas podia pegar a do pai emprestada. Ele havia saído para jogar golfe ou algo assim. Eis uma pessoa que dizia não ter dinheiro para mandar a filha para a melhor escola do universo e gastava cinquenta dólares todos os finais de semana só para bater uma bola e tentar enfiá-la num buraco.

Eu podia ir até a sua casa, ela disse.

Talvez não seja uma boa ideia, falei. A minha mãe e o cara eram bastante discretos. Fred.

Podíamos nos encontrar no centro da cidade, ela propôs. Podíamos tomar um café.

Eu não disse que não tomava café. Eu disse que parecia uma boa. Isso foi quando ainda não existiam lugares como o Starbucks, mas havia uma lanchonete chamada Noni's, com mesas com cabines individuais, e toda mesa tinha ao lado uma caixa, onde você podia folhear todas as músicas existentes na jukebox da casa. Na maioria, música country, mas talvez houvesse algo que ela gostasse. Alguma música realmente triste, em que a pessoa cantando parecesse deprimida.

Foi uma caminhada de vinte minutos até o centro. Quando saí de casa, a minha mãe e Frank ainda estavam lá em cima, no banheiro. Ele decerto a estava enxugando, ou passando hidratante na pele dela. Eu só quero cuidar da sua mãe, ele dissera. Era assim que ele chamava.

Deixei um bilhete para eles dizendo que eu estaria de volta quando meu pai viesse me pegar. Vou me encontrar com uma amiga, escrevi. Aquilo deixaria a minha mãe feliz.

Eleanor já estava instalada em uma mesa quando cheguei à lanchonete. Ela havia trocado de shorts e o cabelo estava solto do jeito que eu havia imaginado, embora na vida real tenha se mostrado ser meio escorrido e espetado, não cacheado como eu imaginara. Usava maquiagem – batom arroxeado e uma linha ao redor dos olhos que os faziam parecer maiores do que já eram. Estava usando esmalte preto nas unhas, mas elas estavam roídas, o que era uma combinação bastante incomum.

Ela disse, Falei para o meu pai que eu ia me encontrar com um rapaz. Ele começou a me dar um sermão sobre tomar cuidado, como se eu fosse pular na cama com você ou algo do tipo.

É engraçado como os pais estão sempre fazendo esses sermões sobre sexo, como se isso fosse tudo o que acontecesse nas nossas vidas. Quando na verdade eles provavelmente estão apenas projetando em nós suas próprias obsessões, ela disse.

Ela colocou um Sweet'N Low no seu café. E depois mais dois. Meu pai não tem namorada, mas ele gostaria de ter, ela disse. Acho que ele seria atraente se perdesse peso. É uma pena que ele e a sua mãe não tenham se conhecido antes desse tal de Fred aparecer. Você podia ser meu meio-irmão. Claro que nesse caso, se nós nos casássemos, seria algo parecido com incesto.

A minha mãe não costuma ter namorados, eu disse a ela. O que aconteceu com esse cara foi um acaso.

Ficamos sentados em silêncio por um minuto, sem dizer nada. Ela pôs mais cinco ou seis saquinhos de Sweet'N Low no seu café. Eu tentei pensar num assunto para conversar.

E essa história do preso que fugiu?, ela disse. Meu pai estava falando sobre isso com o nosso vizinho de porta, que é policial. Acho que a polícia tem essa teoria de que ele ainda está na área, porque eles bloquearam todas as estradas por causa do feriado e imaginaram que já o teriam encontrado se ele tivesse tentado sair da cidade. Claro que ele poderia ter se escondido no caminhão de alguém ou algo do tipo, mas eles acham que ele pode estar escondido em algum lugar até se recuperar dos ferimentos. Eles têm quase certeza de que ele deve ter quebrado a perna, pelo menos, quando pulou pela janela.

Mesmo se ele ainda estiver por aí, eu disse, pode ser que ele não seja assim tão mau. Ele provavelmente só está querendo cuidar da própria vida.

Mesmo chateado como eu estava por ele roubar a minha mãe, era desagradável ouvir alguém falar mal de Frank como se ele fosse uma pessoa horrível. De uma maneira estranha, apesar de eu ter começado a desejar que ele desaparecesse, eu na verdade não podia culpá-lo por querer ficar com a minha mãe. Todas as coisas que ele estava fazendo com ela eram as coisas que eu mesmo gostaria de poder fazer com uma garota.

Não sei por que as pessoas estão tão alarmadas, eu disse. Ele não deve ser perigoso.

Acho que você não lê jornal, ela disse. Publicaram uma entrevista com a irmã da mulher que ele matou. Além da mulher, ele também matou o próprio filho.

Às vezes as coisas não são tão simples quanto parecem no jornal, falei. Eu gostaria de explicar a ela que Mandy riu na cara de Frank e que ela o enganou para se casar com ele e fazê-lo pensar que Francis Júnior era seu filho quando, na verdade, não era, mesmo assim ele terminou amando o bebê como se fosse dele. Só que eu não podia dizer essas coisas, então só fiquei ali, folheando a lista de músicas da jukebox, procurando alguma música que pudesse colaborar para o clima.

Uma funcionária do caixa viu ele no Pricemart. Ela ligou para a polícia, depois que viu a fotografia dele. Ele estava com uma mulher e uma criança. Reféns, na certa. Ela queria receber a recompensa, mas só ter visto ele não era o suficiente. É a primeira coisa interessante que aconteceu nesta cidade desde que a minha mãe me exilou aqui.

Eu sei onde ele está, falei para ela. Na minha casa.

Depois de eu pagar a conta – a minha e a dela –, saímos da lanchonete e caminhamos até a locadora de vídeo. Tinha lá um filme que ela disse que eu devia ver, *Bonnie & Clyde* sobre um criminoso que sequestra uma mulher linda e a faz começar a roubar bancos com ele. Diferentemente de Patty Hearst, Bonnie não era rica, mas era inquieta e entediada, como a minha mãe devia estar quando Frank apareceu, ela disse, e, como a minha mãe, ela não fazia sexo havia muito tempo. E Clyde era muito carismático, como o homem do caso Patty Hearst.

Warren Beatty, ela disse. Agora ele está velho demais, mas na época em que fizeram o filme era o homem mais lindo do mundo. A minha mãe disse que até mesmo na vida real ele tinha esse tipo de efeito carismático sobre as pessoas. Sempre conseguia fazer com que as mulheres de Hollywood dormissem com ele, mesmo elas sabendo que ele dormia com outras também. Simplesmente não conseguiam evitar.

No filme, Bonnie e Clyde se apaixonam. Eles saem de carro por aí, assaltando bancos e lojas e meio que vivendo no carro. O estranho era que Clyde não conseguia fazer amor com Bonnie. Ele tinha um tipo de fobia, mas mesmo sem chegarem a fazer sexo, ela perdeu a cabeça, só por causa do sex appeal. No final eles foram mortos. Um sujeito que eles pensavam ser amigo deles, e que fazia parte do bando, os traiu para evitar ser preso.

Tem uma cena no final do filme em que os agentes da polícia federal os perseguem e preparam uma cilada, Eleanor disse. Na parte em que Bonnie é morta, tem tanto sangue que a minha mãe nem conseguiu olhar para a TV, mas eu olhei. Não foi só um tiro o que matou ela. Eles estavam usando umas metralhadoras, e o corpo dela começou a pular no banco do carro, em espasmos, enquanto as balas não paravam de atingi-la em todos os lugares, e dava para ver o sangue manchando o seu vestido.

A Bonnie foi interpretada por Faye Dunaway, ela disse. Ela é impressionante. No filme ela usava roupas incríveis. Nem tanto o vestido com que ela estava quando a mataram, mas algumas das suas outras roupas.

Não acho que seja uma ideia muito boa alugar esse filme, falei para a Eleanor. Se a minha mãe e Frank me virem assistindo, podem entender tudo errado.

Mas na verdade eu mesmo não queria ver aquele filme. Só de pensar na cena que ela havia descrito, em que Bonnie é metralhada, eu sabia que reagiria como a mãe da Eleanor. Principalmente porque podia me fazer lembrar da situação que eu estava vivendo.

Você consegue imaginar como seria se a sua mãe fosse morta numa emboscada?, Eleanor disse. E você estivesse lá e visse tudo? Provavelmente não atirariam em você, já que é só uma criança, mas você veria tudo. Seria extremamente traumático.

Ainda estávamos na frente da locadora quando ela disse isso. Uma mulher passou por nós, empurrando um carrinho de bebê. Um homem colocou um vídeo na caixa de entrega expressa. O calor parecia irradiar da calçada. *Quente o suficiente para fritar um ovo*, ouvi alguém dizer certa vez. *Como os peitos de uma dançarina de Las Vegas. Seu cérebro sob o efeito de drogas.* Havíamos saído do ar-condicionado fazia apenas poucos minutos e a minha camiseta já estava grudando na minha pele.

Eleanor havia colocado seus óculos de sol – muito grandes, óculos redondos que cobriam metade do seu rosto, e por um minuto ela ficou me olhando, só que os óculos eram tão escuros que eu não podia distinguir o seu rosto. Então ela estendeu um braço longo e esquálido e tocou o meu rosto. Seu pulso era da grossura de um cabo de vassoura. Com uma caneta, decerto, ela havia feito uma linha pontilhada, e escrito duas palavras na pele, *Corte aqui*.

Estou com uma sensação estranha, Eleanor disse. Tem uma coisa que eu gostaria de fazer mas você acharia que sou estranha, mas não ligo.

Não acho que você seja estranha, falei. Eu tentava nunca mentir, mas aquilo foi uma exceção.

Ela tirou os óculos, fechou-os e os guardou na bolsa. Olhou ao redor rapidamente. Ela passou a língua sobre a boca. Então ela se inclinou na minha direção e me beijou.

Aposto que você nunca havia feito isso antes, ela disse. Agora você sempre vai se lembrar, eu fui a primeira garota que você beijou.

Eram quase cinco horas quando cheguei em casa. A minha mãe e Frank estavam sentados na varanda atrás da casa bebendo limonada. Ela estava descalça e tinha nas mãos um vidrinho de esmalte. Suas pernas estavam estendidas sobre o colo dele, e ele estava pintando as unhas dos seus pés de vermelho.

O seu pai ligou, minha mãe me disse. Ele vai chegar em meia hora. Eu estava começando a me preocupar que talvez você não voltasse para casa a tempo.

Falei a ela que eu estaria pronto quando ele chegasse e subi para tomar um banho. A lâmina de barbear do Frank estava lá agora. E também o creme de barbear. Alguns cabelos escuros enrolados sobre o ralo. Era assim que era ter um homem na casa.

Fiquei me perguntando se eles haviam tomado banho juntos enquanto eu estava fora. As pessoas faziam isso no cinema. Imaginei ele chegando por trás dela, colocando o braço em torno do seu pescoço, beijando-a naquele lugar onde ele deixara a marca. A língua dele na boca de minha mãe do mesmo jeito que Eleanor colocou a língua dela na minha.

Água escorrendo pelo rosto dela. Por seus seios. Ela colocando a mão nele. Naquele lugar que eu estava tocando agora, no meu próprio corpo.

Pensei em Eleanor, em Rachel e na sra. Evenrud, a minha professora de estudos sociais do ano passado, que sempre deixava desabotoados os dois botões de cima da sua blusa. Pensei em Kate Jackson de *As panteras* e em uma vez em que eu estava na piscina pública e uma garota que era a babá de alguém saiu da água com a criança de dois anos e não percebeu que a parte de cima do seu biquíni havia caído e que seu mamilo estava à mostra.

Os ruídos que Frank e minha mãe faziam à noite. Imaginar que era a minha cama batendo contra a parede, não a deles. Na cama, Eleanor, só que uma versão um pouco menos magra dela. Essa tinha seios arredondados, não muito grandes, mas delicados. Enquanto eu os tocava, saía da parede aquela música que a minha mãe sempre ouvia.

Suzanne takes you down to her place near the river.

Havia uma forma de se ouvir música que, de um jeito ou de outro, praticamente toda e qualquer coisa que se cantasse parecia ser sobre sexo. Era uma maneira de ver o mundo segundo a qual praticamente toda e qualquer coisa que acontecia tinha algum tipo de duplo sentido.

Dava para ouvir Frank lá fora, lavando os pincéis. Quando meu pai chegasse, ele desapareceria. Não que meu pai ficasse ali por muito tempo. Eu sempre tentava estar do lado de fora da porta antes mesmo de ele chegar ao primeiro degrau da entrada, para evitar que os dois – meu pai e minha mãe – dissessem algo um para o outro. Ou que não dissessem nada, que era o que normalmente acontecia, e que era muito pior.

Normalmente eu apenas teria enrolado uma toalha na cintura e caminharia pelo corredor até o meu quarto daquele jeito. Mas com Frank na casa fiquei com vergonha do meu peito magro e sem músculos, dos meus ombros estreitos. Ele podia me pegar e acabar comigo, se quisesse.

Eu também podia acabar com ele. De um jeito diferente.

Quando você vai avisá-los?, Eleanor me perguntara. A polícia.

Mais tarde, acho. Preciso pensar bem.

Por mais que eu quisesse, eu não conseguia tirar da minha cabeça a imagem da minha mãe sentada na mesa da cozinha, ele servindo o café, ao lado dela. Nada demais. Ele havia passado manteiga num biscoito para ela, com cuidado. Havia feito aquela coisa que ele nos mostrara, de cortar com a mão em vez de fatiar com uma faca, para aumentar a absorção da manteiga. Quando ela dera uma mordida, um pontinho de geleia havia se fixado no seu rosto. Ele mergulhara o guardanapo no seu copo de água e limpara o local. Os olhos dela, quando ele a tocou, olharam de um jeito. Como alguém que tivesse vagado pelo deserto durante muito tempo e, finalmente, tivesse encontrado água.

Café da manhã, ele disse. Quem precisa mais do que isso?

Lembre-se desse momento, ela dissera.

CAPÍTULO 17

MEU PAI E MARJORIE CHEGARAM EM UMA minivan, cuja porta traseira deslizava para o lado em vez de se abrir para fora, como na nossa antiga caminhonete. Um veículo recém-lançado no mercado, o que significava que meu pai e Marjorie haviam ficado numa lista de espera durante meses até conseguirem uma. Quando aconteceu, o modelo disponível na concessionária da Dodge era de um marrom de que Marjorie não gostara. Ela queria branco, pois lera em algum lugar que carros brancos eram menos passíveis de se envolver em acidentes. Richard e Chloe são minhas cargas preciosas, ela disse. E houve uma pausa antes de ela acrescentar o que veio em seguida. E Henry, claro.

Acabaram ficando com o carro marrom. Seu pai tem um histórico impecável como motorista, Marjorie observou, como se algum de nós estivesse preocupado com a possibilidade de morrer na estrada. No meu caso, minha preocupação era não sair na rua de carro. A preocupação era ficar em casa o tempo todo. Não que ir ao Friendly's com o meu pai e Marjorie fosse a minha ideia de um grande programa.

Eles sempre estacionavam na frente da casa da minha mãe às cinco e meia em ponto. Eu esperava nos degraus da entrada por eles. Daquela vez mais do que todas as outras, eu não queria correr o risco de o meu pai subir até a porta e olhar para dentro.

Richard estava sentado no banco de trás ao lado de Chloe, que estava na cadeirinha de bebês, ouvindo um CD com fones de ouvido. Ele não olhou quando entrei, mas Chloe sim. Ela havia começado a falar algumas palavras nessa época. Segurava na mão um pedaço de banana que ela estava em parte comendo, em parte espalhando na própria cara.

Deem um beijo no irmão de vocês, crianças, Marjorie disse.

Não precisa, falei para ela. A intenção é que vale.

O que está achando desse calor, filho?, meu pai perguntou. Foi uma boa termos escolhido uma Caravan com ar-condicionado. Em um final de semana como este, só o que eu quero é ficar dentro do carro.

Bem pensado, falei.

Como está a sua mãe, Henry?, Marjorie disse. O tom que ela usava quando perguntava sobre a minha mãe era como se estivesse perguntando sobre uma pessoa que tivesse câncer.

Ótima, falei.

Se havia uma pessoa no universo que eu não tinha vontade nenhuma de informar sobre a minha mãe, era Marjorie.

Agora que as aulas vão começar, seria uma ótima oportunidade para a sua mãe encontrar um emprego, Marjorie disse. Com todas as crianças voltando para a escola e coisa e tal. Trabalhar servindo mesas algumas noites por semana ou algo nessa linha. Só para tirá-la de casa um pouco. Ganhar um dinheirinho.

Ela já tem um emprego, eu disse.

Eu sei. As vitaminas. Eu estava pensando em algo um pouco mais estável.

Então, meu filho, meu pai disse. Sétima série. Que tal, hein?

Não havia muito a ser dito, então não falei nada.

Richard está pensando em jogar nesta temporada, não é mesmo, Rich?, meu pai falou.

No banco, ao meu lado, Richard balançava a cabeça ao som de uma música que nenhum de nós podia ouvir. Se ele sabia que meu pai havia lhe feito uma pergunta, não fez menção alguma de responder.

E você, garoto?, meu pai continuou. Lacrosse podia ser uma boa. E também tem futebol. Se bem que não o futebol americano, não antes de você colocar um pouco mais de carne sobre esses ossos, hein?

Se bem que não o futebol americano em qualquer momento do próximo século, falei. E tampouco lacrosse.

Eu estava pensando em fazer um curso de dança moderna, falei. Só para ver a reação dele.

Não sei se seria uma boa, meu pai disse. Eu sei que a sua mãe gosta de dança, mas as pessoas podem ficar com uma ideia errada a seu respeito.

Ideia errada?

O que o seu pai está tentando dizer é que podem achar que você é gay, Marjorie disse.

Ou podem simplesmente achar que eu gosto mais é de ficar no meio de garotas vestidas de malha, falei para ela. Richard ergueu os olhos quando falei aquilo, o que me fez pensar que provavelmente ele estivera ouvindo tudo o que fora dito. Ele só preferia não participar, o que era compreensível.

Chegamos ao Friendly's, então. Richard pulou pelo seu lado da van.

Você pode pegar a sua irmã para mim?, Marjorie me pediu.

Já havia algum tempo que eu imaginara que aquilo fazia parte da sua estratégia para forjar uma relação entre mim e Chloe.

Talvez seja melhor você pegá-la, falei. Acho que ela está com alguma coisa na fralda.

Eu sempre pedia a mesma coisa: hambúrguer com fritas. Richard pediu um cheeseburger. Meu pai pediu um filé. Marjorie, que cuidava sempre do seu peso, pediu salada e peixe.

Então, vocês pimpolhos estão ansiosos para voltar à escola?

Não muito.

Mas uma vez que as coisas começarem vocês vão entrar no ritmo. Ver os amigos de novo.

É.

Antes mesmo de se darem conta, vocês logo vão começar a sair com garotas, ela disse. Dois bonitões como vocês. Se eu ainda estivesse na sétima série, eu acharia vocês os mais bonitos.

Que saco, mamãe, Richard disse. E seja como for, se você ainda estivesse na sétima série, eu não teria nascido. Ou se eu tivesse nascido e você pensasse que eu era assim tão bonito, isso seria incesto.

Onde é que eles aprendem essas palavras?, Marjorie disse.

O tom de voz com que ela falava com o meu pai era completamente diferente do que usava para falar com Richard, Chloe e comigo, e também completamente diferente do que usava quando o tema da conversa era a minha mãe.

Marjorie tem razão, meu pai falou. Vocês dois estão chegando naquela fase da vida. O louco e maravilhoso mundo da puberdade, é o que dizem. Acho que está chegando a hora de nós termos uma conversa de homem para homem sobre isso.

Eu já tive essa conversa com meu pai verdadeiro, Richard disse.

Bem, sobramos só nós dois então, acho, meu filho, meu pai disse.

Tudo bem, falei a ele. Já estou sabendo.

Tenho certeza de que a sua mãe já lhe deu as informações básicas, mas há algumas coisas que os rapazes precisam ficar sabendo por um homem. Pode ser difícil se não se tem um homem na casa.

Pois há um homem na casa, eu gritei, ainda que só na minha cabeça. Também pode ser difícil se há um homem na casa, se ele fica batendo a cabeceira da cama da sua mãe contra a parede do seu quarto todas as noites. Se ele vai para o chuveiro com ela. Provavelmente eles estavam em casa naquele mesmo instante, fazendo aquilo.

A garçonete trouxe os cardápios de sobremesa e levou embora nossos pratos.

Isso não é ótimo?, Marjorie disse. Reunir a família na mesa desse jeito. Vocês, meninos, passando um tempo juntos.

Richard estava com os fones de ouvido de novo. Chloe estava com a mão na minha orelha. Estava puxando a minha orelha.

Então, quem tem espaço para um sundae?, meu pai perguntou.

Só ele e o bebê tinham, embora o sundae dela tenha ido parar na sua cara. Eu já estava pensando que eles iriam querer que eu desse um beijo de despedida nela quando chegássemos de volta em casa. Eu teria que encontrar um lugar que estivesse livre de calda de chocolate, como a nuca ou o cotovelo. E depois dar no pé o mais rápido possível.

Frank estava lavando a louça quando cheguei em casa. A minha mãe estava sentada à mesa da cozinha com os pés sobre uma cadeira.

A sua mãe é uma dançarina e tanto, ele disse. Não consegui acompanhá-la. A maioria das pessoas sequer tentaria o lindy hop com este calor. Mas a maioria das pessoas não é como ela.

Os sapatos da minha mãe – sapatos de dançar – estavam jogados no chão, embaixo da mesa. Seu cabelo parecia úmido – talvez de dançar, talvez de viver. Ela estava bebendo vinho, mas quando entrei na cozinha, ela largou o copo.

Venha aqui. Quero falar com você.

Eu me perguntei se ela estivera lendo meus pensamentos. Por tanto tempo havia sido só nós dois, que talvez ela tenha imaginado o que eu estava pensando, o meu plano. Talvez ela soubesse o que eu estivera conversando com Eleanor, o telefonema urgente que eu dera. Eu negaria tudo, mas minha mãe saberia a verdade.

Por um momento imaginei o que aconteceria a seguir. Frank me amarrando. Não com echarpes de seda: com corda, ou fita isolante, ou possivelmente uma combinação dos dois. Eu não conseguia imaginar a minha mãe deixando Frank fazer uma coisa dessas, só que Eleanor dissera que quando sexo entra na equação, tudo mudava. Veja Patty Hearst, assaltando um banco, apesar de seus pais serem ricos. E aquelas mulheres hippies que se envolveram com Charles Manson e num piscar de olhos estavam retalhando porcos e matando gente. Foi o sexo que as empurrou para além dos limites.

Frank me pediu em casamento, ela disse.

Sei que é uma situação estranha. Existem alguns problemas. Mas não é novidade para nenhum de nós que a vida é complicada.

Sei que não faz muito tempo que você me conhece, Henry, Frank disse. Você pode ficar com a impressão errada. Eu não o culparia, se ficasse.

Depois que seu pai foi embora, minha mãe disse, eu pensei que ficaria sozinha para sempre. Não pensava que poderia algum dia sentir alguma coisa por alguém de novo, ela disse. Alguém além de você. Eu não imaginava voltar a ter esperanças em relação a qualquer coisa.

Eu jamais me intrometeria entre você e a sua mãe, Frank disse. Mas acho que poderíamos ser uma família.

Eu quis perguntar como é que isso poderia acontecer com eles lá na Ilha Príncipe Eduardo e eu jantando todas as noites com meu pai e Marjorie e as cargas preciosas dela, que eram boas demais para andar num carro que não fosse branco? Eu queria dizer, Talvez fosse melhor você pensar no que aconteceu na última vez que esse cara teve uma família, mãe. Parece que o histórico dele não é assim tão bom no departamento família.

Mas mesmo furioso como estava, além de assustado, eu sabia que não seria justo. Frank não era um assassino. Eu só não queria que ele levasse minha mãe embora e me deixasse para trás.

Precisamos ir embora, minha mãe disse. E viver com outras identidades. Começar do zero com outros nomes.

Ele e ela, em outras palavras. Só os dois. Desaparecer.

A verdade é que eu sempre sonhei em fazer aquilo. Algumas vezes, sentado na mesa da cantina da escola, eu imaginava como seria se a NASA pedisse voluntários para ir viver em um planeta inteiramente diferente, ou se nos juntássemos ao Corpo da Paz, ou fôssemos trabalhar com a Madre Teresa na Índia, ou se nos juntássemos ao Programa de Proteção de Testemunhas e fizéssemos uma plástica para mudar nossos rostos ou se fizéssemos carteiras de identidade com novos nomes. Diriam ao meu pai que eu havia morrido em um incêndio trágico. Ele ficaria triste, mas superaria. Marjorie ficaria feliz. O fim da pensão alimentícia.

Estávamos pensando que o Canadá seria uma boa, ela disse. Eles falam inglês, e não precisamos de passaportes para cruzar a fronteira. E eu tenho algum dinheiro. Na verdade, Frank também, da propriedade da sua avó, só que se ele tentasse pegar esse dinheiro, eles o encontrariam, então não podemos mexer nele.

Durante todo esse tempo, não falei nada. Eu estava olhando para as suas mãos. Lembrando que ela costumava me fazer cafuné quando ficávamos sentados juntos no sofá. Também naquele momento ela estendeu a mão para tocar o meu cabelo, mas eu a afastei.

Muito bem, eu disse. Tenham uma ótima viagem. A gente se vê por aí, não é isso? Algum dia no futuro?

Do que você está falando?, ela disse. Nós todos vamos embora, seu bobo. Como é que eu conseguiria viver sem você?

Então eu estava errado sobre eles me abandonarem. Pelo que ela dizia, nós estávamos saindo em uma grande aventura, nós três. Eleanor havia enfiado minhocas na minha cabeça. Eu devia ter entendido.

A menos que aquilo fosse um truque. Talvez até a minha mãe não soubesse que era um truque. Podia ser a maneira de Frank convencê-la a ir com ele – dizer que eu iria mais tarde, só que isso nunca aconteceria. De repente, eu não sabia mais em que acreditar. Eu não sabia o que era real. Embora uma coisa fosse certa: as mãos de minha mãe não tremiam mais como antigamente.

Você vai ter de deixar a escola, minha mãe disse, como se isso pudesse ser difícil para mim. Você não pode falar para ninguém para onde estamos indo. Nós simplesmente colocaríamos nossas coisas no carro e pegaríamos a estrada.

E os bloqueio das estradas? A polícia rodoviária? A fotografia no jornal e no noticiário da TV?

Eles estão procurando por um homem viajando sozinho, ela disse. Não esperam ver uma família.

Lá estava aquela palavra que me fisgava todas as vezes. Examinei o rosto dela, para ver se eu podia detectar algum sinal de mentira. Depois olhei para Frank, que ainda estava lavando louça.

Até aquele momento eu não havia reparado, mas ele parecia diferente. Ele tinha o mesmo rosto, claro, e o mesmo corpo musculoso, alto e esguio. Mas seu cabelo, que antes era castanho e grisalho, agora estava todo preto. Pintado. Até mesmo as sobrancelhas. Ele estava um pouco parecido com Johnny Cash. Eu conhecia os discos dele da época em que Evelyn e Barry costumavam nos visitar. Por alguma razão, Barry adorava *Live from Folsom Prison* e ouvíamos muito esse disco.

Agora eu imaginava nós três em alguma ilha, em algum lugar – na Ilha do Príncipe Eduardo, pensando bem. A minha mãe teria um jardim cheio de flores e tocaria seu violoncelo. Frank pintaria as casas das pessoas e consertaria coisas. À noite, ele cozinharia para nós e, depois do jantar, na nossa pequena casa de campo, sentaríamos juntos e jogaríamos cartas. Não teria problemas se eles dois dormirem juntos. Eu seria mais velho. Eu teria uma namorada, e iria com ela para o bosque, ou então para alguma duna na praia, onde a corrente do Golfo desaguava. Quando ela saísse da água, nua, eu seguraria a toalha para ela e a enxugaria.

Eu preciso pedir sua permissão, Frank disse. Você é a família da sua mãe. Precisamos do seu sim para tudo isso.

Ela estava segurando a mão dele enquanto ele falava. Mas ela também estava segurando a minha, e, pelo menos naquele momento, pareceu possível, pareceu até mesmo fazer sentido, que uma pessoa pudesse amar o filho dela e amar a ela, e ninguém ficaria desapontado. Todos nós seríamos felizes. A felicidade dela era simplesmente uma coisa boa para mim. Nós nos encontrarmos – não apenas ele a ela, mas nós três – foi o primeiro lance de boa sorte em nossas vidas por um bom tempo.

Sim, eu disse. Estou de acordo. Canadá.

CAPÍTULO 18

NINGUÉM IMAGINARIA QUE PODERIA FICAR MAIS QUENte, mas ficou. Aquela noite estava tão quente que nem mesmo me cobri com o lençol, só fiquei ali deitado na cama, de cueca, com um pano molhado sobre a barriga e um copo de água gelada no lado da cama. Pensei que minha mãe e Frank fossem tirar uma noite de folga das suas atividades normais, mas, ao contrário, o calor só parecia deixá-los ainda mais enlouquecidos.

Na noite anterior eles pareciam ter esperado até achar que eu estivesse dormindo para poderem começar, mas talvez por terem falado comigo sobre se casarem e sobre todos nós irmos para o Canadá juntos – por eu ter dado a minha bênção, por assim dizer –, eles começaram antes mesmo de eu desligar a minha luz.

Adele. Adele. Adele.

Frank.

Ele grunhindo baixinho, com sua voz de Johnny Cash. Ela, num tom carinhoso e abafado. Primeiro suave, depois mais alto. Depois a guarda da cama batendo contra a parede. O grito dela, de passarinho. O dele, como um cachorro que sonha com um osso que alguém uma vez lhe deu, relembrando e sugando todo o suco.

Deitado ali, no calor sufocante, o ar tão parado que as cortinas não se moviam, pensei em Eleanor para esvaziar a cabeça. A não ser pela magreza, ela era bonita. Ou talvez não bonita, mas havia um certo campo de energia em torno dela. Uma pessoa poderia levar um choque elétrico só de tocá-la, mas isso não necessariamente seria ruim. Quando ela me beijou, tinha gosto de Vick VapoRub. Eucalipto. Ela enfiara a língua no meu ouvido.

Ela também era meio doida, mas isso podia ser uma boa coisa. Se fosse uma garota normal, teria entendido – ou se ainda não tivesse entendido, entenderia em seguida – que ser minha amiga era um passo bem pouco estratégico para se estabelecer socialmente na escola. Eu já havia feito essa observação para ela na biblioteca, mas ela só ficara me olhando.

É melhor você não ser vista falando comigo quando as aulas começarem, falei a ela. O pessoal vai achar que você é uma ninguém como eu.

Ela disse, Por que eu iria querer ser amiga daquela gente?

Agora eu estava imaginando nós dois nos beijando mais um pouco, só que dessa vez não estávamos em pé. Deitados. Ela estava com as mãos na minha cabeça, passando os dedos nos meus cabelos. Ela era como um gato vira-lata, malnutrido e arisco, selvagem como um bicho da floresta. Ela poderia fugir. Ou poderia dar o bote. Não dava para saber se ela iria lamber o seu rosto ou cravar as garras na a sua pele e tirar sangue.

Eu a imaginei tirando a blusa. Ela nem usava sutiã. Não precisava. Mas seus seios, que eu havia imaginado serem completamente achatados, na verdade apresentavam uma ligeira curvatura, e ela possuía pequenos mamilos rosados, que se projetavam mais do que seria de se pensar, como tachinhas.

Pode beijá-los, ela disse.

No quarto ao lado era isso que provavelmente a minha mãe e Frank estavam fazendo, mas eu não queria pensar nisso, então sintonizei a minha mente no canal Eleanor.

Onde você quer que eu coloque a minha boca?, ela disse.

De manhã, o cheiro de café. Frank havia encontrado na cerca viva nos fundos do nosso quintal alguns *blueberries* selvagens que ele usou para fazer panquecas. Que pena que não temos xarope de bordo, ele disse. Na fazenda dos seus avós, todo mês de março

eles extraíam a seiva das próprias árvores e ferviam. Parte eles ferviam para fazer um creme que passavam em biscoitos.
Vou dar duro assim que chegarmos no Canadá, ele disse. Quero que vocês tenham tudo. Uma boa cozinha. Uma varanda. Uma cama alta com uma janela com vista para campos verdejantes. No próximo verão, vou fazer um jardim.
Você e eu, parceiro, ele disse. Podemos levar o beisebol a sério. Quando chegar a primavera, você será tão bom que poderá até pegar uma bala de revólver com a luva.

NOS FILMES HÁ UM TIPO DE CENA que mostra as pessoas se apaixonando. *Butch Cassidy* seria um bom exemplo, mas há muitos outros. Em vez de entrar em detalhes, eles só tocam uma balada romântica agradável e, enquanto a música está tocando, você vê as duas pessoas se divertindo juntas: andando de bicicleta e correndo por um campo de mãos dadas, ou tomando sorvete, ou dando voltas num carrossel. Estão num restaurante e ele está dando a ela uma garfada de espaguete. Estão numa canoa, e a canoa vira, mas quando as cabeças dos dois surgem da água, eles estão rindo. Ninguém se afoga. Tudo é perfeito, e mesmo quando as coisas não correm bem e por exemplo a canoa vira, também nisso há algo de perfeito.

Naquele dia, poderiam ter feito um desses trechos de filme conosco, só que em vez de duas pessoas se apaixonando, seriam três se transformando em uma família. É sentimentaloide mas é verdade, a começar pelas panquecas.

Depois de lavarmos os pratos, Frank e eu fizemos uns arremessos e ele disse que eu estava melhorando, o que era verdade. Então a minha mãe apareceu no quintal e juntos lavamos o carro, e quando estávamos terminando, ela apontou a mangueira para o Frank e para mim, e ficamos ensopados, mas como estava quente, foi ótimo. Então Frank pegou a mangueira da minha mãe e esguichou água nela, o que a deixou tão molhada que ela teve de entrar e trocar de roupa. Depois ela nos mandou entrar e esperar lá embaixo, e fez um desfile de moda. Na verdade o desfile era para o Frank, mas eu também gostei de ver – o jeito como ela caminhava pela sala, o roçar dos tecidos, ora com uma roupa ora com outra, como uma modelo numa passarela, ou uma moça no concurso Miss América.

Um monte das roupas que ela vestiu para mostrar a ele eram coisas que eu nunca a havia visto vestir, provavelmente porque ela nunca tivera a oportunidade. Dava para ver que ele estava adorando, e de uma maneira diferente eu também estava. Ela estava tão bonita, eu sentia orgulho dela. E eu também estava gostando de ver como ela parecia feliz. Não apenas porque eu queria que ela fosse feliz, o que eu queria, mas porque vê-la daquele jeito aliviava a minha responsabilidade. Eu não precisava me preocupar tanto o tempo todo nem tentar pensar em maneiras de alegrá-la.

Na hora do almoço, Frank fez outra das suas sopas deliciosas, com batatas e cebolas dessa vez, e a serviu fria, o que era perfeito para um dia como aquele. Depois, a minha mãe decidiu cortar o cabelo dele. Então Frank disse que o meu cabelo estava precisando de um corte, e o cortou. Ele era surpreendentemente bom nisso. Na prisão, ele disse, cortava o cabelo de todo mundo. Não era permitido que eles tivessem tesouras, mas havia um cara no pavilhão que tinha um par que ele escondia embaixo de um pedaço solto de cimento, no pátio.

Frank quase nunca falava nada sobre o lugar em que havia passado os últimos dezoito anos, mas nos contou que, depois de um dos guardas encontrar a tesoura e todos terem de voltar aos cortes de máquina da prisão, os homens costumavam lembrar dos bons e velhos tempos em que ele, Frank, cortava o seus cabelos.

A minha mãe ensinou-o a dançar o *two-step* do texas, embora, na verdade, ele não conseguisse dançar muito bem por causa da perna.

Assim que eu estiver recauchutado, Adele, ele disse, vou levá-la para dançar na cidade.

Isso seria no Canadá.

Estava tão quente que não tínhamos apetite para jantar, mas minha mãe fez pipoca, com manteiga derretida, e nos deitamos

no chão com a cabeça apoiada em travesseiros na frente da TV e assistimos a um filme, *Tootsie*.
É isso o que a gente podia fazer, quando cruzarmos a fronteira, a minha mãe disse para o Frank. Vestir você de mulher. Você podia usar uma das minhas roupas.
Ela dizer aquilo nos trouxe de volta à realidade. Por um dia havíamos agido como se fôssemos pessoas despreocupadas, sem problemas maiores do que desentupir o triturador de lixo da pia, mas quando a imagem se nos apresentou, cruzar a fronteira para um país estrangeiro, com um carro levando tudo aquilo que era nosso no mundo, coisas das nossas vidas anteriores, e sem ideia alguma de para onde estávamos indo, a não ser que estávamos indo embora, um silêncio tomou conta de nós.
Talvez tentando quebrar o gelo, minha mãe falou: Dustin Hoffman fica bem de mulher.
Sou mais a Jessica Lange, falei.
Sou mais a Adele, Frank disse.

Depois que o filme terminou, eu disse a eles que estava cansado e subi as escadas, mas na verdade não para ir para a cama. Fiquei sentado durante um tempo à minha escrivaninha. Eu estava pensando que devia escrever uma carta para o meu pai. Imaginei que não iria vê-lo por um bom tempo e, apesar de que as vezes em que nos víamos quase nunca eram legais, mesmo assim eu me sentia triste.
Querido papai, escrevi. *Não posso dizer agora para onde estou indo, mas não quero que você se preocupe.*
Querido papai, comecei de novo. *Pode ser que você fique sem receber notícias minhas por algum tempo.*
Quero que você saiba: gostei muito de todas as vezes que você me levou para jantar fora.
Quero que saiba: gostei quando você me ajudou com meu projeto de ciências.
Sei como você teve de dar duro para levar todos nós para a Disney. Não o culpo por nada.

Às vezes é bom as pessoas ficarem sem se ver um pouco. Quando elas se reencontram, têm muitas coisas a contar uma para a outra. Não precisa se preocupar comigo, escrevi. *Vou estar bem. Dê adeus a Richard e Chloe para mim. E também para Marjorie.*

Ao chegar ao final da página, hesitei durante um bom tempo. Decidi pôr um *cordialmente seu*. Depois só *cordialmente*. Então risquei aquilo. Então pensei em como pareceria estúpido ter uma rasura e como, se olhasse de perto, ele ainda assim conseguiria distinguir a palavra que eu havia escrito primeiro, e escrevi, *Sinceramente seu*. Melhor do que a outra opção, que seria *Com muito amor*.

CAPÍTULO 19

Manhã de terça-feira. A escola deveria recomeçar no dia seguinte. A minha mãe estava limpando a geladeira. Ela havia começado a encaixotar as coisas para colocá-las no carro, mas na verdade havia muito pouco a ser levado. Nossos pratos, umas poucas panelas e frigideiras, nada de mais. A cafeteira.

Iríamos levar o toca-fitas dela, mas não a televisão. Eu a havia ligado ao descer, para ter companhia enquanto eu tomava minha tigela de cereais. Jerry Lewis acabara, finalmente, mas Regis e Kathie Lee estavam começando.

Não vou sentir falta desse som, a minha mãe disse sobre o aparelho da TV. Na Ilha Príncipe Eduardo, vamos ouvir o som dos pássaros.

Sabe o que vamos fazer, Henry?, ela perguntou. Vamos comprar um violino para você. Vamos encontrar um velho violinista canadense para ensiná-lo a tocar.

Ela não levaria seu violoncelo, já que na verdade ele não lhe pertencia, embora, considerando as outras leis que estávamos infringindo ao cruzar a fronteira com Frank, eu não pensasse que roubar um violoncelo de aluguel fosse lá grande coisa. Não importa, ela disse. Lá eu arranjo outro. Para adultos, dessa vez. Podemos tocar juntos, assim que você aprender a tocar o violino.

Uma coisa que a fazia se sentir mal era abandonar todos os nossos mantimentos – o estoque para o ano todo de toalhas de papel e papel higiênico, nossas próprias pilhas de sopas Campbell's. Frank dissera que não havia lugar no carro para isso, e, de qualquer forma, se nos parassem na fronteira para inspecionar nossos pertences, aquilo pareceria suspeito. Ela podia levar parte das suas roupas, mas não tudo. Todas as suas maravilhosas roupas de dança – saias reluzentes e echarpes, chapéus adornados por flores de seda, sapatos de sapateado e suas sapatilhas de balé feitas de couro macio e os de salto alto que ela costumava usar quando saía para dançar tango. Ela teria de escolher apenas alguns favoritos. Não havia espaço para mais.

Ela precisava levar nossos álbuns de fotografias. Quase nada da sua própria infância, mas meia dúzia de volumes de couro documentando a minha, embora em todas as fotografias em que meu pai aparecesse ela tivesse pegado uma lâmina de barbear e cortado fora o rosto dele. Em algumas fotografias comigo – com dois, três ou quatro anos de idade – ela estava usando uma bata, indicativo de gravidez. Depois você virava a página e não havia bebê algum. Porém, na contracapa de um dos volumes, havia a marca de um pezinho não maior do que um selo postal. Fern.

No meu caso, não tinha tanta coisa importante assim para encaixotar. As minhas *Crônicas de Nárnia*, o meu *livro* de truques mágicos e, de quando era criança, *Veludo, o cachorrinho* e *George, o curioso*. Meu pôster de Albert Einstein com a língua de fora.

Para falar a verdade, o mais importante para mim era Joe. Com exceção da vez em que o trouxemos para casa da loja de animais de estimação, ele nunca havia andado num carro antes, mas pensei em tirá-lo da gaiola se ele ficasse assustado, e abraçá-lo sob a minha camiseta, onde ele poderia sentir o meu coração. Eu gostava de fazer isso às vezes, mesmo quando não estávamos indo a lugar algum. Eu também sentia o coraçãozinho dele, mais rápido do que o meu, abaixo do seu pelo macio e sedoso.

Ele não andava muito bem por conta da onda de calor. Havia uns dois dias não mostrava interesse algum pela sua roda de exercícios. Só ficava deitado no chão da gaiola, respirando forte, com uma expressão vidrada nos olhos. Não havia tocado na comida. Eu dava a ele um pouco de água com o conta-gotas de um colírio, porque o esforço necessário para se levantar e beber parecia demais para ele.

Estou preocupado com o Joe, eu disse à minha mãe naquela manhã. Preferia não levá-lo no carro até que a temperatura baixasse um pouco.

Precisamos falar sobre isso, Henry, ela disse. Acho que eles não permitem que hamsters cruzem a fronteira.

Vamos ter que escondê-lo, falei. Posso colocá-lo embaixo da minha camiseta. Eu já estava pensando em levá-lo junto comigo pra ele não ficar assustado.

Se encontrassem o Joe, começariam a revistar tudo. Logo descobririam sobre o Frank. A polícia o prenderia. E nos mandariam de volta.

Ele é parte da nossa família. Não podemos deixá-lo.

Vamos encontrar um bom lar para ele, ela disse. Talvez os Jervis quisessem ficar com ele, para os netos.

Olhei para Frank. Ele estava agachado no chão, esfregando o assoalho. Eles queriam ir embora deixando tudo limpo e arrumado, a minha mãe disse. Não queria que as pessoas falassem dela. Agora ele segurava uma faca, cavoucando com ela entre as lajotas, para limpar a sujeira incrustada. Ele não levantou o olhar, seus olhos não encontraram os meus. A minha mãe esfregava o pequeno forno elétrico com uma esponja de aço, sem parar, no mesmo lugar.

Se Joe não for, eu também não vou, eu disse a ela. Ele é a única coisa importante pra mim aqui.

Ela sabia que não adiantaria dizer que compraríamos outro hamster. Ou um cachorro, embora eu sempre quisesse ter um.

Vocês nem me perguntaram se eu não me importava em não ver mais o meu pai, falei. Algumas pessoas têm irmãos e irmãs. Eu só tenho o Joe.

Eu sabia o efeito que aquilo teria nela. Por fora, todo o seu rosto permaneceu do mesmo jeito, mas era como se alguém naquele instante houvesse injetado no seu coração uma substância química com um terrível efeito tóxico. Como se a sua pele tivesse congelado.

Isso pode pôr tudo a perder, ela disse. Sua voz estava tão baixa que mal consegui escutar. Você está pedindo para eu arriscar o homem que eu amo por causa de um hamster.

Eu odiei a maneira com que ela fez aquilo parecer ridículo. Como se toda a minha vida se baseasse numa piada.

Só as suas coisas são importantes, eu disse. As suas e as dele.

Só o que você quer é ir pra cama com ele e foder.

Essa não era uma palavra que eu tivesse usado antes. Não era uma palavra que eu tivesse ouvido ser pronunciada na nossa casa. Antes de ouvi-la saindo da minha boca eu não teria imaginado que uma palavra pudesse ter tanta força.

Lembrei da vez em que ela derramou leite no chão e de outra vez – há tanto tempo que a lembrança era quase como uma foto Polaroid desbotada – quando a vi sentada no closet com a roupa sobre os olhos, emitindo um som que parecia o de um animal agonizante. Bem mais tarde me dei conta de que isso deve ter sido logo depois da morte do bebê. O último. Até aquele momento eu havia esquecido disso, mas agora eu podia vê-la no chão, debaixo dos casacos pendurados, nossas botas de inverno espalhadas no chão ao seu redor, junto com um guarda-chuva e a mangueira do aspirador de pó. Era um som que eu nunca ouvira antes, e depois de ouvi-lo eu me joguei em cima dela, como se pudesse fazê-la parar. Pus a minha mão sobre a sua boca e esfreguei a minha camiseta no seu rosto, mas o som continuava saindo.

Desta vez não houve som algum, o que se revelou ser ainda pior. Era assim que eu imaginava Hiroshima depois que jogaram a bomba. Em qualquer lugar que uma pessoa estivesse, ela permaneceria paralisada, com a pele do rosto se desmanchando, os olhos arregalados.

A minha mãe ficou parada ali. Ela ainda segurava o pequeno forno elétrico nas mãos, com os pés descalços, e um trapo na mão para limpar os farelos de pão. Ela não se mexeu.

Foi Frank quem falou. Ele largou a faca, levantou-se do chão e pôs seu longo braço em torno dos ombros dela.

Está tudo bem, Adele, ele disse. Podemos resolver isto. Vamos levar o hamster. Mas, Henry, por favor peça desculpas à sua mãe.

* * *

Subi para o meu quarto. Comecei a tirar as minhas roupas das gavetas. Camisetas de times esportivos para os quais eu não dava a mínima. Um boné de beisebol de um jogo dos Red Sox que eu fui ver com meu pai e Richard, ocasião em que, no sétimo inning, tirei do bolso minha revistinha de palavras cruzadas. Umas cartas de Arak, o meu amigo africano, de quem havíamos perdido o paradeiro alguns anos atrás. Um pedaço de pirita, que quando pequeno eu achava que era uma pepita de ouro. Quando a ganhei, tive a ideia de um dia vendê-la por um monte de dinheiro e levar a minha mãe para fazer uma viagem incrível. A algum lugar como Nova York ou Las Vegas, onde as pessoas dançam. Não a Ilha Príncipe Eduardo.

Fui até o quarto da minha mãe, onde estava o toca-fitas. Tirei-o da tomada, levei até o meu quarto e pus uma das minhas fitas. Guns N' Roses, o melhor álbum. Não era um toca-fitas muito bom, pois quando aumentávamos o som saía um ruído de arranhado nos graves, mas talvez fosse essa a ideia.

Passei a tarde toda no meu quarto. Tudo que eu possuía eu pus em sacos de lixo. Algumas vezes, quando jogava alguma coisa num saco, eu hesitava e pensava em guardá-la, mas eu queria fazer terra arrasada daquilo tudo. Se a gente começasse a se apegar ao passado, não seria mais a mesma coisa.

Lá pelas tantas, no final da tarde, quando o resto dos meus pertences já havia sido colocado em sacos e carregado para baixo e eu havia posto tudo ao lado das latas de lixo, eu peguei o papel onde estava anotado o telefone de Eleanor. Caminhei sem pressa pela sala na direção do telefone, passando pela minha mãe e por Frank, que estavam tirando os livros das prateleiras, colocando-os em caixas para levá-los até a biblioteca, para a feira de livros de vinte e cinco centavos, de onde a maior parte deles tinha vindo, aliás.

Eles que pensem o que quiserem.

Peguei o fone e disquei. Ela atendeu no primeiro toque.

Vamos nos encontrar?

* * *

Em outras circunstâncias, a minha mãe teria me perguntado onde eu estava indo. Dessa vez ela não disse nada, mas mesmo assim eu a informei.

Vou me encontrar com uma menina conhecida minha, falei. Caso você esteja se perguntando.

A minha mãe virou-se e olhou para mim. O olhar dela fez eu me lembrar da primeira vez em que o meu pai fora me apanhar depois que a Chloe nasceu, e nós estávamos no quintal, e a janela do carro estava aberta, de forma que era possível ouvi-la chorar. Foi então que entendi que um soco na cara não era a única maneira de derrubar uma pessoa.

Não vamos fazer nada que você não faria, falei, enquanto a porta batia atrás de mim.

EU ME ENCONTREI COM ELEANOR NO PLAYGROUND do parque, mas não havia mais ninguém lá. Quente demais. Nós nos sentamos nos balanços. Ela estava usando um vestido tão curto que eu fiquei na dúvida se ela chegara a terminar de se vestir.

Você não vai acreditar no que a minha mãe fez, falei. Ela achou que a gente podia simplesmente abandonar o meu hamster.

Eleanor estava brincando com a sua trança. Então ela pegou a pontinha da trança e a passou sobre os lábios, como se fosse um pincel e ela estivesse pintando a própria boca.

Pode ser que você não saiba disso, mas os psicólogos dizem que é possível dizer muito sobre uma pessoa a partir do modo com que ela trata os animais. Não que a sua mãe seja uma má pessoa ou algo assim. Mas se você observar os assassinos psicopatas, eles quase sempre começaram torturando animais de estimação. John Wayne Gacy, Charles Mason. Você não imagina o que eles fizeram com os gatos antes de chegarem às pessoas.

Odeio os dois, falei. Frank e a minha mãe. Ela nem pensa nas coisas que eu posso querer. Frank finge se preocupar, mas na verdade ele só quer agradar a ela.

A droga do sexo. Eu te falei, disse Eleanor.
Eles acham que mandam em mim.
Só agora você se deu conta? Pais são sempre assim. Gostam de nós enquanto somos bebês, mas assim que desenvolvemos nossas próprias ideias, que podem ser diferentes daquilo que eles querem, eles precisam nos silenciar. Como ontem, ligou uma mulher da escola em que eu quero estudar pra falar com o meu pai sobre a possibilidade de chegar num acordo com ele sobre os custos. Eu estava ouvindo a conversa.
Quer saber o que ele falou pra ela? *Na verdade, a minha ex-mulher e eu decidimos que o melhor para Eleanor no momento é morar com alguém da família. Ela está com distúrbios alimentares, o que nos levou a concluir que podemos monitorá-la melhor com ela em casa.*
Como se ele estivesse pensando apenas em mim. Como se não tivesse nada a ver com os doze mil dólares que ele não queria desembolsar, ela disse.
A minha mãe nem sequer falou com o meu pai de que vai me levar com ela, falei. Ela nunca discutiu o assunto comigo.
A verdade era que a parte boa do plano Províncias Marítimas era não precisar mais participar daquelas noites de sábado no Friendly's com meu pai e Marjorie. Mas a minha mãe não deveria presumir isso. Ela deveria ter me consultado.
Os pais querem mandar em tudo, Eleanor disse. Assim que você denunciar esse cara, e eles o prenderem e o levarem embora, ela vai ver só. Você com o poder, pela primeira vez.
Até aquele momento, só o que eu sabia era que estava furioso – furioso e com vários outros sentimentos, nenhum dos quais salutares. Em primeiro lugar eu estava com medo de que a minha mãe e Frank me abandonassem. Então eu estava me sentindo um pouco deixado de lado, por não ser mais a pessoa mais importante do mundo da minha mãe, e com medo, pois eu não sabia o que iria acontecer em seguida. Mas, independente de como eu me sentia – mesmo estando chateado –, eu sabia que não queria aplicar nenhuma lição à minha mãe. Na verdade, eu queria que ela fosse feliz. Só que eu queria que ela fosse feliz comigo.

A outra parte do que Eleanor disse – sobre fazer com que Frank fosse preso – quase me deu arrepios. Eu não queria, mas não conseguia deixar de pensar em jogar beisebol com ele. Pensava em nós dois na cozinha, na panqueca de *blueberry* que ele fez para a minha mãe, na forma de um coração, a maneira com que ele levantou Barry da banheira aquela vez e em seguida o colocou na cama, para cortar as unhas dele. A forma de ele assobiar enquanto lavava os pratos. Dizendo: *Nem mesmo o homem mais rico da América vai comer uma torta tão boa como a nossa hoje à noite.* Dizendo: *Está vendo a bola, Henry?*

Andei pensando nessa sua ideia, falei. Apesar de eles terem feito tudo isso, acho que não posso mandá-lo de volta pra prisão. Ele provavelmente teria que ficar lá muito tempo, se o prendessem agora. Seria punido ainda mais por ter escapado.

Essa é a questão, Henry. Acabar com ele, lembra? Riscar ele da sua vida, Eleanor disse.

Mas também pode ser que ele não mereça apodrecer na cadeia pra sempre, falei. Ele é um sujeito bem legal, a não ser pelo fato de querer levar a minha mãe embora. E se ele voltasse pra prisão, a minha mãe ficaria muito, muito triste. Ela talvez não superasse o trauma.

Durante algum tempo ela ficaria triste, Henry, Eleanor disse. Mas acabaria agradecendo você por isso. E não se esqueça do dinheiro.

Eu sou só uma criança, falei. Não preciso de tanto dinheiro assim.

Você está brincando?, ela disse. Você sabe todas as coisas que poderia fazer com essa recompensa? Poderia comprar um carro e deixá-lo pronto pra quando você tirar a carteira de motorista. Você poderia comprar um equipamento de som estéreo maravilhoso. Poderia ir pra Nova York e ficar num hotel. Poderia até mesmo se candidatar para uma vaga na escola Weathervane, como eu fiz. Aposto que ia adorar.

É que não parece justo. É como ser um dedo-duro. Não deveriam recompensar as pessoas por fazerem esse tipo de coisa.

Eleanor meneou a cabeça para tirar a franja do rosto e me olhou com seus olhos incomumente grandes – os únicos olhos que eu já vira em que era possível ver o branco em torno de toda a íris, o que lhe dava carisma, mas também tinha o efeito de fazê-la se parecer um pouco com um personagem de desenho animado. Ela estendeu a mão e tocou o meu rosto. Passou a mão pelo meu pescoço. Baixou a mão até o meu peito, sobre a minha camiseta, como algo que ela tivesse visto alguém fazer em um filme. Eu não havia percebido antes, mas suas unhas estavam tão roídas que até dava para ver o sangue.

Ela disse, Se tem uma coisa que gosto em você, Henry, é como você é gentil. Até mesmo com pessoas que talvez não mereçam. Na verdade, você é muito mais sensível do que a maioria das meninas que eu conheço.

Só não quero magoar ninguém, falei. Eu havia levantado do balanço agora e caminhado até uma faixa de gramado e sentado no chão. Ela me seguiu. Pôs as mãos nos meus ombros e me virou, então nossos rostos ficaram tão próximos um do outro que eu podia sentir seu hálito.

Então ela me beijou. Só que dessa vez, como na cena em que eu havia sonhado, eu estava deitado e não em pé. Ela estava em cima de mim, com a língua na minha boca de novo, porém mais fundo dessa vez, e sua outra mão se movia sobre o meu peito, cada vez mais para baixo.

Olha só o que aconteceu, ela disse. Fiz você ter uma ereção.

Era assim que ela falava. Ela podia falar qualquer coisa.

Podíamos fazer sexo, ela disse. Na verdade nunca fiz, mas nós temos essa interessante atração química.

Ela estava tirando as calcinhas. Roxas, com corações vermelhos.

Todo aquele tempo eu estivera pensando em sexo, sem nenhuma perspectiva real, e então a oportunidade se apresentava, mas eu não conseguia. Não havia ninguém por perto. Mas não parecia seguro.

Acho que antes devemos nos conhecer mais, falei. Odiei aquilo assim que falei; em vez da minha nova voz grave, era a minha antiga voz da sexta série que saía, a voz mais aguda.

Se está preocupado com a possibilidade de eu engravidar, não é preciso, ela disse. Não fico menstruada há meses. Isso significa que não há óvulos passeando dentro de mim, no momento.

Ela estava com a mão no meu pênis agora. Ela o segurava como se fosse uma atriz que acabasse de receber um Oscar. Ou um repórter de TV com o microfone na mão.

Sabe o que vai acontecer se você não denunciá-lo à polícia?, ela disse. Eles vão levar você embora e nós nunca mais vamos nos ver. E eu vou ficar presa na Holton Mills, sem amigos. Posso parar inteiramente de comer, e nesse caso eles vão me mandar de volta pra a clínica de tratamento de distúrbios alimentares.

Não posso, falei. Sou jovem demais. Eu não conseguia acreditar que tinha dito aquilo.

Acho que a minha mãe e o Frank estão tentando fazer o melhor que podem, eu disse a ela. Não é culpa deles.

Você não existe, ela falou, se levantando e tratando de enfiar as calcinhas, com aquelas pernas magricelas que faziam eu me lembrar de uma asa de frango.

Eu sempre soube que você era um bobalhão, ela disse, mas achei que tinha potencial. Agora estou vendo que é só um idiota.

Ela havia colocado o vestido. Estava em pé, acima de mim, limpando a poeira do peito e arrumando a trança a partir do ponto em que se havia desfeito.

Não acredito que eu achei você legal, ela disse. Você estava certo o tempo todo. Você me disse que era um fracassado.

NAQUELA NOITE, A MINHA MÃE NOS SERVIU refeições congeladas Cap'n Andy. Havia sobrado tantas que parecia uma boa ideia consumir pelo menos algumas.

Ficamos sentados à mesa sem falar. A minha mãe havia se servido de um copo de vinho, e mais outro, mas Frank não estava bebendo nada. Na metade da refeição, eu me levantei e fui até a sala. Um monte de atores, fantasiados de passas de uva, dançavam em torno de uma tigela gigante de cereais.

Frank e minha mãe haviam praticamente enchido o carro de coisas. O plano era sair de manhã, depois de passarmos no banco. Uma questão em aberto era quanto a minha mãe poderia sacar sem levantar suspeita. Eles precisavam de todo o dinheiro, mas pegar tanto poderia ser arriscado, apesar de que, uma vez que fossem embora, poderia ser impossível pegar mais dinheiro da conta dela. Tentar sacar do Canadá seria dar bandeira para as autoridades.

Eu não estava cansado, mas ainda era cedo quando subi. Meu quarto estava quase inteiramente vazio agora. Não havia nada, a não ser um velho pôster de *Guerra nas estrelas* na parede e um certificado de dois anos atrás que dizia que eu havia participado da Liga Infantil. Até mesmo as roupas que não íamos levar conosco, ou seja, quase todas elas, haviam sido encaixotadas e deixadas junto à caixa de recolhimento da Goodwill. Minha mãe disse que não queria estranhos vasculhando as suas coisas depois que fôssemos embora. Melhor dar tudo para uma instituição de caridade onde ninguém saberia de onde elas tinham vindo.

Tentei ler, mas não consegui. Estava pensando em Eleanor, a visão das suas pernas finas e bronzeadas se ajoelhando sobre mim, e suas costelas salientes, seus cotovelos ossudos pressionando o meu peito. Tentei passar outras imagens na minha cabeça – da Olivia Newton-John ou da menina de *Os gatões*, ou da Jill de *As panteras*, a irmã de *Happy Days*. Garotas do tipo mais amigável, mas eu não conseguia deixar de imaginar o seu rosto, de ouvir o som da sua voz.

Fiz você ter uma ereção.
Bobalhão. Idiota. Fracassado.

Algum tempo depois, ouvi o barulho de Frank e minha mãe subindo as escadas. Nas outras noites, eu os ouvia sussurrar baixinho, e às vezes risos abafados. Ela escovava os cabelos, ou ele os escovava para ela. Depois o chuveiro. Água. Eu não podia ouvir, mas imaginava mãos sobre a pele dela, e uma vez ouvi o som de um tapa, seguido de mais risos.

Pare com isso.

Você sabe que gosta.

Sim.

Naquela noite, nenhum som veio do quarto dela. Pude ouvi-los indo para a cama, o ranger do estrado quando se deitaram sobre o colchão, então mais nada. Nenhuma guarda da cama batendo na parede. Nenhum gemido. Nenhum choro de pássaro.

Fiquei ali deitado, esperando que sussurros de amor atravessassem a parede, mas não houve nada. Segurei o fôlego, mas só o que ouvi foi o som do meu próprio coração batendo. Senti falta do som das suas vozes.

Adele. Adele. Adele.

Frank. Frank.

Adele.

A janela estava aberta, mas os últimos churrascos e festejos da vizinhança naquele final de semana haviam acabado. Não se ouvia mais o som de nenhum jogo; os Red Sox devem ter perdido. Na cama, todas as luzes de todas as casas estavam desligadas. Não havia luz alguma, a não ser o azul fluorescente do repelente de insetos elétrico dos Edward e o débil chiadinho de quando um mosquito batia na grade.

CAPÍTULO 20

Quarta-feira. Não houve café naquela manhã. A minha mãe já havia empacotado a cafeteira. Tampouco havia ovos no fogão. Vamos parar no caminho, ela disse. Assim que chegássemos à autoestrada.

Foi outro daqueles momentos em que, por um segundo, você se esquece do que está acontecendo assim que abre os olhos. Acordar no meu quarto, vazio – demorei um segundo para saber até mesmo onde eu estava. Então lembrei.

Estamos indo embora, falei. Eu não estava falando com ninguém. Só queria ouvir as palavras. O som da minha voz parecia diferente em um cômodo vazio com o tapete enrolado e nada das minhas coisas à vista. Sobre a minha mesa estava o envelope com o bilhete para o meu pai, que enfiei no bolso. Nada além disso.

Estava chovendo, o céu de um cinza escuro homogêneo. Pensei nas caixas de livros e roupas que havíamos deixado para a instituição de caridade recolher. Estariam imprestáveis agora. Mas era um alívio saber que o calor finalmente começara a ceder.

Alguém estava no chuveiro. Frank, pelo barulho, pois ouviam-se assovios. Desci. Ainda era muito cedo, talvez seis horas, mas eu podia ouvir a minha mãe se movimentando pela casa.

Ela estava sentada junto à porta que dava para a área de serviço. Estava usando uma calça xadrez que ela usava havia séculos. Percebi como emagrecera nos últimos tempos.

Tenho más notícias.

Olhei para ela. Tentei imaginar o que a minha mãe consideraria más notícias. Não haveria de ser as mesmas coisas que as pessoas normais.

É o Joe, ela disse. Quando fui levar a gaiola dele para o carro, ele não estava se mexendo. Estava caído na gaiola.

Corri para a área de serviço.

Ele só está cansado, eu disse a ela. Ele não gosta de correr muito quando está muito quente. Ele estava mordiscando a minha mão ontem à noite, quando eu o peguei para dar boa-noite.

Ele estava caído sobre o jornal. Seus olhos estavam abertos, mas pareciam fixar alguma coisa, e suas patinhas estavam esticadas à frente, como um super-herói em posição de voo. Sua cauda estava enrolada abaixo dele, e sua boca estava ligeiramente aberta, como se ele quisesse dizer alguma coisa.

Você o matou, falei. Vocês dois. Vocês não queriam que Joe viesse conosco, então pensaram em se livrar dele.

Você não acha isso de verdade, ela disse. Sabe que eu nunca faria uma coisa dessas. Nem Frank.

Ah, é? Se estou bem lembrado, ele deixou o próprio filho morrer.

Lá fora, no quintal, ainda estava praticamente escuro. A chuva tornava difícil eu cravar a lâmina da pá na terra. O chão estava atolado de barro.

Enquanto eu estava cavando uma cova para Joe, repensei a minha decisão de não ligar para a polícia. Eu não ligava para o dinheiro da recompensa. Só o que eu queria era punir os dois. Denunciar Frank à polícia daria conta do recado.

Eu juro, a minha mãe disse. Ela havia me seguido até o quintal. Eu jamais machucaria nada que você amasse.

Comecei a cavar. Lembrei da história que ela me contara certa vez, quando eu era pequeno, explicando por que eu era filho único. Eu a imaginei no quintal da nossa antiga casa, a casa do meu pai, cavando um buraco com uma pá, depositando no chão, enrolado em um lenço de tecido, o coágulo de sangue que seria meu irmão ou irmã. E a outra vez: a caixa de charutos com as cinzas de Fern.

Frank também estava lá agora, só que quando ele fez menção de se aproximar, a minha mãe o deteve.
Talvez o Henry queira ficar sozinho, ela disse.

No início, quando comecei a descer a rua, eu não sabia para onde estava indo, mas continuei caminhando por um bom tempo. No meio do caminho, me dei conta de que estava indo na direção da casa do meu pai.

Parado lá fora, no quintal, eu podia ver uma luz em uma das janelas do andar de cima. Meu pai decerto já estava de pé, sentado na cozinha sozinho, tomando seu café, lendo a seção de esportes. Marjorie desceria logo, para esquentar a água para a mamadeira de Chloe, que ainda era o que ela gostava de tomar assim que acordava.

Meu pai beijaria sua mulher no rosto. Levantaria os olhos do jornal para fazer algum comentário sobre a chuva. Nada de mais, mas estaria aconchegante na cozinha. Era apenas nas vezes em que me levavam ao Friendly's ou em que tentavam fazer Richard e eu engrenar em uma conversa sobre nosso jogador favorito do Sox que as coisas não corriam muito bem. Exceto por mim, eles eram uma família normal.

Ao me dirigir para a casa deles, pensei na possibilidade de bater à porta quando lá chegasse. Eu me vi dizendo a ele, Sabe aquilo que você sempre fala, da minha mãe ser maluca? Bem, ouça isso.

Até a hora do jantar eles já teriam me tirado de casa. Minha mala inclusive já estava feita. Eu teria de dividir o quarto com Richard, o que ele detestaria. Provavelmente nos colocariam em beliches.

Eu me perguntei se ele praticava as mesmas atividades noturnas que eu. A única pessoa que o deixaria com uma ereção era Jose Canseco, provavelmente. Eu não conseguia imaginar nós dois falando sobre isso. Marjorie, quando lavasse a roupa suja, diria ao meu pai, Você precisa ter uma conversa com o seu filho.

Antes eu sempre estava bravo com o meu pai, todo o tempo, mas em pé na chuva naquela manhã, vendo a silhueta dele passar pela janela, ouvindo a batida da porta de trás, quando ele deixou sair o gato, ouvindo a voz de Chloe – eu nunca a chamava de minha irmã, ou minha meia-irmã, sabendo como a minha mãe se sentiria se eu o fizesse – gritando para que um dos dois a tirasse do berço, tudo o que eu senti foi tristeza. Aquele lugar era a casa deles. Não a minha. Não era culpa de ninguém. Assim eram as coisas, só isso.

Deixei o envelope com a minha carta na caixa de correio deles. Eu sabia qual era a rotina. Ele pegava a correspondência ao entrar com o carro na garagem, na volta do trabalho. Em algum momento perto do horário do jantar ele a leria. A essa altura eu estaria em algum lugar perto da fronteira com o Canadá.

Enquanto eu caminhava para casa, um carro da polícia se aproximou de mim e parou. Ainda era muito cedo, e eu estava molhado, pois não estava usando nenhum casaco impermeável. A chuva ficara mais forte. Minhas calças estavam tão pesadas que se arrastavam em poças de água, e minha camiseta estava grudada na pele. A água escorria pelo meu rosto, dificultando a visão.

Precisa de ajuda, garoto? O policial baixou a janela do carro.

Estou bem.

Quer nos dizer para onde está indo?, ele perguntou. É muito cedo para alguém da sua idade estar na rua sem casaco nem nada. Hoje não é o seu primeiro dia de aula?

Eu só fui dar uma volta, falei. Estou voltando pra casa.

Entre aí. Levo você. Seus pais provavelmente estão preocupados, ele disse.

Só a minha mãe, falei. Mas ela não vai estar preocupada, não.

Por via das dúvidas, vou ter uma conversinha com a sua mãe. Tenho um filho da sua idade.

Passamos pelo Pricemart, pela biblioteca e pela minha escola, em cujo estacionamento havia alguns carros. Professores diligentes dando os últimos retoques nas salas de aula, só que eu não estaria lá.

Passamos pelo banco. Viramos à direita depois da subida, à esquerda na minha rua. Passamos pelos Edward e pelos Jervis, até o final da rua. Mesmo furioso como eu estava com a minha mãe, eu lhe enviava ondas de energia, pedindo que não estivesse na entrada da garagem colocando caixas no carro. Sobretudo, eu não queria que Frank estivesse lá. Eu estava transmitindo para ele uma mensagem do mesmo modo que o Surfista Prateado, com seus poderes telepáticos, para que voltasse para dentro de casa e desaparecesse escada acima.

Ela estava do lado de fora, com sua calça xadrez e uma capa de chuva, mas não havia caixas à vista, o que era bom. Quando ela viu o carro da polícia parar na frente da casa, ela pôs uma mão sobre os olhos, mas poderia ser apenas para se proteger da chuva, tão forte era o aguaceiro que caía naquele momento.

Senhora Johnson, ele disse. Encontrei o seu menino na rua. Pensei em trazê-lo para casa para a senhora. Sobretudo considerando o fato de que ele deveria estar na escola daqui a mais ou menos quarenta e cinco minutos. E além do mais ele está encharcado.

Fiquei ali parado. Eu já tinha visto o que acontecia com as mãos dela só de passar pelo caixa no supermercado, de forma que eu podia muito bem imaginar como estavam tremendo agora. Ela as manteve nos bolsos.

Em que série você está, por falar nisso?, ele perguntou. Sexta série, imagino? Talvez você conheça meu filho.

Sétima, falei.

Eu sabia. Isso deve significar que você vai se interessar muito mais pelas meninas do que em algum fedelho da sexta série, certo, Henry?

Muito obrigada por trazê-lo para casa, minha mãe disse. Ela estava olhando para trás, em direção a casa. Eu sabia em que ela estava pensando.

Às ordens, ele disse. Ele parece um bom menino. Que continue assim. Ele estendeu a mão para cumprimentá-la. Eu sabia por que ela não tirava as mãos dos bolsos. Eu mesmo apertei a mão dele, para ela não precisar fazê-lo.

* * *

NA NOITE PASSADA, QUANDO FOMOS DEIXAR as coisas junto à caixa da Goodwill – na terceira viagem –, paramos na casa onde Evelyn e Barry moravam. Minha mãe queria dar a Barry alguns dos meus brinquedos velhos. Tinha um cubo mágico e um Traço Mágico que eu achava que não teriam muita serventia para ele, e uma bola Magic Eight que, quando você a pegava, aparecia uma mensagem numa janelinha de plástico – algum tipo de conselho do que fazer da sua vida. Não sei se aquilo seria muito útil para Barry, mas a minha mãe achou que ele talvez gostasse de ter no seu quarto algumas coisas que o fizesse parecer um lugar onde morava uma criança normal. Eu também estava lhe dando a minha lava lamp, embora, na verdade, eu não quisesse fazê-lo. A minha mãe disse que era o tipo de coisa que podia nos pôr em apuros se tentássemos cruzar a fronteira com ela. Pensariam que éramos drogados.

Evelyn estava vestindo um conjunto de moletom quando abriu a porta. Decerto estava fazendo exercícios com o auxílio da sua fita cassete Richard Simmons. Ela sempre dizia *nós* quando falava de coisas que ela havia feito, como se Barry também as fizesse, mas na verdade ele só ficava sentado na cadeira de rodas mexendo os braços, tentando acompanhar a música e emitindo ruídos. Johnny Cash era definitivamente seu favorito, mas ele também gostava de Richard Simmons.

Então, quando nos viu, ele começou a gritar, como se estivesse excitado. Ele estava de frente para a tela da TV – onde um monte de mulheres usando munhequeiras fazia polichinelos –, se balançando na cadeira, mas, quando me viu, ele começou a apontar para a tela e na minha direção e a gritar, só que dessa vez eu entendi o que ele estava dizendo, mesmo que ninguém mais percebesse. Ele estava dizendo *Frank*. Ele queria saber onde Frank estava.

Em casa, eu disse para ele. Não fazia mal em lhe dizer. Eu sabia que a mãe dele não entenderia. Se havia uma pessoa que definitivamente não iria levantar o telefone para receber dez mil dólares, essa pessoa era Barry.

Minha mãe não disse a Evelyn que estávamos indo embora. Só o que disse foi que eu andara fazendo uma faxina no meu quarto. Aproveitando a volta às aulas e tal.

Eu gostaria de ter podido me despedir dela, minha mãe disse, enquanto voltávamos para casa. Ela pode não ter sido a melhor amiga que uma pessoa poderia ter, mas era a única que eu tinha. Acho que nunca mais vou vê-la.

Só que a vimos, sim. Logo depois que o policial me deixou em casa, Evelyn apareceu, batendo na nossa porta.

Dessa vez Frank estava na sala de estar quando ela apareceu. Ele se virou, de forma que só as suas costas foram vistas, como se estivesse arrumando uma lâmpada ou algo parecido, mas deve ter ficado bastante óbvio que nós estávamos de partida. Também não havia nenhuma maneira de esconder o fato de que tinha um homem na casa.

Oh, Deus, Evelyn disse. Parece que vim num momento ruim. Eu só queria agradecer por ter cuidado do Barry naquele dia, Adele. Você salvou a minha vida.

Ela havia feito rolinhos de canela, no entanto, por ter provado seus doces no passado, eu não tinha lá muita expectativa. Minha mãe costumava dizer que Evelyn era a única pessoa que ela conhecia que conseguia estragar uma massa pré-pronta Pillsbury. Claro, Evelyn também era praticamente a única pessoa que a minha mãe conhecia, ponto.

Acho que estou interrompendo alguma coisa, ela disse. Eu não sabia que você tinha visitas.

Atrás dela, na varanda, Barry fazia estranhos ruídos guturais, como um pássaro enjaulado, e gestos como se estivesse manuseando um chicote. Eu sabia, por já ter visto, que a palavra que ele estava dizendo agora era o nome de Frank. Embora Frank estivesse ainda de costas para nós.

Lamento não ter tempo de apresentá-los, minha mãe disse. Este senhor está consertando uma coisas para nós. Henry e eu vamos viajar.

Evelyn passou os olhos pela sala. O tapete se fora. Assim como todos os nossos livros, um quadro, que pertencia à minha mãe, de uma mãe com uma criança no colo, um pôster de museu com um peixinho dourado em um aquário redondo que sempre estivera pendurado na nossa sala e outro de um grupo de bailarinas se exercitando. Através da porta que dava para a cozinha era possível ver que as prateleiras haviam sido esvaziadas de todos os pratos.

Estou vendo, disse Evelyn. Ela não perguntou para onde viajaríamos, como se já tivesse compreendido que não ia, de qualquer forma, ouvir a verdade.

Bem, obrigada mais uma vez pelos rolinhos, minha mãe disse. Parecem ótimos.

Talvez eu devesse levar meu prato de volta, Evelyn disse. Caso vocês demorem para voltar.

Não havia mais nenhum prato nosso onde pudéssemos colocá-los, então a minha mãe depositou os doces em cima do jornal daquela manhã, com a manchete aparecendo. Devido à fuga da prisão da semana passada, o governador estava anunciando a implementação na penitenciária de medidas para melhorar a segurança. Apenas para lembrar a qualquer pessoa que pudesse não ter ficado sabendo da história original, mais uma vez publicavam a fotografia de Frank, com os números no peito.

Cuide-se, Evelyn, minha mãe disse.

Você também.

Estávamos no banco às 9h, quando as portas abriram. Só a minha mãe e eu. Frank ficara em casa. O plano era retirar o dinheiro, passar em casa e pegá-lo antes de tomar a estrada, para o norte, em direção à fronteira.

No passado, quando precisávamos de dinheiro, era eu quem entrava para sacar, deixando minha mãe no carro. As quantias que eu retirava nunca eram muito altas e os caixas me conheciam.

Dessa vez a minha mãe disse que achava que teria de entrar lá ela mesma, já que estava limpando a conta. O máximo que podia.

Ela estava segurando sua caderneta e vestia uma roupa que ela deve ter pensado que era o que vestiria alguém que estivesse retirando onze mil e trezentos dólares da poupança. Fiquei ao seu lado. Havia duas pessoas na fila à nossa frente. Uma era uma idosa, com muitas moedas para depositar. E um homem depositando alguns cheques.

Então foi a nossa vez. As mãos da minha mãe tremiam quando ela pôs a caderneta no balcão, junto com a solicitação de retirada.

Achei que você estaria na escola, garoto, a funcionária disse. Por causa de um pequeno crachá com seu nome, eu sabia que se chamava Muriel.

Meu filho tem uma consulta no dentista, minha mãe disse. Eu sabia que aquilo soava ridículo. Nem mesmo uma pessoa como a minha mãe jamais marcaria uma hora no dentista no primeiro dia de aula.

É por isso que precisamos desse dinheiro, na verdade, ela disse. Aparelho.

Nossa, que tratamento caro, Muriel disse. Se vocês ainda não fecharam nada, podem tentar o ortodontista da minha filha. Ele fez um plano de pagamento para nós.

É o tratamento dentário além de outras coisas, minha mãe disse. Uma apendicectomia.

Olhei para ela. Deve ter sido o único tipo de cirurgia em que ela conseguiu pensar, mas de todas as opções que ela podia ter mencionado, aquela era a mais idiota.

Já volto, Muriel disse para nós. Em se tratando de uma quantia tão alta, preciso pedir a aprovação do meu supervisor. Não que vá haver algum problema, é claro. Conhecemos você. Conhecemos o seu filho.

Entrou no banco uma mulher com um bebê no colo. Olhei para a minha mãe. Momentos como aquele podiam ser difíceis para ela, mas pela primeira vez na vida ela sequer parecia perceber.

Eu não devia ter tentado tirar tanto, ela cochichou. Eu devia ter pedido só metade.

Quando Muriel voltou, havia um homem com ela.

Não há problema algum, é claro, ele disse. Eu só vim para me certificar de que a senhora não está com nenhuma dificuldade. É uma situação bastante incomum uma pessoa retirar assim tanto dinheiro. Normalmente, quando se transfere um fundo desse valor, nossos clientes preferem usar cheque.

É que pareceu mais prático, minha mãe disse. Mãos enfiadas nos bolsos da jaqueta. O senhor sabe como hoje em dia pedem tantos formulários de identificação. Perde-se um tempão.

Bem, disse o supervisor para Muriel, não vamos deixar nossos amigos aqui esperando.

Ele rabiscou algo num pedaço de papel. Muriel abriu uma gaveta e começou a contar as notas. Os dólares vinham em maços de dez notas de cem cada. Ela também contou os maços, enquanto a minha mãe observava a pilha.

Quando Muriel havia contado todas aquelas notas, ela perguntou se a minha mãe tinha onde guardá-las. Não havíamos pensado nesse detalhe.

Está lá fora no carro, ela disse. E voltou com um saco de comida para hamster que eu havia guardado no carro na noite anterior. Antes de pôr o dinheiro no saco, ela virou-o de cabeça para baixo para jogar fora os últimos restos de ração, ao lado do balcão onde as pessoas preenchiam suas fichas de depósito e retirada.

Muriel pareceu alarmada. Posso lhe arrumar algumas das nossas bolsas para dinheiro com zíper, ela disse. Não prefere?

Na verdade assim está bem, minha mãe disse. Se alguém colocar uma arma na nossa cara, nunca vão imaginar que temos todo esse dinheiro junto com a ração.

Felizmente não temos muitos criminosos por aqui, não é, Adele?, Muriel disse. Ela havia lido o nome da minha mãe na ficha que ela havia preenchido com os detalhes da transação. Era provavelmente algo que lhes ensinavam na escola de bancários: usar o nome verdadeiro das pessoas como forma de tratamento.

Exceto por aquele homem que escapou na semana passada, ela acrescentou. A senhora consegue acreditar que ainda não o pegaram? Mas aposto que ele já está bem longe agora.

* * *

Quando chegamos em casa, havia uma luz piscando na secretária eletrônica. Frank estava parado em pé dentro de casa, bem ao lado da porta.

Não atendi o telefone, Frank disse. Mas ouvi a mensagem. O pai do Henry soube que você ia viajar com ele. Disse que estava vindo para cá. Melhor darmos no pé.

Corri escada acima. Eu queria caminhar pela casa lentamente, uma última vez, mas tínhamos que ser rápidos. Meu pai provavelmente estava a caminho naquele instante.

Henry, minha mãe chamou. Você precisa vir agora. Precisamos ir embora.

Olhei pela janela mais uma vez, pela rua além do telhado das casas. *Adeus, árvore. Adeus, quintal.*

Vamos, Henry. Estou falando sério.

Ouça a sua mãe, garoto. Precisamos ir.

Então ouvimos o barulho de uma sirene se aproximando. Outra sirene. O som de pneus de carros fazendo uma curva brusca. Na nossa rua.

Voltei a descer as escadas. Mais lentamente desta vez. Ninguém iria a lugar algum. Eu sabia agora. Acima das nossas cabeças, o som de um helicóptero.

Em toda a minha vida até aquele instante — com exceção do que acontecera com Eleanor — as coisas sempre aconteceram muito devagar, mas agora era como se estivéssemos num filme, só que alguém o havia acelerado, então era difícil acompanhar a ação. Exceto pela minha mãe. Ela não conseguia se mexer.

Ela estava parada na sala quase vazia, segurando o saco de ração para hamster. Frank estava ao seu lado, como um homem prestes a enfrentar um pelotão de fuzilamento. Ele estava segurando a mão dela.

Está tudo bem, Adele. Não se assuste.

Não entendo, ela disse. Como foi que descobriram?

Meu coração estava prestes a explodir.

Eu só escrevi uma carta ao papai pra ele saber que tínhamos ido embora, falei. Não mencionei nenhuma palavra sobre o Frank. Não achei que ele fosse ver a carta tão cedo. Normalmente ele só pega a correspondência perto da hora do jantar.

Lá fora, o som de freadas repentinas. Um dos carros subiu no nosso gramado, bem no lugar onde a minha mãe tentara começar um jardim de flores selvagens, só que elas não haviam vingado. Alguns dos vizinhos que não trabalhavam — a sra. Jervis, o sr. Temple — haviam saído à rua, nas suas varandas, para ver o que estava acontecendo.

Havia uma voz num megafone agora. *Frank Chambers. Sabemos que está aí. Saia com as mãos para o alto e ninguém se machuca.*

Ele continuou ali, com as costas muito eretas, de frente para a porta. A não ser por aquele músculo no seu rosto que eu havia percebido no dia em que o conheci, que também então tremera de leve, ele poderia ser uma daquelas pessoas que se veem em parques às vezes, que se fantasiam e posam como se fossem estátuas, e os passantes colocam dinheiro nas suas caixas. Parado. Sem nada se movendo, a não ser os olhos.

A minha mãe havia jogado os braços em torno do pescoço dele. Suas mãos passavam pelo pescoço, pelo peito dele, pelo cabelo. Ela movia os dedos sobre a pele do seu rosto como se fosse argila e ela o estivesse modelando. Seus dedos sobre os lábios dele, sobre as pálpebras. Não posso deixar eles levarem você, ela disse. A voz dela, um sussurro.

Escute, Adele, ele falou. Quero que faça tudo o que eu disser. Não temos tempo para discutir.

Sobre o balcão havia um pedaço da corda que eles haviam usado para amarrar as caixas que haviam sido empacotadas — as coisas que deveríamos levar conosco para a nossa nova vida no Canadá. Havia uma faca ainda numa gaveta, para cortar a corda.

Sente-se naquela cadeira, ele lhe disse. Sua voz estava diferente. Mal se podia reconhecê-la. Coloque as mãos para trás, nas costas. Os pés à frente. Você também, Henry.

Ele passou a corda em volta do pulso direito dela. À medida que ele a amarrava, eu podia ver a mão dela tremendo. Agora ela estava chorando, mas ele não olhava para o seu rosto. Ele estava concentrado numa só coisa, o nó. Quando completou o nó, ele deu um puxão firme e rápido, deixando a corda apertada a ponto de dar para ver que estava repuxando a pele da mão da minha mãe. Em qualquer outro momento, se ele de alguma forma a machucasse, teria esfregado os dedos no lugar, mas ele parecia não perceber, ou, se percebeu, parecia não dar importância àquilo. Então ele passou para a outra mão. Depois para os pés. Para amarrar os pés direitinho, ele precisou tirar os sapatos dela. Lá estava o esmalte vermelho nas unhas dos dedos do pé. O lugar, no tornozelo, que uma vez eu o vira beijar.

Dava para ouvir o rádio da polícia do lado de fora, homens falando em walkie-talkies, o helicóptero logo acima. *Três minutos*, dizia a voz no megafone. *Saia com as mãos para cima.*

Sente-se, Henry, Frank disse.

Pela maneira com que ele disse aquilo, jamais se poderia imaginar que havíamos treinado beisebol juntos. Jamais se imaginaria que aquela era uma pessoa que uma vez sentara-se no degrau de entrada comigo, me ensinando um truque de cartas. Ele estava passando a corda em torno do meu peito agora. Não havia tempo para vários nós, apenas uma volta sobre a minha cintura, apertada a ponto de me deixar sem ar. Ainda assim, foi só um nó que ele deu, um só nó para o qual ele teve tempo. Isso seria questionado mais tarde, quando um repórter levantasse a pergunta pela qual estávamos esperando, sobre se minha mãe havia cooperado com Frank. Seu filho foi inadequadamente imobilizado, alguém observaria. E, quando os dois foram ao banco – vítimas? cúmplices? –, Frank sequer os acompanhara.

Ela retirou o dinheiro por vontade própria, disseram. Isso não prova que ela estava envolvida?

Mas ele a havia amarrado. Simples assim. E a mim também, de certa forma.

Mais veículos chegavam cantando os pneus à nossa rua. Mais uma vez a voz no megafone. *Não queremos ter de usar gás lacrimogêneo.*

Não havia tempo para nada agora. *Esta é sua última chance de sair da casa por bem, Chambers,* a voz gritou. A essa altura, Frank já estava se dirigindo para a porta. Um pé na frente do outro. Ele não olhou para trás.

Conforme fora instruído, ele levantou os braços acima da cabeça. Ainda estava mancando por causa do ferimento, mas se movia de forma deliberadamente firme, porta afora e degraus abaixo, até o gramado, onde o esperavam com algemas.

Não conseguimos ver o que aconteceu depois disso, apesar de que, logo em seguida, alguns policiais entraram correndo porta adentro e nos desamarraram. Uma policial mulher deu um copo d'água para a minha mãe e disse que havia uma ambulância à nossa espera. Disse que provavelmente ela estava em choque, mesmo que não soubesse.

Não tenha medo, garoto, um dos homens disse para mim. A sua mãe está bem. Já prendemos o sujeito. Ele não vai mais fazer nada contra você ou sua mãe agora.

Minha mãe ainda estava sentada na cadeira, de pés descalços. Estava esfregando os pulsos, como se sentindo falta da corda. Qual a vantagem da liberdade, pensando bem?

A chuva ainda caía, embora menos pesada do que antes. Apenas um leve chuvisco. No outro lado da rua vi a sra. Jervis tirando fotos e o sr. Temple sendo entrevistado por um repórter. O helicóptero havia aterrissado nos fundos do nosso quintal, onde Frank e eu havíamos jogado beisebol, o lugar onde ele havia falado sobre comprarmos umas galinhas, e onde, desde aquela manhã, o corpo de Joe, o hamster, estava enterrado.

Eu sabia que havia algo de errado, o sr. Jervis estava dizendo. Quando trouxe pêssegos para ela no outro dia, achei que ela estava tentando dizer algo para mim, em código. Mas ele deve ter ficado de olho nela todo o tempo.

Uma minivan marrom estacionou. Meu pai. Quando ele me viu, veio correndo na minha direção. O que diabos está acontecendo aqui?, ele perguntou a um dos policiais. Eu achei que a minha ex-mulher tinha enlouquecido, não esperava encontrar vocês aqui.

Alguém fez uma denúncia, o policial disse a ele.

Estavam colocando Frank no banco traseiro de um dos carros da polícia agora. Ele estava com as mãos nas costas, e sua cabeça estava curvada para baixo, provavelmente evitando as câmeras. Segundos antes de o colocarem dentro do carro, ele ergueu o olhar uma última vez, na direção da minha mãe.

Acho que ninguém mais viu, mas eu sim. Nenhum som – apenas sua boca se mexeu como que articulando a palavra. *Adele.*

CAPÍTULO 21

ELES O ACUSARAM DE SEQUESTRAR a minha mãe e a mim. Dessa vez iriam trancafiá-lo e jogar fora a chave, disseram. Ao ouvir isso, minha mãe – uma mulher que quase não ia a parte alguma – foi dirigindo até a capital do estado para falar com o promotor, comigo ao lado como testemunha. Precisava fazê-lo entender, ela lhe disse, que não era um caso de cativeiro. Por livre e espontânea vontade, ela havia convidado Frank para a nossa casa. Ele era bondoso com o seu filho. Cuidara dela. Iriam se casar, em algum lugar das Províncias Marítimas. Estavam apaixonados.

Aquele promotor era linha-dura, eleito havia pouco para o cargo, a fim de auxiliar o governador em sua guerra contra o crime. Terá de ser considerada a questão, ele disse a ela, de por que o seu filho nunca denunciou o que estava acontecendo. Levariam minha idade em conta, ele disse, mas era possível – improvável, talvez, mas possível – que eu fosse visto como cúmplice do crime. Não seria a primeira vez em que uma criança de treze anos cumpriria pena em uma instituição correcional para menores, embora provavelmente apenas por um ano. Dois, no máximo.

A minha mãe, por outro lado, poderia pegar uma sentença bem mais pesada. Dar guarida a um fugitivo, contribuir para a delinquência de um menor. Ela perderia a minha guarda, naturalmente. Já estavam tratando disso com meu pai. Era claro que mesmo antes desse episódio houve incidentes que sugeriam um juízo questionável de parte da minha mãe.

Pela primeira vez, minha mãe nada disse, enquanto dirigia de volta para casa. Naquela noite, tomamos nossa sopa em silêncio, em duas tigelas que foram resgatadas do banco traseiro do nosso carro. Nos dias que se seguiram, a cada vez que precisávamos de uma xícara ou de um prato, de uma colher, de uma toalha, era isso o que fazíamos. Pegar no carro.

Na escola, corria o ano letivo. Entrei na sétima série experimentando uma fama nova e inesperada, que se traduzia em algo como popularidade. É verdade, um cara me perguntou no ginásio – enquanto saíamos do chuveiro, nus e pingando água – que ele torturou você? A sua mãe era escrava sexual dele?

Com as garotas, minhas recentes aventuras pareciam se traduzir em algo semelhante à atração sexual. Rachel McCann – durante anos, o principal objeto das minhas fantasias – me encontrou próximo ao meu armário um dia, enquanto eu pegava meus livros para ir correndo para casa.

Eu só queria que soubesse que acho você incrivelmente corajoso, ela disse. Se algum dia quiser conversar sobre o assunto, estou aqui.

Foi um dos muitos aspectos lamentáveis daquele estranho fim de semana o fato de que, ao finalmente conseguir ganhar a atenção da garota com que sonhava desde o segundo ano, tudo o que eu queria era que me deixassem em paz. Pela primeira vez entendi a decisão da minha mãe, anos atrás, de simplesmente ficar em casa. Embora, para mim, essa não fosse uma alternativa.

Por volta dessa mesma época, minha mãe cancelou a assinatura do jornal, porém acompanhei o caso lendo o jornal da biblioteca. Se ela chegou a compreender de fato por que nunca foi acusada de nada, por que nunca houve um julgamento, ela nunca falou sobre isso e eu nada mencionei. Se o promotor público tivesse preferido investigar a questão, não teria sido difícil conseguir o testemunho de Evelyn (quanto a Barry, não passou pela cabeça de ninguém que ele poderia ser útil), no qual ficaria evidente que, ao longo dos seis dias em questão, minha mãe não parecera estar sob coação, nem estar fazendo nada – a não ser tomar conta do filho de Evelyn, talvez – que não quisesse.

Mas eu compreendi, mais do que seria de se esperar de alguém com treze anos. Frank fizera um acordo. Confissão completa. Abrir mão do direito a um julgamento. Em troca da garantia de que deixariam a minha mãe e eu fora de tudo. E eles deixaram.

Sentenciaram Frank a dez anos pela fuga e a quinze por sequestro. É uma ironia, o promotor disse, pensar que em dezoito meses este homem estaria em condições de cumprir a pena em liberdade condicional. Mas estamos falando de um criminoso violento aqui. Um homem sem controle sobre sua mente doentia.

Não posso me arrepender de nada, Frank disse à minha mãe, na única carta que ela recebeu dele depois da sentença. Se eu não tivesse pulado aquela janela, nunca a teria encontrado.

Pela tentativa de fuga, Frank foi considerado prisioneiro de alta periculosidade e recolhido a uma prisão de segurança máxima, de um tipo que não existia no nosso estado, nem em nenhum lugar próximo. Mandaram-no por um curto período de tempo para o norte do estado de Nova York, onde a minha mãe tentou visitá-lo uma vez. Ela foi dirigindo até lá, mas quando chegou, informaram-na que ele estava na solitária. Algum tempo depois disso, transferiram-no para algum lugar em Ohio.

Durante um tempo após o acontecido, as mãos da minha mãe tremiam tão violentamente que ela nem sequer conseguia abrir uma lata de sopa. Ela voluntariamente abriu mão da minha guarda em favor do meu pai. Logo antes de ele ir me buscar, para me levar para a casa onde eu passaria a viver com ele e Marjorie e os pimpolhos, eu disse a ela que jamais a perdoaria, mas perdoei. Ela poderia me acusar de coisas que eu fizera que eram muito piores, mas ela as perdoou.

Então me mudei para a casa do meu pai, a casa que ele dividia com Marjorie. Conforme eu previra, eles compraram uma beliche para Richard e eu dividirmos aquele pequeno quarto mais facilmente. Ele ficou com a cama de baixo.

Deitado na cama de cima, à noite, eu não mais me tocava como costumava fazer em casa. Por mais que adorasse aquela sensação nova e misteriosa, eu a associava agora a tudo que fazia alguém sofrer: sussurros e beijos no escuro, suspiros lentos e profundos, o grito animal que eu apenas por um tempo confundi com gritos de dor. O gemido selvagem e alegre de Frank, como se nada menos do que a terra tivesse se aberto e uma torrente de luz apagasse todo o resto.

Tudo havia começado com corpos tocando outros corpos, mãos tocando a pele. Então eu mantinha as minhas quietas, e o meu fôlego inalterado, olhando para o teto acima de meu colchão fino e duro, na direção do rosto de Albert Einstein colocando a língua para fora. Talvez o homem mais inteligente que já passou pela terra. Ele devia saber, tudo não passava de uma grande piada.

Os únicos ruídos audíveis agora do outro lado da parede aconteciam por volta das cinco e meia todas as manhãs, o som da minha irmãzinha, Chloe (porque era isso o que ela era, eu via agora – minha irmã), anunciando ao mundo que mais um dia havia começado. Venham me pegar era o seu grito, embora não em tantas palavras. Até que, depois de algum tempo, eu o fiz.

Marjorie deu o melhor de si. Não era culpa dela o fato de eu não ser seu filho. Eu representava tudo que não era normal na vida muito normal que ela e meu pai se propuseram a construir para si mesmos e os dois filhos dela. Ela não gostava muito de mim, mas eu tampouco gostava dela. Nada mais justo.

Com Richard, as coisas correram melhor do que se poderia esperar. Independentemente das nossas diferenças – minha preferência por viver em Nárnia; a dele, de jogar nos Red Sox –, havia algo que tínhamos em comum. Cada um de nós tinha um dos pais vivendo em uma casa longe da nossa – alguém cujo sangue corria nas nossas veias. Fosse qual fosse a história do verdadeiro pai dele, eu não a conhecia, mas treze anos já eram suficientes para entender que amargura e ressentimento assumem várias formas.

Sem dúvida o pai de Richard, como a minha mãe, uma vez segurara o próprio filho nos braços, olhara nos olhos da mãe do seu filho e acreditara que eles teriam um futuro juntos, com amor.

O fato de não o terem feito era um peso que cada um de nós dois carregava, como acontece com toda criança cujos pais não mais vivem sob o mesmo teto. Não importa de onde você construa o seu lar, há sempre um outro lugar, uma outra pessoa que o chama. Venha. Volte para mim.

Quanto ao meu pai, naquelas primeiras semanas após a minha mudança para a nossa antiga casa, tive a sensação de que ele não sabia o que me dizer; então, ele nada disse. Eu sabia que documentos haviam sido preenchidos, declarações haviam sido feitas à justiça, relacionadas às questionáveis escolhas da minha mãe quanto à minha criação, conforme os acontecimentos recentes revelaram, mas, para seu crédito, ele não disse uma palavra sequer sobre isso comigo. Os jornais já haviam dito tudo.

Algumas semanas depois que me mudei para morar com meu pai e Marjorie – na época em que decidi não tentar nem lacrosse nem futebol –, meu pai deu a ideia de fazermos um passeio de bicicleta juntos. Em algumas casas – não posso dizer *famílias*, pois eu não nos considerava uma família –, isso podia não parecer grande coisa, só que no passado ele jamais se importara com qualquer atividade esportiva que não envolvesse pontuação, troféus, ou a identificação de vencedores e perdedores.

Quando lembrei a ele que a minha bicicleta não era usada havia quase dois anos, ele sugeriu que estava na hora de me comprar uma nova – uma mountain bike, com vinte e uma marchas. E uma bicicleta para ele. Em um fim de semana, nós dois fomos de carro até Vermont – aquela era a época do ano em que as folhas de outono ficavam particularmente belas – e de bicicleta passeamos juntos por várias cidadezinhas, parando em um motel nos arredores de Saxons River. Uma das coisas boas de se andar de bicicleta: não se conversa muito. Sobretudo quando se está passando pelas montanhas de Vermont.

Naquela noite, porém, saímos para jantar em um lugar que tinha um prato especial de costela. Durante a maior parte da refeição, ficamos sentados praticamente em silêncio. Mas quando a garçonete trouxe o café dele, algo pareceu mudar no meu pai.

Estranhamente, ele me lembrou o Frank, na casa da minha mãe, enquanto os carros da polícia cercavam a casa e o helicóptero nos sobrevoava, os megafones emitindo sons estridentes. Ele parecia um homem que sabia que seu tempo estava acabando, que era agora ou nunca. Um pouco como Frank, ele pareceu se render. O que ele fez então foi falar de um assunto que sempre evitara: a minha mãe. Dessa vez não sobre ela não arranjar um emprego de verdade, nem sobre ela ser ou não mentalmente equilibrada para tomar conta de mim, talvez porque, a julgar pelo que ficara estabelecido, ela não fosse. Foi sobre os primeiros tempos deles juntos que ele falou.

Sua mãe era uma mulher fantástica, ele disse. Engraçada. Linda. Nunca vi ninguém dançar como ela, fora dos palcos da Broadway.

Eu continuei sentado em silêncio, comendo meu pudim de arroz. Catando as passas de uva, na verdade. Não olhei para ele, mas eu estava ouvindo.

A viagem que fizemos juntos à Califórnia foi um dos melhores momentos da minha vida, ele me disse. Tínhamos tão pouco dinheiro que dormíamos no carro quase todas as noites. Mas em Nebraska passamos por uma adorável cidadezinha e lá ficamos em um motel, num quarto que tinha também uma pequena cozinha, e preparamos espaguete lá. A verdade era que não sabíamos nada de Hollywood. Éramos dois caipiras. Mas na época em que era garçonete ela uma vez servira uma mulher que era uma das dançarinas de June Taylor no programa de Jackie Gleason. Essa mulher escreveu o seu número de telefone num bilhete e disse a Adele que ligasse para ela, se algum dia fosse para a Los Angeles. Era o que planejávamos fazer: ligar para a dançarina de June Taylor. Só que quando ligamos, o filho dela atendeu o telefone. Ela estava em um asilo de velhos. Senil. Sabe o que a sua mãe fez? Fomos visitá-la. Ela levou biscoitos.

Naquele momento, ergui os olhos da sobremesa. Quando o fiz, o rosto dele parecia diferente. Eu jamais achei que eu fosse minimamente parecido com ele – havia até me perguntado certa vez (na verdade, era um tópico de especulação levantado por

Eleanor) se ele era de fato o meu pai por sermos tão diferentes um do outro. E por ele ser tão diferente de alguém que pudesse ter se casado com a minha mãe. Mas, olhando para o outro lado da mesa, para aquele homem pálido, ligeiramente acima do peso, com o cabelo cada dia mais fino e a recém-comprada camiseta de spandex para andar de bicicleta que ele decerto jamais a usaria de novo, estranhamente reconheci algo familiar. Era possível imaginá-lo jovem. Imaginei-o como o rapaz que a minha mãe descrevera, que sabia exatamente quanta pressão aplicar na cintura de uma mulher enquanto a conduzia pela pista de dança, o jovem louco em quem ela confiara que não a deixaria cair quando ela executasse seu giro de trezentos e sessenta graus com calcinha vermelha. Pude ver o meu próprio rosto no dele, na verdade. Ele não estava chorando, mas seus olhos pareciam úmidos.

Foi perder aquele bebê que acabou com ela, ele disse. A última vez. Ela nunca conseguiu superar.

Ainda havia pudim no meu prato, mas parei de comer. Meu pai tampouco tocara no seu café.

Um homem melhor do que eu talvez tivesse ficado ao lado dela para ajudá-la, ele disse. Mas depois de um tempo eu não consegui mais lidar com toda aquela tristeza. Eu queria uma vida normal. Fui eu que me afastei.

Então Marjorie e eu tivemos Chloe. Isso não apagou tudo o que aconteceu antes, mas para mim ficou mais fácil não pensar. Ao passo que, para a sua mãe, a história toda nunca se apagou.

Isso foi tudo o que ele disse sobre o assunto, e não voltamos a ele. Meu pai pagou a conta e voltamos para o nosso quarto de motel. Na manhã seguinte passeamos mais um pouco, mas percebi, então, como era totalmente antinatural o meu pai passar pelas montanhas de Vermont de qualquer outra maneira que não com uma minivan. Depois de algumas horas, quando sugeri que parássemos, ele não recusou. No caminho para casa, dormi a maior parte do tempo.

* * *

FIQUEI NA CASA DO MEU PAI durante quase todo o ano da sétima série. Uma coisa boa: como eu estava vivendo com meu pai e com Marjorie, parecia sem sentido dar continuidade à nossa excruciante tradição de jantares de sábado à noite no Friendly's. Fazer refeições em casa era mais simples. Uma das razões era que o aparelho de televisão permanecia ligado.

Seria de se supor que a minha mãe faria pressão por seu direito às visitas, mas aconteceu o oposto, pelo menos durante um tempo. Ela parecia desencorajar que eu fosse até sua casa, e quando passava por lá com a minha bicicleta nova (entregando compras, e livros da biblioteca, e a mim mesmo), ela parecia ocupada e atrapalhada.

Tinha telefonemas a dar, ela dizia. Clientes das vitaminas. Havia muitas tarefas domésticas a serem feitas. Ela era vaga quanto a que tarefas poderiam ser essas numa casa sem mobília alguma para espanar nem tapetes em que passar o aspirador de pó, onde não se cozinhava e que ninguém visitava.

Ela estava lendo muito, dizia, e era verdade. Havia livros empilhados da mesma maneira em que outrora se empilhava as latas de sopa Campbell's. Livros sobre temas inusitados: silvicultura e criação de animais, galinhas, flores silvestres, horticultura, embora nosso quintal continuasse tão deserto quanto antes. Seu livro favorito, que parecia estar sobre a mesa da cozinha sempre que eu aparecia, era um volume publicado nos anos 1950, por um casal chamado Helen e Scott Nearing, chamado *Living the Good Life* – sobre a experiência deles de abandonar seus empregos e casa em Connecticut e se mudar para a área rural do Maine, onde cultivavam seus próprios alimentos e viviam sem eletricidade nem telefone. Nas fotografias que ilustravam o livro, Scott Nearing sempre aparecia de macacão ou jeans surrados – um homem que já tinha passado da meia-idade, mas com uma enxada nas mãos, revirando o solo; sua mulher de camisa de flanela xadrez, também com uma enxada ao lado dele.

Acho que a minha mãe deve ter decorado aquele livro de tanto que ela o lia. Só o que esses dois tinham era um ao outro, ela dizia. Isso bastava.

Talvez por um sentimento de culpa – o sentimento de que a minha mãe precisava de mim e meu pai não – eu tenha tomado a decisão, mas a verdade é que acho que eu precisava da minha mãe. Eu sentia falta das nossas conversas durante o jantar e daquele jeito com que – diferentemente de Marjorie, que parecia usar um registro vocal inteiramente diferente ao falar com qualquer pessoa que tivesse menos de vinte e um anos – ela conversava comigo como se com alguém da sua própria idade. Embora com algumas exceções – alguém que ocasionalmente batesse à porta pedindo algo, seus clientes do MegaMite e o homem que entregava o querosene –, a única pessoa com quem ela conversava era eu.

No verão seguinte, quando disse ao meu pai que eu queria voltar a viver na casa da minha mãe, ele não contra-argumentou. No dia seguinte, me mudei de volta para a nossa velha casa.

Tentei entrar para o time de beisebol. Eles me colocaram para jogar como jardineiro direito. Uma vez, quando estávamos jogando contra o time do Richard, apanhei uma bola longa que ele havia rebatido, que todos esperavam que fosse um *triple*. A cada vez que eu me posicionava para rebater, eu tinha um ritual. Veja a bola, eu dizia, baixinho demais até mesmo para o apanhador ouvir. Com mais frequência do que seria de se esperar, eu conseguia rebater.

Minha mãe e eu vivemos, nos meus tempos de colégio, em uma casa de poucos pertences. Sobraram alguns móveis daquele dia em que pensávamos que iríamos partir para sempre, mas, à exceção das coisas que havíamos encaixotado e colocado no carro, tínhamos nos desfeito de praticamente tudo. E mesmo daquilo que havia sido guardado, na intenção de levar conosco para a vida no norte, dificilmente tirávamos alguma coisa das caixas, além da cafeteira e de algumas roupas. Não desencaixotamos os trajes de dança da minha mãe, nem seus incríveis sapatos e echarpes, seus leques, nem os quadros que outrora enfeitavam as nossas paredes, nem o seu saltério nem mesmo seu toca-fitas, apesar de que, quando comecei a ganhar meu próprio dinheiro, finalmente comprei um Walkman para poder ouvir música.

As vozes de Frank Sinatra, de Joni Mitchell e de (agora eu sabia o nome dele) Leonard Cohen não eram mais ouvidas na nossa casa. Nem a trilha sonora de *Guys and Dolls*. Nem nenhuma outra música. Nada de música, nada de dança.

Em algum momento, depois que tudo acabou, fomos até o Goodwill, onde a minha mãe comprou de volta o suficiente de pratos, garfos e xícaras para nós dois fazermos nossas refeições, apesar de que, quando se come comida congelada e sopa a maior parte do tempo, não se precisa de muita louça. Na décima série, porém, tive aula de economia doméstica – haviam começado a abrir esse tipo de curso para rapazes nessa época. Descobri que gostava de cozinhar, e, por alguma razão, embora minha mãe não soubesse praticamente nada sobre cozinhar, eu levava jeito. Uma das minhas especialidades, que não fora aprendida na aula de economia doméstica, eram as tortas.

Durante a maior parte do ensino médio, meu pai e eu continuamos nossa tradição de sair para jantar nas noites de sábado, mas, quando a minha vida social se intensificou, como acabou acontecendo, nós trocamos para noites da semana, e, para alívio de todos, provavelmente, Marjorie parou de nos acompanhar. Eu me dava bem com Richard e acabei gostando de sair com a minha irmãzinha, Chloe, às vezes, mas as noites em restaurantes eram no geral só minhas e do meu pai, e, por sugestão minha, trocamos o lugar, do Friendly's para um lugarzinho fora da cidade chamado Acropolis, que servia comida grega, que era melhor, e uma vez, quando Marjorie não estava na cidade, pois fora visitar a irmã, cheguei a ir até a casa deles e fiz um prato que eu vira numa revista, frango marsala.

Uma noite, enquanto comíamos spanakopita no Acropolis – sob a influência de alguns copos de vinho tinto –, meu pai tocou no assunto sexo, que até então permanecera mais ou menos adormecido desde suas primeiras tentativas de me apresentar os fatos da vida.

Todo mundo fala numa paixão louca, selvagem, ele disse. É assim que é, nas músicas. A sua mãe era assim. Ela era apaixonada pelo amor. Não conseguia fazer nada com pouca intensidade. Ela sentia tudo tão profundamente que era como se o mundo fosse demais para ela. A cada vez que ela ouvia uma história sobre uma criança que estivesse com câncer, ou de um velho cuja mulher morrera, ou mesmo que fosse o cachorro do velho, era como se aquilo estivesse acontecendo com ela. Era como se ela não tivesse a camada externa da pele que permite que as pessoas vivam sem sangrar o tempo todo. O mundo acabou sendo demais para ela.

Já eu não me importo de viver um pouco anestesiado, ele disse. Não faz mal se estou perdendo alguma coisa.

UM DIA EU ESTAVA VOLTANDO PARA CASA DA BIBLIOTECA — lugar aonde eu ia muitas vezes durante os meses em que vivi com meu pai e Marjorie. Era o final de semana de um feriadão — o dia do Descobrimento da América, talvez, ou, mais provavelmente, o Dia dos Veteranos. Lembro que as folhas já tinham caído das árvores àquela altura e estava escurecendo cedo, e que quando cheguei em casa para jantar as luzes já estavam acesas em toda a vizinhança. Pedalando no caminho para casa — ou, como naquela noite, caminhando —, eu podia olhar para as janelas e ver as pessoas que moravam nas casas fazendo todo o tipo de coisas que as pessoas fazem no lugar onde moram. Era como passear em um museu que tivesse uma ala inteira com dioramas iluminados, e embaixo escrito *Como Vivem as Pessoas* ou *Famílias Americanas*. Uma mulher cortando legumes na pia da cozinha. Um homem lendo o jornal. Crianças no quarto do andar de cima, jogando Twister. Uma garota deitada na cama, falando no telefone.

Havia um prédio naquela rua — provavelmente uma casa antiga convertida em um edifício residencial — que eu sempre admirava. Havia um apartamento em especial cujas janelas eu gostava de olhar, onde a família sempre parecia sentar à mesa para o jantar exatamente na mesma hora todos os dias, sempre quando eu estava passando por ali. Era como uma superstição para mim, se poder-se-ia dizer: se eu visse os três membros da família – o pai, a mãe e o menininho – reunidos ao redor da mesa, como eu geralmente via, nada de terrível aconteceria naquela noite. Acho que eu me preocupava era de a noite ser tranquila para a mãe. Que estaria sentada à mesa sozinha naquela hora. Tomando seu copo de vinho, lendo *Living the Good Life*.

Aquela família sempre parecia tão feliz e aconchegante, essa era a questão. Mais do que qualquer família de museu, eu queria que aquela fosse a família para qual eu estivesse voltando. Não dava para ouvir o que as pessoas diziam, é claro, mas você sabia que as coisas estavam bem naquela cozinha. A conversa talvez não fosse de fazer tremer a terra (*Como foi o seu dia, querido? Bem, e o seu?*), mas algo na atmosfera em torno daquela mesa – a suave luz amarelada, os rostos bondosos, a maneira com que a mulher tocava no braço do homem e como eles riam quando o menino agitava a colher – dava a impressão de que não havia nenhum outro lugar onde eles preferissem estar naquele momento, nem nenhuma outra pessoa com quem preferissem estar, em vez de uns com os outros.

Talvez por esquecer de onde estava, fiquei ali parado, olhando. Era uma noite fria – fria o suficiente para que eu visse minha própria respiração no ar, e visse a respiração da pessoa que vinha descendo a escada do prédio, com um cachorrinho na coleira, tão pequeno que mais parecia que ela estava levando um espanador de pó para passear. Menor até do que o menor poodle.

Antes mesmo de eu reconhecer o seu rosto, entendi que eu conhecia a pessoa que estava levando o cachorro para passear, eu só não sabia de onde. Tudo o que eu podia ver eram pernas magricelas embaixo de um casaco preto grande demais, e botas de salto alto, que as pessoas geralmente não usavam na nossa cidade. Na verdade, nunca usavam.

Estava claro que ela não havia levado aquele cachorro para passear muitas vezes antes daquela noite, ou, se levara, tinha nas mãos um cachorro estúpido como poucos. Pois ele não parava de se enroscar na coleira, dando voltas em torno das pernas da sua dona, pulando e indo de um lado para outro – puxando com força a coleira num momento, soltando –, sentando-se, imóvel, no momento seguinte.

Junto, Jim, a voz disse.

O comando teve mais ou menos o mesmo efeito caso eu dissesse à minha mãe, *Você devia sair mais de casa. Faça novas amizades. Faça uma viagem.* Quando a voz disse aquilo, o cachorrinho ficou ainda mais enlouquecido. Ele deve ter mordido a perna dela ou algo do gênero, pois ela largou a coleira, ou então perdeu completamente o controle, e então o cachorro saiu em disparada pela calçada – *Jim? Quem é que dá o nome de Jim a um cachorro?* – na direção da esquina, onde um caminhão passava a toda.

Dei um mergulho para pegá-lo. De alguma forma, consegui. A pessoa das pernas magricelas veio correndo até onde eu estava, arrastando uma bolsa muito grande e se equilibrando nas botas de salto alto. Ela usava um chapéu – um chapéu de aba larga, com uma pena ou algo parecido saindo no topo, e que havia caído, tornando mais fácil ver o seu rosto. Foi então que percebi que se tratava de Eleanor. Lá estava ela, sacolejando pela rua, na minha direção.

Nas primeiras semanas depois daquele Dia do Trabalho, quando o mundo dera uma reviravolta, eu não conseguia pensar com clareza em nada. Quando ficava com raiva – e eu ficava – toda a raiva era direcionada a mim mesmo. Aquele sentimento nunca passava, mas, depois de um tempo, identifiquei outro alvo para a minha fúria, e foi Eleanor.

Aquela era a primeira vez que eu a via desde aquele dia em que nos encontramos para tomar café e ela pulou em cima de mim. Ela não havia se inscrito na escola naquele outono, e, como ninguém a conhecia, não havia ninguém para quem eu pudesse perguntar por seu paradeiro, mesmo se eu quisesse. Àquela altura ela já teria encontrado alguém com quem pudesse fazer sexo, provavelmente. Ficou muito claro, a partir do nosso breve relacionamento, que não permanecer virgem por mais dez minutos era um dos seus objetivos.

Ela poderia ter me ignorado – ter se abaixado para pegar o chapéu e continuar caminhando –, só que eu estava com o seu cachorro. Eu o estava apertando contra o peito, e através do tecido do meu casaco dava para sentir seu coração batendo rápido, como eu sentia com Joe, o hamster, na época em que ele ainda era vivo.

Esse cachorro é meu, ela disse, estendendo a mão para pegá-lo, como um comprador à espera do troco.

Ele é meu refém, eu disse. Normalmente eu jamais diria algo como aquilo. Simplesmente escapou.

Do que está falando?, ela disse. Ele é meu.

Você contou à polícia sobre Frank, eu disse. Até aquele momento eu nunca admitira aquele fato, nem mesmo para mim, mas, de repente, eu soube.

Você arruinou a vida de duas pessoas, eu disse.

Me dá o meu cachorro, ela disse.

Oh, sim, falei. Agora que eu tinha começado, eu estava pronto para ir até o fim. Talvez eu estivesse incorporando o Magnum ou alguém do tipo. O que ele vale pra você?, perguntei a ela.

Se quer saber, Jim é um shih tzu com pedigree. Ele custa quatrocentos e vinte e cinco dólares, sem contar as vacinas. Mas essa não é a questão. Ele me pertence. Passe pra cá.

Até aquele momento, quando eu pensava no que Eleanor fizera, a parte em que eu me concentrava era em como ela ficara furiosa comigo por não ter feito sexo apaixonado com ela no parque naquele dia em que ela tirou a calcinha. Eu era um idiota, sequer havia me tocado da questão da recompensa. Agora – um ano depois do acontecido, provavelmente, talvez dois – ouvindo-a mencionar o seu mascote de quatrocentos e vinte e cinco dólares, que eu acabara de resgatar de ser atropelado, me caiu a ficha.

Acho que alguém que ganha dez mil dólares dedurando a mãe de alguém pode gastar algumas centenas numa bola de pelo, falei.

Meu pai me deu esse cachorro, ela disse. Ele cuida do Jim quando estou no colégio interno.

Então você conseguiu entrar na sua academia de artes chique, afinal de contas, falei. Eu ainda estava com a mão em torno da barriga do cachorrinho. A barriga havia se contraído. De repente percebi de onde vinha aquele nome. Talvez o seu estivesse tentando se matar, como o outro Jim, falei. Quando não há heroína disponível, o jeito é ser esmagado por um caminhão.

Você é tão doente, ela disse. Não me espanta que não tenha amigos.

Acho que você não se importa com isso, eu disse a ela. Mas o homem que a polícia prendeu naquele dia foi provavelmente a melhor pessoa que eu conheci.

Minha intenção era fazer uma frase de efeito, mas, depois que a pronunciei, percebi que era verdade. Só de ouvir as palavras, fiz algo que odiei. Comecei a chorar.

Aquele era definitivamente o momento para ela voltar a me atacar com seu velho bordão – que eu era um fracassado. Não havia dúvida nenhuma agora, ela ia conseguir o cachorro de volta. Eu não era mais o que se pode chamar de uma pessoa intimidante.

Ela não se mexeu. Simplesmente ficou ali, de salto alto, segurando na mão seu chapéu ridículo e sua bolsa enorme que parecia saída de um baú de fantasias. Ela talvez estivesse mais magra do que nunca – era difícil dizer ao certo, já que estava usando casaco. Havia círculos escuros em torno dos seus olhos, e sua boca parecia um pouco repuxada. Eu não acreditava mais que ela pudesse fazer sexo com alguém. Ela parecia uma pessoa que, se tocada, surtaria.

Eu não sabia, ela disse. Eu só queria que algo acontecesse. Ela também estava chorando.

Bem, aconteceu, pode ter certeza, falei. Entreguei a ela o cachorro. Embora eu só o tenha segurando por um minuto, ele começou a lamber a minha mão. Fiquei com a sensação de que ele talvez preferisse ficar comigo. Até mesmo um cachorro sabia – talvez sobretudo por ser um cachorro – que Eleanor não era o tipo de pessoa que se deve ter ao lado mais do que o estritamente necessário.

EU A VERIA DE NOVO ALGUNS ANOS MAIS TARDE, em uma festa na casa de um colega que frequentava um pessoal de teatro. Ela usava uma espécie de amuleto de prata preso no pescoço, contendo cocaína, e estava colocando um pouco sobre um espelho e cheirando, e algumas outras pessoas também, mas não eu. Ela ainda era magra, mas não como antes. Tinha aqueles mesmos olhos, com o branco à mostra e tal. Fingiu não me conhecer, mas eu sabia que ela lembrava, embora eu não tivesse mais nada a dizer a ela. Eu já dissera muito — até demais.

Finalmente fui para a cama com uma garota no último ano do ensino médio. A oportunidade se apresentou, assim como acontecera com Eleanor, mas eu tinha uma ideia que parecia um bocado antiquada naquela época, de que eu não deveria transar com uma garota a menos que a amasse, e eu também queria que ela me amasse, e Becky me amava. Ficamos juntos durante toda a formatura e a primeira metade do primeiro ano na faculdade, até que ela conheceu um rapaz e ficou louca por ele, e, evidentemente, casou com ele. Durante algum tempo pensei que nunca conseguiria esquecê-la, mas esqueci, é claro. Quando se tem dezenove anos, a gente pensa que tem certeza sobre muitas coisas.

Minha mãe continuava vendendo vitaminas por telefone, de vez em quando, da mesa da nossa cozinha, e sempre acreditou que foram elas que me permitiram chegar à altura de um metro e oitenta e cinco, apesar de nenhum dos meus pais ser o que se chama de uma pessoa alta.

Você é a pessoa mais alta que conheço, a minha mãe me disse uma vez.

Não, na verdade não, ela disse. Não é verdade. Nós dois sabíamos em quem ela estava pensando, embora ninguém tenha dito o seu nome.

* * *

ALGUM TEMPO DEPOIS DE EU SAIR DE CASA, a minha mãe arranjou o que Marjorie talvez tivesse classificado como um emprego de verdade. Não que a remuneração fosse melhor do que vender vitaminas, mas a tirava de casa, finalmente. Talvez o fato de eu ir embora tenha lhe mostrado que ela precisava sair mais.

Ela reuniu forças e foi até o centro comunitário de idosos da nossa cidade. Ofereceu seus préstimos, ensinar dança. Foxtrote, valsa, *two-step, swing* – todas as antigas danças de salão, embora, devido à desproporção entre mulheres e homens ali, um monte de mulheres tivesse de fazer papel de homem durante as aulas. Ela acabou se revelando uma ótima professora, e outra coisa boa do centro de idosos era que dificilmente se via bebês por lá.

Ela era tão querida pelos alunos que logo eles deram um jeito de encarregá-la de todo o programa de atividades do centro. Isso incluía projetos de artesnato e noites de jogos, e às vezes ela bolava uma gincana maluca da qual até mesmo os velhinhos em cadeiras de roda podiam participar. Trabalhar com pessoas de outra época, desse jeito, pareceu rejuvenescer a minha mãe. Ao vê-la com eles às vezes, quando ela demonstrava um volteio de valsa ou um movimento mais complicado em um lindy – em forma como sempre, ela nunca perdeu a beleza –, eu podia ver um resquício do mesmo olhar que eu lembrava da época em que eu tinha treze anos. O longo fim de semana do Dia do Trabalho em que Frank Chambers veio para ficar.

CAPÍTULO 22

DEZOITO ANOS SE PASSARAM. Eu tinha trinta e um – estava perdendo o cabelo ou começando a perder – e vivia no norte do estado de Nova York. Vivendo, naquela época como agora, com a minha namorada, Amelia, a mulher com quem eu me casaria naquele outono. Tínhamos uma pequena casa alugada que dava para o rio Hudson – pouco ensolarada, de forma que, às vezes, no inverno, quando o vento subia do rio, a única maneira de nos mantermos aquecidos era acender a lareira e com um cobertor por cima, ficamos, abraçados um ao outro. Nada mau, Amelia dizia. Se você não quer ficar grudadinho na outra pessoa, por que ficar com ela, afinal?

Era uma vida boa. Amelia dava aulas no jardim de infância e tocava banjo em uma pequena banda country que também incluía – surpreendentemente – meu meio-irmão, Richard, no contrabaixo. Eu havia me formado na escola de culinária quatro anos antes. Tinha um emprego como chef pâtissier em uma pequena cidade próxima, em um restaurante que recentemente começara a chamar muita atenção. No verão iríamos para New Hampshire para o casamento – só nossas famílias e uma dúzia de amigos.

No verão anterior, um jornalista da cidade de Nova York, da equipe de uma revista de gastronomia do tipo que só pessoas que não têm tempo de cozinhar podem comprar, havia feito uma visita ao restaurante. Essa revista parecia especializada em artigos sobre as festas que algumas pessoas davam no próprio pomar ou em uma ilha do Maine, ou às margens de algum lago de Montana, onde os anfitriões pescavam os próprios peixes, mas que de alguma forma, milagrosamente, tinham por perto dez amigos altos, bonitos e charmosos, que chegavam e compartilhavam os peixes com os anfitriões, em uma mesa rústica na margem do córrego onde as trutas eram pescadas.

A ideia era mostrar fotos bonitas de comidas incríveis que as pessoas cultivavam em fazendas orgânicas, ou pratos que uma fantástica bisavó que nunca ninguém teve poderia ter preparado em um velho fogão a lenha, embora as pessoas que eles costumavam mostrar nessas fotografias não se parecessem com os familiares de ninguém que eu conhecesse, nem tampouco, para começo de conversa, vivessem a vida que na verdade tinham as pessoas que cultivavam aqueles produtos e que criavam aqueles pratos.

Aquele jornalista em específico ouvira falar do restaurante em que eu era o encarregado das sobremesas, e fez uma visita. A receita que ele escolheu, para estampar na revista – uma foto de página inteira – foi a minha torta de framboesa e pêssego.

Algumas coisas naquela torta eram invenção minha. O uso de gengibre cristalizado no recheio, por exemplo. E de framboesas frescas. Mas a massa era do Frank. Ou, conforme expliquei no artigo, da avó de Frank. Assim como a escolha de tapioca em detrimento de maisena, para engrossar.

Não expliquei, nas páginas da *Nouveau Gourmet*, as circunstâncias exatas nas quais eu aprendera a técnica de preparo da massa de torta. Disse apenas que um amigo me ensinara, e que ele a aprendera grudado nas saias da avó, na fazenda de pinheiros de Natal em que crescera. Eu disse que tinha treze anos quando aprendi a fazer uma torta, mencionei no artigo a feliz coincidência de ter recebido um balde de pêssegos frescos naquele dia e o desafio de preparar massa de torta sob uma onda de calor abrasador.

É importante manter os ingredientes frios, eu disse.

É mais fácil acrescentar água do que tirar o excesso de água. Nunca manuseie demais a massa.

Esqueçam toda essa parafernália cara que vendem nos catálogos, falei. As mãos são o utensílio perfeito para trabalhar a massa.

Quanto a colocar a camada superior da massa sobre a fruta: eis o único ato de todo o processo no qual o confeiteiro simplesmente mergulha no imponderável. A única coisa que não se deve fazer nesse momento é hesitar. Cobrir uma torta é um ato de fé, falei. Como pular de uma janela – doze horas depois de passar por uma cirurgia de remoção do apêndice, talvez – e acreditar, enquanto pula, que você vai aterrissar em pé.

Depois que esse artigo foi publicado, fui convidado a participar de um programa televisivo em Syracuse, como chef da semana, para demonstrar a minha técnica de preparo de massas para torta. Recebi um número surpreendente de cartas de leitores da revista, e depois dos telespectadores do programa, pedindo conselhos sobre problemas com suas próprias massas para torta. Parecia que todo mundo tinha uma receita de massa. Não conheço outra comida que pareça inspirar emoções mais fortes – paixão, até – do que a mais modesta das sobremesas, a torta.

Como Frank uma vez me advertira, o tipo de gordura a ser utilizada inspirava muita controvérsia. Uma mulher que havia lido na revista que eu usava uma combinação de banha e manteiga escreveu para me informar sobre todos os malefícios da banha. Outra expressou sua restrição com a mesma veemência, quanto ao meu uso de manteiga.

Enquanto isso, o restaurante, Molly's Table, estava indo de vento em popa. Amelia e eu investimos na compra de uma casa, e eu instalei batentes de janela contra tempestades. A proprietária do restaurante – Molly – me contratou para gerenciar uma loja especializada em tortas, logo ao lado, onde eu supervisionava uma equipe de cinco confeiteiros, todos fazendo tortas segundo as especificações que Frank me ensinara.

Quase um ano depois da publicação desse artigo na revista, recebi uma carta com um carimbo postal pouco comum, de algum lugar em Idaho. O envelope, fora sobrescritado a lápis, e as informações do remetente apresentavam não um nome, mas uma longa série de números.

Lá dentro, em uma folha de caderno pautado, com uma caligrafia muito clara e precisa, mas muito pequena – como se o missivista estivesse poupando papel, o que provavelmente ele fazia, por necessidade – havia uma carta.

Então eu me sentei. A princípio, eu não percebi, mas depois tudo voltou, como uma rajada de vento frio entrando pela porta durante uma nevasca, ou o calor de um forno de 260 graus aberto para se verificar o ponto de cozimento de – o que mais? – uma torta. Tudo me voltou à mente.

Embora quase duas décadas tivessem se passado, eu ainda podia ver o seu rosto, como ele era no dia em que o conheci na seção de revistas do Pricemart – os ossos proeminentes da mandíbula, o rosto descarnado, a maneira de ele me olhar direto nos olhos, com aqueles olhos azuis. Criança como eu era, pequeno como eu era – um menino que desejava descobrir o que havia dentro da embalagem lacrada da edição de setembro de 1987 da *Playboy*, e que em vez disso teve de se contentar com uma revistinha de palavras cruzadas –, ele pode ter parecido uma pessoa intimidadora. Eu podia vê-lo agora, se inclinando na minha direção como ele fez naquele dia – um homem muito, muito alto, com aquelas mãozonas e aquela voz, impossivelmente grave. Mas eu sentira, no momento em que o conheci, que eu podia confiar naquela pessoa, e mesmo quando eu estava no auge da minha raiva e no auge do meu temor – de que ele talvez levasse minha mãe embora, de que me deixariam sozinho, deslocado –, aquele sentimento em relação a ele, de ele ser um homem justo e decente, nunca me abandonou.

Eu nada soubera a seu respeito em quase vinte anos, e eu tive a mesma sensação, enquanto desdobrava aquele pedaço de papel de dentro do envelope – uma só folha, nada mais –, de tantos anos atrás, ao voltar para casa no carro da minha mãe com ele no banco de trás. A sensação de que a vida estava prestes a mudar. Em breve o mundo seria diferente. Na primeira vez, tal sentimento fora o prenúncio de boas-novas. O que eu sentia agora era pavor.

Sentado ao balcão da cozinha do restaurante, cercado pelas minhas tigelas e facas, pelo meu forno Viking, minha tábua de corte de madeira de carvalho, ouvi sua voz me falando baixinho.

Prezado Henry

Espero que você se lembre de mim. Embora talvez fosse melhor para nós dois se você tivesse se esquecido. Passamos o fim de semana do Dia do Trabalho juntos, há muitos anos. Foram os seis melhores dias da minha vida.

Às vezes, ele escreveu, as pessoas doavam caixas de revistas velhas para a biblioteca da prisão onde ele estava encarcerado. Fora assim que ele acabara vendo o artigo na revista sobre as minhas tortas. Em primeiro lugar, ele queria me dar os parabéns pelas minhas realizações, por ter me formado na escola de culinária. Ele mesmo sempre gostara de cozinhar, embora, como eu evidentemente me lembrava, fazer tortas havia sido sua especialidade. E, por falar nisso, se eu estivesse interessado em saber sobre como fazer biscoitos, ele tinha umas ideias a respeito.

Enquanto isso, ele estava orgulhoso e feliz de ler que uma habilidade que ele havia transmitido fazia tanto tempo permanecera comigo.

Quando ficamos mais velhos, gostamos de saber que podemos ter contribuído com algum pedaço de conhecimento ou técnica para alguém, em algum momento do caminho. Mas, num caso como o meu, sem filhos meus para criar, e tendo passado a maior parte da minha vida adulta em uma instituição correcional, as oportunidades de disseminar conhecimento de qualquer tipo para alguém mais jovem foram limitadas. Se bem que também me lembro de umas poucas vezes em que você e eu fizemos alguns arremessos no beisebol, nos quais você mostrou mais talento do que imaginava que tinha.

Ele me escrevia agora, ele me disse, com uma pergunta. Não queria de modo algum atrapalhar a minha vida ou a da minha família – nunca mais –, nem causar mais perturbações, como com certeza nosso breve período de convívio, havia tanto tempo, deve ter ocasionado. A razão pela qual estava me escrevendo, e não a quem essa pergunta mais diretamente dizia respeito, na verdade tinha a ver com sua extrema preocupação de nunca mais causar dor a uma pessoa em questão – a pessoa do planeta a quem ele menos gostaria de causar sofrimento.

Vou entender se você preferir não responder a esta carta. Seu silêncio é o que bastará para que eu interrompa qualquer ideia de continuarmos nos comunicando.

Ele seria solto, em liberdade condicional, em pouco tempo. Tivera, é claro, tempo o bastante para pensar no que faria depois de deixar a prisão no mês seguinte. Embora não fosse mais jovem, longe disso – recentemente completara 58 anos –, ainda tinha uma boa saúde, e energia de sobra para trabalhar. Tinha esperança de que pudesse encontrar trabalho como faz-tudo em algum lugar, ou talvez como pintor de paredes, ou – essa era a ideia que mais lhe agradava – que pudesse trabalhar numa fazenda novamente, como quando era garoto. À parte o tempo que passara conosco, eram dessa época as suas mais caras recordações.

Mas um pensamento o atormentava, ele dizia. Poderia na verdade ser um alívio, se eu lhe escrevesse dizendo que aquilo era uma tolice e uma loucura, mas ele nunca havia conseguido tirar a minha mãe da cabeça. Provavelmente ela se casara novamente e morava com o marido em algum lugar, distante da cidade onde nos conhecemos. Se esse era o caso – se ela estivesse feliz e bem –, ele ficaria feliz em saber disso. Jamais a perturbaria, nem se intrometeria de nenhum modo na vida que ela construíra para si mesma. Minha mãe era uma mulher que havia tempos merecia ser feliz, ele escreveu.

Mas caso ela esteja sozinha, eu gostaria de perguntar se você acha que posso escrever uma carta para ela. Juro a você que eu cortaria fora minha própria mão antes de causar qualquer tristeza a Adele.

Então estava anotado o seu endereço, junto com a data da sua soltura. Ele assinou a carta dizendo *Do seu, Frank Chambers.*

Ali estava um homem que havia confiado que eu, então com treze anos de idade, não o trairia, e eu o traí. Meus atos naqueles dias o roubaram de uma vida — dezoito anos dela — que ele podia ter conhecido com a minha mãe, uma mulher que o amara.

Eu também havia traído a minha mãe, é claro. Aquelas cinco noites que ela e Frank passaram juntos representavam a única vez, em mais de vinte anos, em que ela dividira a cama com um homem. Eu havia pensado, na época, que nada podia ser pior do que ficar deitado no escuro, ouvindo os sons dos dois fazendo amor, porém mais tarde aprendi: pior era o silêncio do outro lado da parede.

Na sua carta, Frank não fazia menção alguma ao papel por mim desempenhado no que acontecera no dia em que a polícia foi buscá-lo. Nem à concordância por parte de minha mãe de deixar as autoridades acreditarem que ele havia nos amarrado e mantido em cativeiro contra a nossa vontade. Ele só falava de uma coisa: seu desejo de vê-la novamente, se ela assim o desejasse.

Escrevi uma resposta para ele naquele dia mesmo, dizendo que não seria difícil encontrar a minha mãe, e menos difícil ainda encontrar o lugar dele no seu coração. Ela ainda morava no nosso antigo endereço.

CAPÍTULO 23

O SEXO É COMO UMA DROGA, ELEANOR ME DISSERA. Quando há sexo envolvido, as pessoas perdem a razão. Fazem coisas que não fariam de outro modo. E coisas completamente loucas. Podem até mesmo ser perigosas. Podem ferir seus próprios sentimentos, ou os sentimentos de outra pessoa. Para Eleanor, e para o meu eu de treze anos de idade, talvez – deitado na minha pequena cama de solteiro encostada em uma parede onde, do outro lado ficava a cama da minha mãe, com ela nela, fazendo amor com Frank – a história do que aconteceu na nossa família naquele longo e quente final de semana se tratasse apenas de sexo. Para o meu eu de treze anos de idade, naquele verão, tudo era sexo de um jeito ou de outro, embora, no fim das contas, quando a oportunidade me apareceu – de descobri-lo, afinal, *experimentar da droga* –, preferi não aproveitar.

A melhor droga que existe, acabei entendendo, é o amor. Amor raro, para o qual não se encontra explicação. Um homem pulou de uma janela do segundo andar e entrou correndo, sangrando, em uma loja de departamentos barata. Uma mulher o levou para casa. Eram duas pessoas que não podiam se mostrar ao mundo, que fizeram um mundo próprio uma com a outra, entre as paredes finas demais da nossa velha casa amarela. Por pouco menos do que seis dias, eles se agarraram um ao outro como à própria vida. Durante dezenove anos, ele esperara o momento em que poderia voltar para ela. Finalmente, ele voltou.

Por causa da sua condição de ex-prisioneiro, emigrar para o Canadá não foi possível, então eles se mudaram para tão perto da fronteira quanto conseguiram, para o estado do Maine. É um caminho longo do norte do estado de Nova York, e um pouco difícil, quando se tem um bebê. Ainda assim, vamos para lá com mais frequência do que se poderia imaginar.

Quando a nossa filha chora, paramos o carro no acostamento, tiramos o cinto de segurança dela e simplesmente a seguramos no colo. Às vezes o lugar onde paramos pode ser inconveniente para isso. Uma autoestrada interestadual, por exemplo. Ou pode ser que estejamos a apenas vinte minutos da casa deles – próximo o bastante para que se pense: Deixa pra lá, vamos em frente.

Mas sempre paro para pegar nossa filha no colo. Ou um de nós dois faz isso. Quando há carretas passando velozes, pode ser que desçamos um pouco do acostamento, para longe do barulho. Ou então protejo os ouvidos dela com as minhas mãos em concha. Se há grama, às vezes me deito, e a coloco sobre a pele nua do meu peito – ou, caso seja inverno, a abrigo dentro do meu casaco, ou coloco um pequeno punhado de neve sobre a sua língua, e se é noite, pode ser que observemos as estrelas por um instante. O que descobri é que um bebê – embora ela ainda não conheça as palavras, os fatos ou as regras da vida – é o mais confiável juiz de sentimentos. Tudo de que um bebê dispõe para absorver o mundo são seus cinco sentidos. Abrace-o, cante para ele, mostre o céu estrelado ou uma folha balançando, ou um inseto. São a forma – a única forma – de ele aprender sobre o mundo: se é um lugar seguro e acolhedor, ou um lugar difícil.

O que ele vai registrar, pelo menos, é o fato de que não está sozinho. E é minha experiência que quando você faz isso – parar, prestar atenção, seguir os simples instintos do amor –, muito provavelmente a pessoa responderá de forma favorável. Isso geralmente se aplica aos bebês e à maior parte das outras pessoas também. E aos cachorros. E hamsters. E pessoas de vida tão sofrida que parece não haver esperança para elas, só que pode haver.

Então falo com ela. Às vezes dançamos. Quando a nossa filha está respirando de forma estável de novo – talvez tenha pegado no sono, talvez não –, a colocamos na sua cadeirinha e continuamos em direção ao norte. Sempre sei, independente da hora em que entramos pela estradinha de terra que leva até a casa deles, que as luzes estarão acesas e a porta estará aberta mesmo antes de chegarmos até ela – minha mãe ali parada, com Frank ao seu lado.

Vocês trouxeram o bebê, ela diz.

AGRADECIMENTOS

OFEREÇO MEUS PROFUNDOS AGRADECIMENTOS À MacDowell Colony — e a todos aqueles que a tornam possível — por fornecer o ambiente mais favorável que uma colônia de artistas poderia desejar encontrar, e aos artistas em cuja companhia passei períodos de residência na MacDowell e na Corporation of Yaddo, cujo amor compartilhado pelos seus trabalhos ajudou a nutrir o meu próprio.

Agradeço a Judi Farkas, pelo primeiro incentivo e por apresentar meu manuscrito àquele de quem recebi não apenas entusiasmo e fé, mas também orientações editoriais brilhantes, meu agente David Kuhn. Enorme respeito e gratidão também são devidos a Jennifer Brehl, da William Morrow — dona de um ouvido perfeito e de um coração terno. E dos muitos na Morrow que ajudaram a conduzir este livro até a impressão — todos merecem meu muito obrigada —, quero destacar a incomparável Lisa Gallagher. É um escritor de sorte quem é publicado por Lisa.

Não consigo imaginar uma vida de escritora sem a minha família de amigos, e sem aqueles amigos — muitos dos quais conhecidos apenas através de cartas — que são meus leitores de longa data. Conto todas as histórias com vocês em mente.

Minha filha mais velha, Audrey Bethel, ajudou-me a comemorar este livro — e uma relação tão sólida quanto uma rocha — escalando, comigo, no Dia do Trabalho, até o topo da nossa montanha favorita, Monadnock. E meu amor, sempre, ao homem cuja crença e cujo apoio nunca fraquejaram ao longo de doze estações nada fáceis: David Schiff.

Este livro foi impresso na Editora JPA Ltda.,
Av. Brasil, 10.600 – Rio de Janeiro – RJ,
para a Editora Rocco Ltda.